나라의 심장부에서

이 도서의 국립중앙도서관 출판시도서목록(CIP)은
e-CIP 홈페이지(http://www.nl.go.kr/ecip)에서 이용하실 수 있습니다.
(CIP제어번호: CIP2010003863)

나라의

IN THE HEART
OF THE COUNTRY

J. M. 쿳시 장편소설 | 왕은철 옮김

심장부에서

문학동네

1.   아버지가 오늘 새 부인을 집으로 데려왔다. 그들은 타조 깃털을 이마에서 휘날리는 한 필의 말이 끄는, 먼 길을 달려 먼지가 자욱한 마차를 타고 달가닥달가닥 평원을 가로질러 왔다. 혹은 이마에 깃털을 단 두 필의 당나귀가 끄는 마차였는지도 모르겠다. 그것도 가능한 일이다. 나의 아버지는 검은색 연미복에 실크 모자를 썼고, 신부는 챙이 넓은 모자에 가슴과 목이 꼭 끼는 흰 드레스를 입었다. 과장한다면 모를까, 그 이상은 묘사할 수 없다. 보고 있지 않았기 때문이다. 늦은 오후에 나는 내 방에서, 덧문을 닫은 컴컴해져가는 선녹색 방에서 책을 읽고 있었거나, 어쩌면 편두통과 싸우느라 축축한 수건으로 눈을 가리고 누워 있었을 가능성이 더 크다. 나는 책을 읽거나 글을 쓰거나 편

두통과 싸우면서 방에 처박혀 지내는 사람이다. 식민지는 그러한 여자들로 가득하다. 하지만 나처럼 극단적인 사람은 없는 것 같다. 아버지는 생기 없는 검은색 부츠를 신고 마룻바닥을 수없이 왔다갔다하는 사람이다. 그리고 제3의 인물이 있다. 침대에 늦게까지 누워 있는 그의 새 부인. 그들이 적이다.

2. 새 부인. 새 부인은 큼지막한 입으로 천천히 미소를 짓고, 게으르고 골격이 크고 육감적이고 교활한 여자다. 그녀의 눈은 두 개의 딸기처럼, 두 개의 기민한 검은딸기처럼 검고 날카롭다. 그녀는 우아한 손목과 기다랗고 포동포동하고 끝으로 갈수록 가늘어지는 손가락을 가진 덩치 큰 여자다. 그녀는 음식을 맛있게 먹는다. 그녀는 먹고 자고 빈둥거린다. 그녀는 기다란 붉은 혀를 내밀어 입술에 묻은 달짝지근한 양고기 기름을 핥아먹는다. "아, 참 맛있다!" 그녀는 이렇게 말하고 웃으면서 추파를 던진다. 나는 홀린 듯 그녀의 입을 바라본다. 그녀의 미소를 머금은 큰 입과 날카로운 검은 눈이 내게로 향한다. 그녀의 미소를 견뎌내기가 쉽지 않다. 우리는 오붓한 가족이 아니다.

3. 그녀는 새 부인이다, 그러므로 옛 부인은 죽었다. 옛 부인은 나의 어머니였다. 하지만 너무 오래전에 죽어서 나는 어머니

를 거의 기억하지 못한다. 어머니가 죽었을 때 나는 아주 어렸던 게 틀림없다. 어쩌면 갓난애였을지도 모른다. 나는 아득히 먼 기억의 비밀감옥에서 희미한 회색 형상 하나를 끄집어낸다. 마룻바닥에 몸을 웅크리고 있는 희미하고 창백하고 가냘프고 유순하고 정이 많은 어머니의 형상. 내 위치에 있는 어느 여자라도 자신을 위해 만들어낼 수 있을 법한 어머니의 형상.

4.   아버지의 첫번째 부인, 즉 나의 어머니는 남편이 시키는 대로 살다 죽은 가냘프고 유순하고 정이 많은 여자였다. 그녀의 남편은 그녀가 아들을 낳지 못하자 절대 용서하지 않았다. 그녀는 아이를 낳다 죽었다. 그의 무자비한 성적 요구 탓이었다. 그녀는 나의 아버지가 원하는 거칠고 버릇없는 사내아이를 낳기엔 너무 가냘프고 유순했다. 그래서 그녀는 죽었다. 의사는 너무 늦게 왔다. 자전거를 탄 심부름꾼의 기별을 받은 의사는 당나귀가 끄는 수레를 타고 40마일이나 되는 길을 달려왔다. 그가 도착했을 때 어머니는 이미 죽음을 눈앞에 두고 있었다. 고통을 참으면서 창백하고 후회스러운 얼굴로.

5.   (하지만 그는 왜 말을 타고 오지 않았을까? 그런데 그 시대에 자전거가 있었을까?)

6.　나는 아버지가 평원을 가로질러 신부를 집으로 데려오는 모습을 보고 있지 않았다. 어두운 서편에 있는 내 방에서 가슴을 쥐어뜯으며 때가 되기를 기다리고 있었기 때문이다. 나는 만면에 미소를 머금고 그들을 반기며 차를 대접할 준비를 하고 서 있어야 했다. 하지만 그렇게 하지 않았다. 나는 부재했다. 내가 없어도 아쉬울 건 없었다. 아버지는 내가 없어도 전혀 신경 쓰지 않는다. 아버지에게 나는 늘 부재였다. 나는 이 집의 한복판에 있는 여성적인 온기가 아니라 제로이고 영이며, 그것을 향해 모든 것이 무너져내리는 진공이고, 복도에서 소용돌이치는 싸늘한 바람처럼 숨을 죽인 희끄무레한 혼란이었다. 무시당해 복수심에 불타는.

7.　밤이 된다. 나의 아버지와 그의 새 부인은 침실에서 희희낙락한다. 그들은 손에 손을 잡고 그녀의 자궁을 어루만지며 그것이 흥분하고 꽃피기를 기다린다. 그들의 몸이 얽힌다. 그녀는 풍성한 살집으로 그를 휘감는다. 그들은 낄낄대고 낑낑거린다. 그들에게는 좋은 시간이다.

8.　운명에 따라 H자 모양으로 지어진 집에서 나는 평생을 살

았다. 이 방 저 방을 돌아다니며 하인들 앞에 불쑥 모습을 드러내고, 수 마일에 걸친 철조망 울타리가 있는 돌과 태양의 무대에서 어두운 아버지의 험상궂은 과부—딸로 평생을 살았다. 해가 지고 또 질 때마다 우리는 따뜻한 사람들이 요리한 따뜻한 양고기, 감자, 호박 요리를 앞에 놓고 서로의 얼굴을 대했다. 우리가 얘기를 나눴을까? 아니다, 우리는 얘기를 나누지 않았다. 우리는 침묵 속에서 서로를 마주하고 음식을 씹고 시간을 보냈다. 그 사이 우리의 눈은, 그의 검은 눈과 그에게서 물려받은 나의 검은 눈은 먼 곳을 멍하니 바라보며 떠돌았다. 그리고 잠을 자기 위해, 다행스럽게도 우리가 해석하지 못하는 좌절당한 욕망의 알레고리를 꿈꾸기 위해 물러났다. 그리고 아침이 되면 얼음 같은 금욕주의를 발휘해 누가 먼저 일어나서 차가운 난로에 불을 지필지 경쟁했다. 농장에서의 삶.

9. 침침한 복도에서 시계가 밤낮으로 똑딱거린다. 태엽을 감고, 해와 달력에 맞춰 매주 시간을 맞추는 건 나다. 농장의 시간은 넓은 세계의 시간이다. 더도 덜도 아니다. 나는 흥분하기도 하고 지루하기도 한, 마음의 맹목적이고 주관적인 시간을 단호히 억누른다. 나의 맥박은 일 초 간격인 문명의 박자에 맞춰 고르게 뛸 것이다. 언젠가, 아직 태어나지 않은 어느 학자가 시계

를 보고 야생을 길들였던 기계를 알아볼 것이다. 하지만 그가 식민지의 딸들이 눈을 감고 숫자를 세던, 천장이 높고 서늘한 녹색 집 안에 배어 있던 낮잠시간의 쓸쓸함을 과연 알기나 할까? 이 땅은 나처럼 역사로부터 잊히고, 오래된 집에 있는 바퀴벌레처럼 푸르스름하고, 구리 식기를 반들반들 닦고, 겨울을 날 음식을 저장하는 우울한 노처녀로 가득하다. 우리는 어렸을 때 오만한 아버지에게 구애를 받아 인생을 망친 괴로운 처녀들이다. 어린 시절의 강간, 누군가 이러한 공상 속에 있는 진실의 핵심을 파헤쳐야 한다.

10. 나는 산다, 나는 괴로워한다, 나는 여기에 존재한다. 필요하다면 나는 교활함과 배신으로, 역사의 잊힌 존재 중 하나가 되는 것에 저항한다. 나는 자물쇠를 채운 일기장을 갖고 있는 노처녀다. 아니, 그 이상이다. 나는 불안한 의식이다. 아니, 그 이상이기도 하다. 모든 불이 꺼질 때 나는 어둠 속에서 미소를 짓는다. 아무도 믿지 않겠지만, 나의 치아가 반짝인다.

11. 그녀는 오렌지꽃 냄새와 암내를 풍기며 내 뒤로 와서 어깨를 잡는다. "나는 당신이 화내지 않았으면 좋겠어요. 당신이 불안해하고 불행한 느낌을 받는 것은 이해하지만, 그럴 이유가

전혀 없어요. 우리 모두 다 같이 행복해졌으면 좋겠어요. 그걸 위해서라면 나는 무엇이든, 정말 무엇이든 할 거예요. 내 말 믿을 수 있어요?"

나는 난로 안을 응시한다. 나의 코가 벌름거리며 붉어진다.

"나는 집안을 행복하게 만들고 싶어요." 그녀가 빙글 돌면서 읊조린다. "우리 셋이서 같이. 나를 적이 아니라 자매라고 생각해줬으면 좋겠어요."

나는 만족해하는 여자의 통통한 입술을 바라본다.

12.   옛날에 나는 이야기를 충분히 오래하면 미지의 곳 한복판에서 길길이 날뛰는 노처녀로 산다는 것이 무슨 의미인지 밝혀질 것이라고 상상했다. 하지만 나는 비둘기의 냄새를 맡는 개처럼 모든 일화에 코를 대고 냄새를 맡아보지만, 진정한 이중적 삶이 시작되는 걸 알려주는 '마치 ~처럼'으로의 무모한 확장을 전혀 찾아내지 못한다. 나를 신화와 영웅의 땅으로 바꾸어줄 말을 만들어내려고 애쓰지만, 이곳에서 나는 아직도 자신을 초월하지 못하는 맥 풀린 여름 더위 속의 촌스러운 자아일 뿐이다. 나한테 무엇이 부족한 걸까? 나는 울면서 이를 간다. 단순한 열정이 부족한 걸까? 존재의 세속성으로부터 의미의 이중성으로 나를 옮겨놓을 정도로 정열적인 제2의 실존에 대한 상상이 부족

한 걸까? 나도 괴로우면 털구멍이 파르르 떨리지 않는가? 나의 열정에는 의지가 부족한 걸까? 어찌 됐든 나는 화가 나 있지만 결국 내 분노를 끌어안고 사는 자기만족적인 농가 마당의 노처녀인 걸까? 나는 정말로 스스로를 넘어서길 바라는 걸까? 나는 나의 분노와 그것의 끔찍한 결말에 관한 이야기라는 매개 속으로 기어 들어가 눈을 감고 급류 아래로 떠밀려가서는 조용한 강어귀에서 상쾌한 기분으로 깨어나게 될까? 이것은 어떤 자동현상일까. 이것은 나한테 어떤 자유를 가져다줄까? 자유가 없다면 내 이야기의 요점은 무엇일까? 나는 노처녀로서의 운명에 격분한 걸까? 내 억압의 이면에는 누가 있을까? 나는 잿더미 위에 몸을 웅크리고, 아버지와 계모를 향해 손가락질하며 말한다. 당신 그리고 당신. 하지만 나는 왜 그들로부터 달아나지 않았을까? 내가 살아갈 수 있는 다른 곳이 존재하는 한, 나에게 길을 가르쳐줄 천상의 손가락도 있을 것이다. 아니면 지금까지는 알지 못했다가 이제야 알게 된 더 복잡한 운명이 나를 기다리고 있을까? 화내기를 좋아하고 다른 이야기에 대한 상상력이 부족한 자들에게 던지는 경고의 의미로 십자가에 거꾸로 매달릴 운명일까? 하지만 거기에는 나를 위한 어떤 이야기가 있을까? 이웃집 둘째아들과의 결혼? 나는 행복한 촌뜨기가 아니다. 나는 불행하고 검은 처녀이며, 내 이야기는 내 이야기다. 설령 그것이 그것의 의미와 살아보지 못한 수많은 행복한 삶을 알지 못하는 따분하고 검고 맹목적이고 어리석고 비참한 이야기일지라도. 나는 나다. 성격은 운명이다. 역사는 신이다. 에잇, 에잇, 에잇.

13.   천사. 그녀는 때로 그렇게 알려져 있다. 갈색 아이들을 후두염과 열병에서 구해주려고 온 검은 옷의 천사라고. 병자를 간호할 때면, 가사일을 할 때의 엄격함은 한없는 동정심으로 바뀐다. 그녀는 졸음을 쫓으며 훌쩍이는 아이들이나 분만 중인 여자들과 함께 많은 밤을 뜬눈으로 지새운다. "하늘에서 내려온 천사!" 그들이 눈을 빛내며 아첨을 한다. 그녀는 만족스러워한다. 그녀는 전쟁 중에 다친 사람들의 마지막 시간을 가볍게 만들어줄 것이다. 그들은 입가에 미소를 띠고 그녀의 눈을 들여다보며 손을 꼭 잡고 죽어갈 것이다. 그녀의 동정심은 끝이 없다. 그녀는 자신이 필요한 존재이기를 바란다. 누가 자신을 필요로 하지 않으면 당황한다. 그것이 모든 걸 설명해주지 않는가?

14.   나의 아버지가 더 약한 사람이었다면, 그의 딸은 더 좋은 사람이었을 것이다. 하지만 그는 어떤 걸 필요로 한 적이 없다. 나는 내가 필요한 존재였으면 하는 생각에 사로잡혀 달처럼 그의 주위를 빙글빙글 돈다. 그처럼 나는 우습게 혼자서 우리의 와

해된 심리 속으로 들어가본다. 설명하는 것은 용서하는 것이고, 설명되는 것은 용서되는 것이다. 하지만 나는 설명할 수 없고 용서할 수 없다. 나는 그러기를 바라면서 또 그걸 두려워한다. (하지만 빛으로부터 움츠리는 내 안에 있는 것은 무엇일까? 나한테 정말 비밀이 있는 것일까? 혹은 나 자신 앞에서 이렇게 당혹스러워하는 것은 나의 더 좋은 탐색적인 반쪽을 신비화하고자 하는 방식일 뿐일까? 나는 정말로 나의 부드러운 어머니와 나의 갓난애 자아 사이의 틈에 이 검고 무료한 노처녀에 대한 열쇠가 있다고 믿는 걸까? 이야기를 늘려라, 이야기를 늘려라, 이것이 내 마음속 깊은 곳에서 들리는 속삭임이다.)

15.   내 얘기가 나왔으니 하는 말인데, 내가 가진 또다른 면은 자연에 대한 사랑이다. 특히 벌레의 삶에 대한 사랑, 동글동글한 똥덩이 주위나 돌 밑에서 뭔가를 위해 종종걸음을 치는 벌레의 삶에 대한 사랑이다. 나는 어렸을 때(이야기를 만들자, 이야기를 만들자!) 주름장식이 달린 차일모자를 쓰고 하루 종일 땅에서 벌레 친구들과 놀았다. 이야기는 그렇게 흘러간다. 이름은 생각나지 않지만 백과사전에서 어렵지 않게 찾아낼 수 있는 회색 딱정벌레, 갈색 딱정벌레, 커다란 검정색 딱정벌레. 그리고 나의 친구인 개미귀신. 나는 흔히 볼 수 있는 붉은 개미를 개미귀신이

파놓은 우아하고 작은 모래함정의 경사면으로 굴리곤 했다. 어쩌다 한 번씩 납작한 돌 밑에 숨어 있는 창백하고 흐늘흐늘하고 얼떨떨해하는 전갈 새끼 한 마리를 찾아내 막대기로 짓이기기도 했다. 그때도 나는 전갈이 나쁘다는 걸 알았기 때문이다. 나는 집을 뒤로하고 맨발로 강바닥을 걷는다. 뜨거운 검은 모래가 발에 눌리면서 발가락 사이로 비어져 올라온다. 나는 여울에서 스커트를 펼치고 앉아 허벅지로 올라오는 온기를 느낀다. 나는 어떻게 위기가 닥칠지는 알지 못하지만, 여하튼 위기가 닥치면 펠트*에서 닭 사료를 먹고 벌레와 이야기하며 움막에서 살거나 나뭇가지로 얹은 달개지붕 밑에서 살게 된다 해도 전혀 불안해하지 않을 것이다. 미치광이 노파의 모습이 작은 소녀에게서 희미하게 가물거렸을 게 틀림없고, 모든 것을 아는 갈색 피부 사람들은 수풀 뒤에 숨어 낄낄거렸을 게 틀림없다.

16.　　나는 하인의 아이들과 같이 자랐다. 나는 지금처럼 말하는 법을 배우기 전에는 그들처럼 말했다. 나는 낸이라는 이름의 개와 펠릭스라는 이름의 고양이가 부엌 석탄불 앞에서 꾸벅꾸벅 졸고, 아버지와 어머니, 피터와 제인이 자신들의 침대에서 잠을

---

* 남아프리카의 초원.

자고, 수월하게 여닫히는 서랍이 달린 옷장 속에 깨끗한 옷이 늘 구비된 인형의 집을 가질 수 있다는 걸 알기 전에는 그들처럼 막대기와 돌을 갖고 놀았다. 나는 하인의 아이들과 함께 카마 뿌리를 캐려고 펠트를 돌아다녔고, 어미를 잃은 양들에게 소젖을 먹였고, 양을 살충액에 담가 씻고 크리스마스 때 먹을 돼지를 도축하는 모습을 울타리에 올라가 지켜보았다. 나는 그들이 토끼처럼 아무렇게나 잠을 자는 구석방의 시큼한 냄새를 맡았다. 나는 그들의 눈먼 할아버지의 발치에 앉아 그가 빨래집게를 깎으며 해주는 옛날이야기를 들었다. 사람과 짐승이 겨울 방목지에서 여름 방목지로 옮겨갈 때는 길에서 같이 살았다고 했다. 나는 노인의 발치에 앉아, 짐승과 사람과 주인이 하늘의 별처럼 순진하게 집단적인 삶을 살았던 과거의 신화를 들이마셨다. 나는 그걸 절대 우습게 생각하지 않는다. 침울한 보라색을 띤 순박한 시대에 대한 꿈이 없이 그리고 나의 아픔을 나한테 해석해줄 추방에 관한 신화 없이 어찌 내가 잊힌 것들의 아픔을 견뎌내겠는가? 나한테 젖을 실컷 먹이고 깃털침대에 재운 다음 거친 손과 단단한 몸들 사이에 나를 혼자 남겨두고 밤에 울리는 벨 소리에 맞춰 사라진 부드러운 향기가 나던 사랑스러운 어머니, 당신은 어디에 있나요? 내가 잃어버린 세계는 남자들의 세계요, 차가운 밤과 장작불과 반짝이는 눈의 세계요, 내가 버리지 못한 언어로 된, 죽은 영웅들에 관한 긴 이야기의 세계다.

17.　　적대관계에 있는 여주인들이 사는 이 집에서 하인들은 못된 성질의 불똥이 튈까봐 어깨를 움츠리고 묵묵히 일한다. 단조롭고 고된 일에 무료해진 그들은 사이좋은 관계보다 좋은 것은 없다는 걸 알면서도 요란스러운 싸움이 터지기를 기다린다. 거인들이 자기네끼리 전쟁을 하고 난쟁이들이 밤중에 슬그머니 빠져나가는 날은 아직 도래하지 않았다. 그들은 자기들의 모든 감정이, 상반되는 것들의 파도가 연이어 밀려드는 형태가 아니라 분노, 후회, 환희가 한꺼번에 뒤범벅된 형태로 다가오는 걸 느끼며 잠을 자고 싶다는 생각이 들게 하는 현기증을 경험한다. 그들은 대저택에 있고 싶기도 하지만, 꾀병을 부려 집에 남아 그늘에 놓인 의자에서 졸고 싶기도 하다. 그들의 손에서 미끄러진 컵이 바닥에 떨어져 깨진다. 그들은 구석에서 재빨리 속삭인다. 그들은 이유도 없이 아이들을 혼낸다. 그들은 나쁜 꿈을 꾼다. 하인들의 심리 상태.

18.　　나는 혼자 살지도 않고 무리 속에 살지도 않고, 아이들 사이에 있는 것처럼 산다. 이상하고 베일에 가려진 듯한 말이 아니라 신호, 얼굴과 손의 일치, 어깨와 발의 자세, 음색과 어조의

미묘한 차이, 문법이 기록된 바 없는 틈과 부재와 같은 신호를 통해 나에게 의사가 전달된다. 그들이 나한테 그러하듯 나도 갈색 피부 사람들의 표정을 읽고 뭔가를 찾으려 한다. 그들도 나의 말을 건성으로 들으며, 나의 진짜 속마음을 말해주는 눈썹의 미세한 변화, 목소리에 함축된 것을 찾으려 한다. "조심해, 나를 속이지 마." "내가 하는 말은 내 말이 아니야." 이와 같은 진짜 의미 말이다. 공간과 시간의 계곡을 가로질러 우리는 창백한 연기 같은 서로의 신호를 포착하려고 애쓴다. 나의 말이 남자들이 남자들에게 하는 것 같은 말이 아닌 이유가 바로 이것이다. 램프 불이 꾸준히 타는 방에서 홀로 일하며 나는 자신의 리듬 속으로 삐걱거리며 들어가고, 다른 사람한테서 들어본 적 없는 말들의 바위에 걸려 넘어진다. 나는 나를 창조하는 말들로 나 자신을 창조한다. 의기소침한 사람들 사이에 살면서 다른 사람의 주목을 받아본 적도 없고, 내 입장에서도 다른 사람을 주목한 적 없는 나 자신을 창조하는 것이다. 내가 자유롭게 '나'인 한 불가능한 것은 없다. 방에 틀어박힌 나는 예정된 미래의 미치광이 노파다. 내 옷에서 물방울이 뚝뚝 떨어진다. 나는 몸을 구부리고 비튼다, 내 발에서 단단한 각질이 일어난다, 이 딱딱한 목소리는 아무런 일도 일어나지 않는 농장에서 무료함에 하품을 하며 이유 없이 문장을 만들어내고, 검열관이 코를 골면서 자는 한밤중에 나옴

직한 짜증나고 미친 감정들을 뿜어낸다. 나는 미친 나무피리 소리에 맞춰 혼자 춤을 춘다.

19.　비명(碑銘)의 역설들이 육체적인 사랑에 무슨 위로가 될까? 나는 만족한 과부의 도톰한 입술을 바라보고, 조용한 농가의 마룻바닥이 삐걱거리는 소리와 큰 침대에서 흘러나오는 부드러운 속삭임을 듣고, 사랑스러운 육체의 향이 내게 다가오는 걸 느끼고, 김이 모락모락 피어오르는 육체의 냄새를 맡으며 잠이 든다. 하지만 저 깊은 밑바닥에 있는 욕망의 대상을 위해 어떻게 현실을 놓아버릴 것인가? 비틀거리는 처녀, 나는 벌거벗고 문간에 서서 그렇게 묻는다.

20.　그녀는 자신의 도톰한 검은 입술에 손가락을 대며 은밀한 몸짓을 한다. 아무 소리도 내지 말라고 경고하는 걸까? 나의 순진한 육체를 보고 재미있어라 하는 걸까? 열린 커튼을 통해 보름달 빛이 그녀의 어깨와 강렬하고 아이러니한 입술로 흘러든다. 그녀의 엉덩이가 드리운 그림자 속에 남자는 잠들어 있다. 그녀는 수수께끼 같은 손을 입술로 들어올린다. 그녀는 재미있어라 하는 걸까? 놀란 걸까? 밤바람이 열린 커튼 사이로 불어온다. 방은 어둠에 잠겨 있다. 잠든 그들의 모습이 너무 고요하다.

내 심장이 뛰는 소리 때문에 그들의 숨소리는 들리지도 않는다. 나는 옷을 입고 그들에게 가야 할까? 그들은 내가 손을 대면 사라질 환영일까? 그녀는 강렬하고 아이러니한 입술로 나를 바라본다. 나는 문가에 옷을 떨어뜨린다. 휘황한 달빛 속에서 그녀는 나의 빈약하고 애원하는 듯한 몸을 훑어본다. 나는 다른 여자들에게 그러하듯이 나를 차분하게 가라앉혀줄 삶의 이야기를 소망하면서 눈을 가리고 운다.

21.   나의 아버지는 하루 일과를 끝내고 덥고 먼지 묻은 채로 들어왔을 때 목욕 준비가 돼 있기를 바랐다. 그가 앞문으로 들어오자마자 좌욕 욕조에 뜨거운 물을 부을 수 있도록 해가 지기 한 시간 전에 불을 지피는 것이 어렸을 때 내 임무였다. 그런 다음 나는 꽃무늬 가림막의 어두운 쪽으로 가서 그의 옷을 받고 깨끗한 속옷을 건네줬다. 나는 욕실에서 살금살금 나가면서, 욕조에 들어가는 그의 겨드랑이와 엉덩이 사이로 물이 파고드는 소리를 듣고, 비누와 땀이 어우러진 달짝지근하고 축축하고 무거운 냄새를 들이마셨다. 나중에는 이러한 임무가 없어졌다. 하지만 내가 남자의 희고 무겁고 말 없는 몸에 대해 생각할 때 그의 몸 말고 누구의 몸을 생각할 수 있을까?

22.　커튼 틈 사이로 나는 그들을 바라본다. 그녀는 그의 손을 잡고 스커트를 들어올리며 이륜마차에서 한 발 한 발 내려온다. 그녀는 손을 뻗으면서 웃고 하품을 한다. 장갑을 낀 손가락에 들린 작은 양산이 대롱거린다. 그가 그녀 뒤에 선다. 무슨 말인가가 나직하게 오간다. 그들은 계단을 오른다. 그녀의 눈이 넉넉하고 행복해 보인다. 레이스커튼 뒤의 손가락에는 신경 쓰지 않을 듯싶은 눈이다. 그녀의 다리는 몸과 조화를 이루며 편하게 움직인다. 그들은 문을 지나 시야에서 사라진다. 집에 온 한 남자와 한 여자.

23.　그림자가 차츰 길어지다가 곧 모든 것을 덮어버리는 저녁이 될 때까지 나는 창가에 서 있다. 헨드릭이 뜰을 가로질러 창고로 간다. 강바닥에서 지저귀는 새의 울음소리가 커졌다 잦아들기를 반복한다. 마지막 빛 속에서 제비들이 처마 밑 보금자리로 날아들고, 박쥐들이 날아다니기 시작한다. 몽구스 같은 육식동물이 굴에서 나온다. 고통과 질투와 고독이 아프리카의 밤에 뭘 하고 있는 것일까? 창문으로 어둠을 바라보는 여자는 무슨 의미일까? 나는 열 개의 손가락 끝을 차가운 유리에 대본다. 내 가슴속 상처가 벌어진다. 만약 내가 상징이라면, 나는 상징이다. 나는 불완전하다. 나는 속에 구멍이 난 존재다, 나는 뭔가를

의미한다. 그게 무엇인지는 모른다. 나는 바보다. 나는 한 장의 유리를 통해 어둠을 바라본다. 완전하고, 그 안에 박쥐와 수풀과 맹수가 살고, 맹목적이고, 나한테 주목하지 않고, 뭘 의미하는 게 아니라 그저 존재하는 어둠을. 만약 내가 좀더 압력을 가하면 유리는 깨질 것이고, 손에서 피가 날 것이고, 귀뚜라미 소리는 한순간 멈췄다 다시 들릴 것이다. 나는 집 안에 있는 껍데기 속에 산다. 나를 세상 속으로 해방시켜줄 행위를 나는 알지 못한다. 세상을 나한테 가져다줄 행위 또한 알지 못한다. 나는 우주 속으로 흘러드는 소리의 여울이다, 울고 신음하고 이를 가는 수많은 미립자.

24.   그들은 땀을 흘리며 몸부림친다. 집이 밤새 삐걱거린다. 틀림없이 씨는 벌써 뿌려졌을 것이다. 곧 그녀는 그녀의 주책없는 열기 속에서 큰대자로 드러눕고, 부풀며 익고, 그녀의 작은 분홍색 돼지 새끼가 배 속에서 발길질하기를 기다릴 것이다. 그러한 재앙이 나한테 일어난다고 가정해보면, 내가 낳을 아이는 홀쭉하고 창백할 것이다. 그리고 배가 아프다고 끝없이 징징댈 것이고, 엄마의 앞치마 끈을 잡고 낯선 사람들을 외면하며 허약한 다리로 비틀비틀 이 방 저 방을 돌아다닐 것이다. 하지만 누가 나에게 아이를 낳게 해줄 것이며, 누가 신혼 방에 누운 나의

앙상한 몰골, 배꼽까지 덮인 음모, 독한 냄새를 풍기는 겨드랑이, 거무튀튀한 콧수염의 자취, 자기를 빼앗겨본 적이 결코 없는 여자의 방어적인 경계의 눈을 보고 섬뜩해하지 않을 것인가? 나의 집이 풍비박산 날 때까지 얼마나 많은 고함 소리가 나야 할 것인가! 누가 나의 잠자는 난자들을 깨울 수 있겠는가? 그리고 누가 나의 해산을 돌봐주겠는가? 인상을 찌푸리며 채찍을 들고 있는 아버지가? 처녀가 아이를 낳는 기적이 일어난 사실에 킬킬거리며 무릎을 꿇고 다리가 묶인 양 한 마리와 햇과일과 야생 꿀을 바치는 겁먹은 갈색 피부 하인들이? 그 아버지의 아들이, 사막의 거짓 그리스도가 구멍에서 주둥이를 내밀고 나와 춤추는 무리를 이끌고 약속의 땅으로 간다. 그들은 빙빙 돌면서 북을 두드리고, 도끼와 쇠갈퀴를 흔들고, 갓난아이를 뒤따른다. 그 사이 부엌에서는 그의 어머니가 불길 위로 주문을 외거나 수탉의 내장을 긁어내거나 피투성이가 된 팔걸이의자에서 째지게 웃는다. 근친살해와 의사(擬似) 모친 살해를 할 정도로 돌아버린 정신 상태, 다른 어떤 잔학 행위들이 간질환자인 지도자와 무리를 지어 거들먹거리며 나아가는 농노들을 에워싸고 있는 줄 누가 알랴. 그들의 은빛 지붕에서 태양 불이 번쩍이고, 그들은 창문에서 날아온 총알에 맞아 산산조각이 난다. 그들은, 호텐토트족의 아들딸들은 흙 속에 누워 있다. 파리가 그들의 상처 속을 기어다닌다, 그들은 수레로 실려가 떼로 묻힌다. 내 아버지의 무게에 눌려 신음하면서 나는 세상에 생명을 주려고 몸부림치지만 죽음 외에는 만들지 못하는 것 같다.

25. 방풍등의 불빛에 의지해 나는 더없이 행복하고 만족한 잠을 자는 그들을 본다. 그녀는 잠옷의 엉덩이 부근이 구겨진 채로 누워 있고, 그는 얼굴을 아래로 하고 왼손으로 그녀의 손을 잡고 있다. 나는 내가 생각했던 고기 자르는 식칼 대신 발키리*가 무기로 쓰던 손도끼를 가져온다. 나는 시를 진짜 좋아하는 사람처럼 정적 속에 자신을 깊이 들여놓고, 그들의 숨을 들이마신다.

26. 나의 아버지는 벌거벗고 누워 있다. 그의 오른손 손가락이 그녀의 왼손 손가락과 얽혀 있고, 턱은 늘어지고, 검은 눈은 그들이 내는 모든 화염과 번개 때문에 닫혀 있고, 목구멍에서는 가르랑거리는 소리가 나고, 내 모든 슬픔의 원인인 맹목적인 물건은 지쳐서 그의 사타구니에 늘어져 있다(모든 뿌리와 구근과 함께 오래전에 뽑혔더라면 좋았을걸!). 도끼가 내 어깨 위로 휙

---

*북유럽 신화에서 오딘을 섬기는 전쟁의 처녀들.

올라간다. 부인, 아들, 연인, 상속인, 경쟁자와 같은 온갖 종류의 사람들이 나보다 앞서 이렇게 했다. 나는 혼자가 아니다. 줄에 달린 공처럼 그것은 내 팔 끝에서 떠내려가 내 아래에 있는 목구멍 속으로 가라앉는다. 갑자기 모든 것이 난리법석이다. 여자가 피에 흠뻑 젖은 채 침대에서 급히 일어나 주변을 쳐다보고, 그녀의 옆구리에서 들리는 헐떡거리는 소리에 당황한다. 이 같은 때에, 더 큰 일은 저절로 진행되고 그곳에 있는 사람에게 침착함 이상은 요구되지 않는다는 게 얼마나 다행인지! 그녀는 볼썽사납지 않게 엉덩이를 잠옷으로 가린다. 나는 앞으로 몸을 숙여 그들의 네 다리 중 하나일 게 틀림없는 다리를 움켜잡고, 그녀의 정수리 깊숙이 도끼를 내리친다. 그녀는 내 극적인 도끼가 여전히 박힌 채로 몸을 공처럼 웅크리고 왼쪽으로 쓰러진다. (내가 그렇게 내려칠 수 있을 거라고 누가 생각했으랴?) 하지만 손가락들이 침대 한쪽에서 나를 할퀸다. 나는 균형을 잃는다. 나는 냉정을 유지해야 한다. 이 끔찍한 것을 모두 시트로 덮고 패대기쳐 잠잠하게 만들 자유로운 순간이 나한테 찾아올 때까지 그들을 하나씩 차례로 죽여야 한다. (약간의 노력을 들여) 내 도끼를 다시 찾아 혐오스럽지만 이 손들과 이 팔들을 잘라버려야 한다. 나는 어쩌면 필요 이상으로 오래 지속적인 리듬으로 떨고 있는지 모르지만, 내 삶의 완전히 새로운 국면이 분명한 것을 위해 차분히 준비하고 있기도 하다. 하루를 어떻게 보낼지에 대해 더는 초조해할 필요가 없기 때문이다. 나는 계율을 어겼다. 죄지은 자는 지루할 수 없다. 나는 내 폭력의 다른 흔적을 없애는 것 외에도 두 사람의 시체를 치워야 한다. 나는 침착한 표정으로 얘기를 꾸며내야 한다. 헨드릭이 새벽에 우유통을 가지러 오기 전까지 모든 걸 끝내야 한다!

27.　나는 자문해본다. 그녀가 챙이 넓은 모자를 쓰고, 장거리 여행으로 먼지투성이인 데다 마구에 타조 깃털을 꽂은 말이 끄는 마차를 타고 평원을 가로질러 달가닥거리며 온 이후로, 나는 어째서 그녀와 얘기하길 거부하고 내 삶의 독백을 유지하려 완강하게 버텼던 것일까? 밖에선 닭이 꼬꼬댁거리고, 부엌에선 하인들이 조심스럽게 혹은 평화롭게 낮은 소리로 수다를 떠는 동안 그녀와 차를 마시며 아침의 페이지를 넘겼다면 어땠을까? 그녀와 함께 옷을 재단하거나, 손을 맞잡고 깔깔거리며 과수원을 산책했다면 어땠을까? 나는 외로운 농가와 돌사막의 포로일 뿐 아니라 돌 같은 독백의 포로이기도 한 걸까? 그걸 알고 있는 눈을 닫아버리거나 그녀의 목소리를 잠재우기 위해 나는 공격했던 걸까? 우리는 찻잔 위로 몸을 숙이고 서로를 정답게 대하는 법을 배우거나, 낮잠시간에 더워서 잠이 안 올 때 컴컴한 통로에서

서로를 지나치다 몸을 만지고 서로를 껴안고 매달리는 걸 배울 수는 없었던 걸까? 조롱기 섞인 눈길이 부드러워질 수는 없었던 걸까? 내가 체념할 수는 없었던 걸까? 오후 내내 껴안고 누워서 속삭일 수는 없었던 걸까? 나는 그녀의 이마를 쓰다듬고, 그녀는 나의 손을 코로 부비고, 나는 그녀의 눈의 검은 웅덩이에 잡혀 그런 걸 마다하지 않은 채 말이다.

28.   나는 자문해본다. 내 안에서 나를 금지된 침실로 유혹하고 금지된 행위를 하게 만드는 것은 무엇일까? 이 깔때기 모양의 검은 헝겊에 싸여 사막에서 살아온 삶이 이곳을 찾는 장사치나 먼 친척에게 독을 탄 음식을 먹이거나 침대에서 도끼로 쳐 죽일 정도로 사악한 에너지의 소용돌이 속으로 나를 몰아넣은 것일까? 단순한 삶이 사람들을 소진시켜 단순한 분노, 단순한 탐식, 단순한 나태의 단순한 상태로 만드는 걸까? 나는 내가 받은 가정교육 때문에 더 복잡한 감정에 맞지 않는 걸까? 그것이 내가 도시적인 삶과 동떨어진 농장을 떠나지 않고, 단순한 정열이 무한한 공간과 끝없는 시간 속에서 그들 나름의 중심을 돌며 발산되고 그들 나름의 저주의 형식을 만들어내는 상징의 풍경을 탐닉하길 선호하는 이유일까?

29.　나는 자문해본다. 하지만 내가 도시를 제대로 묘사한 걸까? 지붕 위로 수천 가닥의 연기가 떠돌고, 거리에서 수천의 저주받은 목소리가 부드럽게 속삭이는 도시를 생각해볼 수는 없는 걸까? 어쩌면 그럴 수 있겠지. 하지만 그것은 너무 회화적이다. 나는 화가가 아니다.

30.　나는 시체를 어떻게 해야 할지 자문해본다.

31.　수정 같은 물이 떨어지는 검은 동굴을 지나고, 닿을 수 있을지는 모르지만 이 세상 모든 가족의 비밀을 간직한 무덤들을 지나, 먼 땅속에서 강물이 흐른다. 나는 둑 안의 미지근한 물속으로 걸어 들어가, 우리의 꿈속에서 우리에게 손짓을 하고 지하 왕국으로 이끄는 구멍이 있는지 찾는다. 내 치마가 검은 꽃처럼 허리 주변으로 굽이치며 떠오른다. 발에 와 닿는 진흙과 녹색 개구리밥이 부드럽다. 버림받은 쌍둥이처럼 내 신발 두 짝이 둑에서 쳐다보고 있다. 모험 중에서 자살이 가장 문학적이다, 살인보다 더 그렇다. 스토리가 결말에 이르면, 모든 이의 형편없는 마지막 시심(詩心)이 발산된다. 나는 하늘과 별을 오랫동안 지그시 바라보며 작별을 고하고, 어쩌면 하늘과 별도 오랫동안 지그시 텅 빈 눈길로 나를 바라볼 것이다. 나는 소중한 마지막 숨

을 쉬고(안녕, 영혼이여!) 심연 속으로 뛰어든다. 그런 다음 서글픈 몽환 상태가 지나가고, 나머지는 차갑고 축축하고 우스운 것뿐이다. 나의 속옷이 물에 부푼다. 나는 바닥에 너무 빨리 닿는다, 늘 그랬듯이 신비의 소용돌이로부터 멀리 떨어져서. 한 줄기 물이 내 코로 들어가자 기침이 나오기 시작하고, 생존을 위한 생물체의 맹목적인 공포감이 엄습해온다. 나는 팔다리를 저어 물 위로 내 몸을 끌어올린다. 머리가 솟구쳐오르고, 나는 헐떡거리며 밤공기 속에서 구토를 한다. 나는 몸을 떠 있게 하려고 한다. 하지만 나는 지치고 또 지쳤다. 아마 나는 어색하게 팔로 한두 번 물을 찼을 것이다. 아마 나는 두번째로 가라앉았을 것이다. 이번엔 물맛이 덜 혐오스럽다. 나는 여전히 몸부림을 치지만, 어쩌면 내 근육의 무기력을 시험하고 음미할 정적의 막간을 기다리면서 다시 수면 위로 올라왔을 것이다. 어쩌면 나는 오직 한곳에서만 물을 저으며, 최종 담판을 짓고 하나의 단어를 위해 목숨을 포기하려는지 모른다. 반은 물이고 반은 부재한 자들을 향한 애원이다. 부재의 소용돌이 속의 하늘에 모이는 부재자들을 향해, 멀리 있고 보이지 않는 부재자들을 향해 내가 다시 가라앉아 나의 마지막 순간을 심각하게 탐색하는 일로 돌아서기 전에, 개를 불러들이고 농담도 거둬달라고 애원하는 것이다.

32.   하지만 내가, 낮에는 집 안에 틀어박혀 그을음이 묻은 구석에서 냄비에 요리를 하느라 바쁘고, 밤에는 손가락으로 눈을 꾹 눌러 빛의 고리들이 폭포처럼 떨어지고 회전하는 모습을 지켜보며 환영을 기다리는 나라는 여자의 이러한 심연 탐색에 대해 뭘 알까? 죽이는 것처럼 죽는다는 것도 어쩌면 내가 스스로에게 하는 이야기보다 더 음산한 이야기일지 모른다. 사람들과 소통이 없는 나는 어쩔 수 없이 상상력을 과대평가하고, 그것이 세속적인 것을 자기초월의 영광으로 빛나게 하기를 바란다. 하지만 만약 자연이 우리에게 불의 혀로 말하는 게 아니라면, 이 화려한 일몰은 왜 존재하는 것일까? 나는 자문해본다. (나는 떠 있는 먼지 입자들 어쩌고 하는 말이 납득이 가지 않는다.) 왜 귀뚜라미들은 밤새도록 울며 새들은 새벽에 노래할까? 하지만 늦었다. 생각에 잠길 시간이 있다면, 부엌으로 돌아갈 시간도 있다. 그리고 이 순간 처리해야 할 심각한 문제가 있다. 시체를 처리해야 한다. 헨드릭이 곧 뒷문을 열 것이기 때문이다. 사실 하인성의 본질은 주인의 오물과 친하다는 데 있지만, 그리고 시체가 오물이라는 시각 또한 있지만, 헨드릭은 본질일 뿐만 아니라 실체요, 하인일 뿐만 아니라 외부인이다. 우선 헨드릭은 우유통을 가지러 올 것이고, 조금 후에는 안나가 접시를 닦고 바닥을 쓸고 침대를 정리하러 올 것이다. 주인의 침실에서 뭔가를 계속

문지르는 지속적인 소리 외에는 집 안이 정적에 싸여 있다는 걸 알면, 안나는 어떻게 생각할까? 그녀는 문을 두드리기 전에 멈칫거리며 귀를 기울인다. 나는 깜짝 놀라 소리친다. 그녀는 육중한 문 틈으로 숨죽인 내 목소리를 듣는다. "안 돼, 오늘은 안 돼! 밖에 있는 게 안나야? 오늘 저녁에 와. 지금은 그냥 가고." 그녀가 돌아선다. 나는 그녀가 소리가 들리지 않는 곳으로 갔음에도 문틈에 귀를 대고 서서, 그녀의 등 뒤로 뒷문이 닫히고 그녀의 발이 자갈을 밟는 소리를 듣는다. 그녀는 피 냄새를 맡았을까? 그 얘기를 하러 갔을까?

33.　　그 여자는 무릎을 턱까지 올리고 옆으로 누워 있다. 서두르지 않는다면, 그녀는 그 자세로 굳어버릴 것이다. 끈적끈적한 진홍색 방 안의 그녀 얼굴 위로 머리칼이 흘러내려와 있다. 마지막에 그녀는 무시무시한 도끼에 움찔하면서 눈을 찡그리며 감고 이를 악물었지만, 지금은 얼굴 표정이 누그러졌다. 하지만 삶에 대한 집착이 강한 남자는 움직였다. 그의 마지막 경험은 불만족스러운 것이었음이 틀림없다. 그는 둔해진 몸으로 가상의 안전한 곳을 향해 나아가려 했던 게 틀림없다. 그는 자신이 흘린 피로 새까매진 채 침대 가장자리에 머리와 팔을 늘어뜨리고 누워 있다. 그가 자신의 영혼을 포기하고 그것을 따라갈 수 있는 데까

지 따라가다, 급강하하다 솟구쳐올라 날아가는 제비의 모습을 보면서 눈을 감았다면 더 좋았을 텐데.

34.   이러한 때에 청결이라는 단 하나의 문제만 있다는 것은 얼마나 다행인가. 이 빌어먹을 뒷일을 처리할 때까지 나에게 새로운 삶은 있을 수 없다. 침구는 젖었으니 불태워야 할 것이다. 오늘은 안 되겠지만 매트리스도 태워야 할 것이다. 마룻바닥에도 피가 잔뜩 묻었다. 시체를 옮기면 피가 더 묻을 것이다. 시체는 어떻게 하지? 태우거나 묻거나 물에 가라앉혀버릴 수 있다. 묻거나 가라앉히려면 집 밖으로 나가야 할 것이다. 묻는다면 강바닥처럼 땅이 부드러운 곳이어야 한다. 하지만 강바닥에 묻는다면 다음 홍수 때나 그다음 홍수 때 물에 쓸려 내려가다 강을 가로지르는 울타리에 썩어 문드러진 팔이 걸려 이 세상으로 되돌아올 것이다. 무거운 것을 달아 둑 밑에 가라앉히면 물을 오염시키고 가뭄이 들 때 철사에 칭칭 감긴 채 하늘을 향해 웃고 있는 해골로 다시 나타날 것이다. 그런데 묻거나 가라앉히려면 손수레에 전체를 싣거나 여러 개의 꾸러미로 나눠 옮겨야 할 것이다. 나의 마음이 기계처럼 너무나 분명하게 작동한다. 나는 도움을 받지 않고 혼자서 시체를 옮길 정도로 힘이 센가? 아니면 운반하기 쉽게 시체를 토막내야 할까? 내가 큰 여행가방 하나를

운반할 수 있을까? 외설적이지 않게 여행가방 안에 칸막이를 만들 방법이 있을까? 나는 죽이는 기술에 더 신경을 썼어야 했다. 구멍을 뚫지 않고 시체에 돌을 묶을 방법이 있을까? 그렇다면 뭘로? 나사송곳으로? 타래송곳으로? 개밋둑 위나 농장에서 멀리 떨어진 동굴에 갖다놓으면 어떨까? 뒤뜰에 장작더미를 쌓고 그 위에서 태우면 어떨까? 집에 불을 지르면 어떨까? 내가 그걸 감당할 수 있을까?

35.　　물론 솔직히 나는 어떤 것도 감당할 수 있다. 내 자유 때문에 당황하지 않는다면 나는 아무것도 아니다. 이 일에는 인내심과 신중함이 필요할 뿐이다. 그것이라면 나는 개미처럼 지나칠 정도로 갖고 있다. 게다가 배짱도 두둑하다. 만약 내가 언덕을 돌아다닌다면, 먼먼 빙하기에 물이 떨어져 생겼거나 화산 폭발로 생긴 구멍이 숭숭 뚫린 표석을 금세 찾아낼 것이다. 헛간에 가면 지금까지는 보이지 않던 철사, 화약상자, 백단향 장작단이 운좋게도 갑자기 눈에 띌 것이다. 하지만 지금은 몸집이 건장한 공범을 찾아야 할 때가 아닐까. 아무것도 묻지 않고 시체를 어깨에 들쳐 메고 휘적휘적 걸어가 더는 소용이 없는 시추공에 쑤셔넣거나 거대한 바위 밑에 눌러놓아 신속하고 효과적으로 처리해줄 공범 말이다. 내가 다른 사람을 필요로 하고, 설사 욕밖에 하

지 않는다 해도 다른 사람의 목소리를 들어야 하는 때가 올 것이다. 자아의 이 독백은 누가 나를 이끌어줄 때까지는 길을 찾아내지 못할 말들의 미로일 뿐이다. 나는 눈알을 굴리고 입술을 오므리고 귀를 씰룩거려본다. 하지만 거울 속의 얼굴은 내 얼굴이며, 설령 내가 불 속에 그것이 떨어질 때까지 잡고 있더라도 계속 내 얼굴일 것이다. 내가 아무리 격노하여 죽음의 문제를 처리하고 피와 비눗물에서 뒹군다 해도, 내가 제아무리 밤에 늑대처럼 울부짖어도, 나 자신의 섬뜩한 무대에서 연기하는 내 행동은 단순한 행위에 지나지 않는다. 나는 누구의 기분을 상하게 하지도 않는다. 하인들과 죽은 사람 외에는 나 때문에 기분이 상할 사람이 아무도 없기 때문이다. 나는 어떻게 구원받을 것인가? 그리고 (문지르고 문지르고 또 문지르는 일을 하는) 무릎을 드러낸 이 여자가 정말 나인가? 나는, 말을 넘어선 진정한 나는, 하인들이 보지 못하도록 바닥을 닦게 만든 폭력이 미지의 곳에서 미지의 곳으로 우당탕탕 지나가는 시간의 한 순간에, 공간의 한 지점에 그저 존재한다는 것 이상으로 더 깊이 이 현상에 관여했는가? 만약 내가 등을 돌리고 가버린다면, 램프불에 드러난 피투성이 광경이 기억의 터널 속으로 들어가 꿈속으로 사라져버리지 않을까? 그래서 통로 끝에 있는 끔찍한 작은 방에서 손가락으로 눈을 문지르며, 아버지의 눈썹이 뭉치고, 그다음엔 그 밑의 검은 눈이 감기고, 그다음엔 '노'라는 소리가 끝없이 울리는 동굴 같은 그의 입이 닫히기를 기다리도록 나를 놔두지 않을까?

36.   왜냐하면 그는 결국 그렇게 쉽게 죽지 않기 때문이다. 그는 말을 오래 타서 뻐근하고 불만스러운 표정으로 석양 속에 말을 타고 돌아오고, 내가 반기면 고개를 끄덕이고, 집 안으로 성큼성큼 들어가 팔걸이의자에 앉아 몸을 구부리고 구두를 벗는 걸 내가 도와주길 기다리는 사람이다. 옛날은 그냥 가버린 게 아니다. 그는 집에 새 부인을 데려오지 않았고, 나는 여전히 그의 딸이고, 만약 나쁜 말들을 거둬들인다면 착한 딸일 수도 있다. 하지만 그가 실패에 대해, 평생 실질적인 어둠에 갇혀 있어 구애의 방식에 대해서는 아무것도 모르는 내가 이해할 수 없는 그 실패에 대해 곰곰이 생각하는 동안, 나는 그를 피하는 게 좋을 것 같다. 기회가 다시 주어진다고 생각하자 가슴이 뛴다, 하지만 나는 조용히 움직인다, 그리고 고개를 숙인다.

37.   나의 아버지는 손도 대지 않고 음식을 밀쳐버린다. 그는 벽난로를 응시하며 거실에 앉아 있다. 나는 그를 위해 램프불을 켠다. 하지만 그는 손을 저어 나를 물리친다. 나는 방에서 바느질을 하며 그의 침묵에 귀 기울인다. 그는 시계 종이 울리는 사

이사이에 한숨을 쉴까? 나는 옷을 벗고 잠자리에 든다. 아침이 되자 거실은 텅 비어 있다.

38.　육 개월 전에 헨드릭이 새 신부를 집으로 데려왔다. 그들은 멀리 아르무드에서 먼지로 자욱한 당나귀 마차를 타고 달가닥달가닥 평원을 가로질러 왔다. 헨드릭은 챙이 넓은 펠트 모자를 쓰고 목까지 단추를 채운 셔츠에 나의 아버지가 물려준 검은색 양복을 입었다. 그의 신부는 숄을 움켜쥐고, 불안하고 걱정스러운 표정으로 그의 옆에 앉아 있었다. 헨드릭은 염소 여섯 마리와 오 파운드짜리 지폐 한 장을 주고 그녀의 아버지에게서 그녀를 샀다. 그는 오 파운드를 더 주겠다고 약속했다. 어쩌면 염소를 다섯 마리 더 주겠다고 약속했는지도 모른다. 이런 것들은 늘 정확하지 않다. 나는 아르무드에 가본 적이 없다. 사실 어떤 곳에도 가본 적이 없는 것 같다. 나는 확실히 아는 게 없는 것 같다. 어쩌면 나는 어떤 일이 벌어질 때까지, 가령 네거리에 묻힌 심장에 말뚝이 박히거나 어딘가에서 성이 호수 속으로 무너져내리는 일이 벌어질 때까지, 상상할 수 없는 법정에 의해 이곳에 억류된, 어떤 위도와 어떤 경도의 교차점에서 떠다니는 증기나 귀신인지 모른다. 나는 아르무드에 가본 적이 없다. 하지만 전혀 힘들이지 않고 그곳을 떠올릴 수 있다. 이것은 내가 가진 능력

중 하나다. 바람이 부는 황량한 언덕, 문간에 거친 베가 드리워진 누추한 양철집, 흙을 헤적거리는 닭, 추위에 누런 콧물을 흘리며 둑에서 물을 길어오는 아이들, 머릿수건을 쓴 수줍은 어린 신부를 헨드릭이 데려올 때 마차 앞에서 흩어지는 똑같은 닭들, 신부 지참금으로 가져온 염소 여섯 마리가 가시나무에 코를 들이밀고 누런 눈으로 가시나무, 조개무지, 닭, 마차를 따르는 아이들, 나에게는 이름, 이름, 이름뿐이지만 태양 밑에서 조화를 이루는 이 모든 것을, 나에게는 영원히 인식되지 못할 풍요 속의 한 장면을 바라보는 모습 등을 말이다. 그것에 관해서는 의심의 여지가 없다. 내가 계속하도록 만드는 것(내 콧등을 타고 흐르는 눈물을 보라, 형이상학만이 눈물이 페이지에 떨어지는 것을 막아준다, 나는 순결을, 나의 순결과 인류의 순결을 잃어버렸기에 운다!)은 나의 결심이다. 확고부동한 나의 결심이다. 철학자들이 말한 모든 것에도 불구하고(램프불이 희미해져가고 시계가 열시를 칠 때, 무식한 시골 여자인 내가 철학에 대해 뭘 알겠는가?) 이름의 장막을 통과해 염소의 눈으로, 두 가지만 예를 들자면 아르무드와 돌사막을 보고자 하는 요지부동하고 고집 세고 우스운 나의 결심이다.

39.   그녀는 밤새도록 헨드릭 옆에서 잠을 잔다. 아직 더 자라

야 하는 아이다. 언제나 감미로운 비율로 무릎이 조금씩 자라고 팔목이 조금씩 자란다. 옛날에, 벌레가 폭풍에 실려 도착하기 이전이 분명한 황금기에 헨드릭과 그의 일족은 꼬리가 두툼한 양들을 이 풀밭 저 풀밭으로 몰고 다녔을 것이고, 정말 우연히도 내가 앉아 있는 바로 이 장소에서 천막을 거둬 물러났을 것이다. 아마 그때 헨드릭은 누구에게도 무릎을 꿇지 않는 가장이었을 것이다. 아마 그때 그는 자신을 존경하고 자신의 뜻을 따르고 자신의 욕망에 그들의 몸을 맞추는 두 아내를 데리고 잤을 것이다. 그의 한쪽에는 옛 부인이, 다른 쪽에는 새 부인이 꼭 붙어 잤을 것이다. 나는 그때의 장면을 이렇게 상상해본다. 하지만 오늘밤, 헨드릭에게 부인은 한 명뿐이다. 학교 건물에 사는 야콥 노인도 입을 삐죽거리며 투덜대는 부인 한 명밖에 없다. 그녀의 토라진 목소리가 황혼의 바람에 실려 들려온다. 다행히도 무슨 말인지는 알아들을 수 없다. 그러나 비난조인 것만은 분명하다. 싸움은 아무리 작아도 싸움이긴 마찬가지다.

40.   여긴 헨드릭의 고향이 아니다. 벌레를 제외하면 조상 대대로 돌사막에서 살아온 사람은 아무도 없다. 알을 낳지도 못하고 햇빛에 눈만 깜빡이는 가짜 날개를 단 비쩍 마른 검정색 딱정벌레인 나도, 곤충학적으로 진짜 수수께끼인 나도 그중에 포함

된다. 헨드릭의 선조는 옛날에 가축과 가재도구를 가지고 A에서 B로 혹은 X에서 Y로 낙오자들을 버리고 물 냄새를 맡으며 어쩔 수 없이 앞으로 나아가면서 사막을 횡단했다. 그런데 어느날 울타리가 쳐지기 시작했고, 물론 이건 내 추측이다, 말을 탄 남자들이 왔다. 그늘이 진 얼굴을 한 사람들이 그들에게 돌아다니지 말고 정착하라고 초대했다. 그것은 명령일 수도 있었고 위협일 수도 있었다. 어느 쪽이었는지는 모른다. 그렇게 해서 그들은 가축을 지키는 사람이 되었고, 그들의 아이들도 그들을 따라 그렇게 했고, 여자들은 빨래를 하게 되었다. 이 식민지 역사는 매혹적이다. 추리적인 철학, 추리적인 신학, 그리고 지금 보니 추리적인 곤충학이 가능한 것처럼 추리적인 역사도 가능한지 궁금하다. 돌사막과 낙농의 지형은 말할 것도 없이 이 모든 것은 내 엄지손가락에서 나왔다. 그리고 경제학에 관해 말하자면, 양이 먹을 것이 없다면(왜냐하면 이곳은 결국 벌레 농장이 아니니까), 내가 편두통과 낮잠, 지루함, 무기력이 동반되는 내 존재의 경제학을 어떻게 설명하겠는가? 그리고 내가 그들에게 돌과 덤불 외에 무엇을 주었는가? 나를 살지게 하는 양들을 살지게 하는 건 분명 덤불이다. 햇볕에 바랜 풀과 희끄무레한 관목이다. 그것들이 내 눈에는 황량해 보이지만 양의 눈에는 즙이 많은 소중한 것이다. 식민지 역사에는 또다른 위대한 순간이 있다. 첫번째 메리노 양이 이곳이 약속의 땅이라는 걸 모르고 공포에 질려 메에메에 울면서 범포에 담겨 갑판에서 도르래 장치에 들려 내려온 순간 말이다. 양은 이곳이 영양가 있는 덤불의 싹을 수세대에 걸쳐 뜯어먹게 해주고, 내 아버지와 내가 이 외로운 집에서 살 수 있는 경제적인 기초를 제공하게 될 약속의 땅이라는 걸 모르고 메에메에 울 것이다. 양털이 자라기를 기다리며 들떠 있고, 길 잃은 호텐토트족의 떨거지를 모아 영원히 나무를 패게 하고, 물을 긷게 하고, 양을 지키게 하고, 육체노동을 시키고, 나중에는 무료함에 사로잡혀 파리 날개를 뽑게 되는 이 외로운 집에서의 삶, 그 삶을 위한 경제적 기초가 될 약속의 땅.

41.   헨드릭은 여기에서 태어나지 않았다. 그는 미지의 곳에서 왔다. 내가 모르는 어떤 아버지와 어머니 사이에서, 축복과 함께 혹은 축복 없이, 벌어서 먹고살도록 이 험난한 시기에 세상에 태어났다. 그는 어느 날 오후에 와서 일자리를 달라고 했다. 하지만 나는 왜 하필 이곳이었는지 그 이유를 떠올릴 수 없다. 그러한 운명이 위상기하학적으로 가능하다면 우리는 미지의 A에서 미지의 B로 이동 중이다. 내가 이 말을 제대로 사용한 것이길 바란다. 나한테는 가정교사가 없었다. 나는 떠돌이 가정교사들이 걸상을 끌어다 가까이에 앉고 싶어할 다리가 쭉 뻗은 말괄

량이가 아니라 근심 걱정으로 음침해지고 땀에 젖고 멍청해진 여자다. 헨드릭은 어느 날 오후에 도착했다. 내 추측으로는 열여섯쯤 되었던 것 같다. 물론 먼지가 잔뜩 묻고 손에는 지팡이를 들고 어깨에는 가방을 들쳐 메고 있었다. 그는 계단 아래에 서서 고개를 들고 나의 아버지가 담배를 피우며 바라보는 먼 곳을 바라보았다. 그것은 이곳에 사는 우리의 습관이다. 멀리 바라보고 불길을 응시하는 것. 그것이 우리의 사색적인 성향의 기원이 틀림없다. 헨드릭은 모자를 벗어 가슴께에 들고 있었다. 열여섯 살 먹은 사내아이가 취함 직한 몸짓. 이곳에서는 성인 남자나 사내아이나 모두 모자를 쓴다.

"나리." 헨드릭이 말했다. "안녕하십니까, 나리. 저는 일자리를 찾고 있습니다."

아버지는 기침을 하더니 가래를 그대로 삼켜버렸다. 나는 그가 했을 말들을 추측해본다. 나는 헨드릭이 내가 들었던 걸 들었는지, 어쩌면 내가 그날은 듣지 못했지만 지금은 내 내면의 귀에 들리는 것, 즉 그 말에 섞인 언짢은 기색이나 경멸감을 그가 들었는지 알 수 없다.

"어떤 일을 찾고 있느냐?"

"아무 일이라도 괜찮습니다, 나리."

"어디서 왔느냐?"

"아르무드에서 왔습니다, 나리. 하지만 지금은 코부스 나리 댁에서 오는 길입니다. 코부스 나리가 여기로 가면 일이 있다고 하셨습니다."

"코부스 나리를 위해 일을 하느냐?"

"아닙니다, 코부스 나리를 위해 일하지 않습니다. 그쪽에 가서 일자리를 찾았을 뿐입니다. 코부스 나리께서 나리 댁으로 가면 일자리가 있다고 하셨습니다. 그래서 온 것입니다."

"어떤 일을 할 수 있느냐? 양을 돌볼 줄 아느냐?"

"예, 저는 양을 압니다. 나리."

"몇 살이냐? 계산은 할 줄 아느냐?"

"저는 튼튼합니다. 일을 하겠습니다. 나리도 보시면 아실 것입니다."

"너 혼자냐?"

"예, 나리, 지금은 혼자입니다."

"내 농장에 있는 사람들을 아느냐?"

"모릅니다, 나리. 여기 있는 사람들은 아무도 모릅니다."

"그럼 잘 들어라. 이름이 무엇이냐?"

"헨드릭입니다. 나리."

"잘 들어라, 헨드릭. 부엌에 가서 안나에게 빵과 커피를 달라고 해서 먹고, 잘 곳을 마련해달라고 해라. 그리고 내일 아침 여기로 오거라. 그때 네가 할 일을 말해주마. 자, 가거라."

　"예, 나리. 감사합니다, 나리."

42.　　　이러한 대화의 흐름, 얼마나 만족스러운가. 나의 모든 삶이 다음엔 뭐지, 다음엔 뭐지, 하는 고문보다는 그처럼 질문하고 답변하고, 말하고 반복하는 형태였다면 좋았을 텐데. 남자들의 대화는 그렇게 혼란스럽지 않고, 그렇게 침착하고, 그렇게 일상적인 목적으로 가득하다. 나는 남자가 됐어야 했다. 그랬다면 그렇게 까다롭지 않았을 것이고, 남자들이 햇볕 아래서 하는 일들을 하며 나날을 보냈을 것이다. 구덩이를 파고, 울타리를 세우고, 양을 세면서. 내가 부엌에서 할 게 뭐가 있는가? 하녀들의 수다, 잡담, 우환, 갓난아이, 수증기, 음식 냄새, 발목의 고양이털. 내가 이런 것들로부터 어떤 종류의 삶을 만들어낼 수 있는가? 몇십 년간 양고기와 호박과 감자조차도 나에게 진짜 시골 아낙의 늘어진 목살, 가슴, 엉덩이를 만들어주지 못했으며, 빈약한 엉덩이가 아래로 처지는 것 이상을 성취하지 못했다. 애석하게도 내가 크레이프로 싸인 철사라고 상상하는 내 의지의 힘이 결국 지방 분자들에 맞서 나를 영원히 원래의 모습으로 있게 할 정도로는 크지 않았기 때문이다. 그들은 내 핏속의 미소(微小) 동물과 벌이는 전쟁에서 수백만씩 죽어가면서도 밀고 들어온다.

맹목적인 입들의 조류라고나 할까. 나는 수없는 세월 동안 말 없는 아버지와 식탁에 마주 앉아, 내 안에서 들리는 미세한 이빨 소리에 귀를 기울인다. 나는 이런 식으로 상상해본다. 사람은 육체에서 기적을 기대해서는 안 된다. 나조차 죽을 것이다. 얼마나 순환적인가.

43.   거울. 죽은 지 오래된 어머니에게서 물려받은 거울. 말 없는 아버지의 머리와 말 없는 내 머리 위 식당 벽에 걸려 있는 초상화는 어머니의 모습이 틀림없다. 그런데 어찌 된 일인지 그 벽을 떠올리면 액자 밑의 희끄무레한 부분만 떠오른다. 내 눈이 벽을 따라가다 찾아낸 희끄무레하게 벗겨진 부분만 떠오르는 것이다…… 언젠가는 내가 찾게 될, 오래전에 죽은 어머니에게서 물려받은 그 거울은 내 침대 맞은편 옷장 문에 붙어 있다. 거울에 비친 내 몸을 자세히 들여다보는 것은 나에겐 전혀 즐거운 일이 아니다. 하지만 잠옷을 — 밤에는 흰색 잠옷, 낮에는 검은색 잠옷 — 입고, 추위에 대비해 긴 양말을 신고, 외풍에 대비해 나이트캡을 쓰고 있을 때면, 나는 때때로 불을 밝히고 팔꿈치를 괴고 거울을 바라보며 내 모습을 향해 미소를 짓고, 그것 혹은 그녀에게 말을 걸기도 한다. 이럴 때에 나는 거울을 통해(사물을 드러내 보인다는 점에서 거울이란 단순하기 짝이 없고 기계장치

가 전혀 없음에도 얼마나 편리한 장치인가. 그걸 장치라고 부를 수 있다면 말이다) 나의 눈 사이에 짙게 자란 털을 본다. 찌푸린 내 얼굴, 까놓고 말해 사랑할 이유가 전혀 없는 뭘 갉아먹는 듯 찌푸린 내 얼굴에서 핀셋으로 눈썹의 일부를 뽑거나 당근을 뽑 듯 펜치로 몽땅 뽑아내면 미간이 넓어져 얼굴이 세련돼 보이고 인상이 좋아지고 부드럽게 보이지 않을까 궁금하다. 만약 낮에 쓰는 헤어네트와 핀, 밤에 쓰는 나이트캡을 벗어버리고, 머리를 감고, 처음에는 목덜미까지, 그다음에는 어깨까지 머리를 기르 면 내 인상도 부드러워지지 않을까? 시체의 머리도 자라는데 내 머리가 자라지 않을 이유가 있겠는가? 이가 자라기에 내 나이가 너무 많은 게 아니라면, 다른 이가 자라도록 몇 개의 이를 뽑아 버리고 관리하면 덜 못생겨 보이지 않을까? 침착하게 이를 뽑는 것에 관해 생각하는 걸 보면, 내가 많은 것을 두려워하지만 고통 은 거기 포함되지 않는 것 같다. 나는 거울 앞에 앉아 (스스로에 게 얘기한다) 뽑힐 운명의 이를 펜치로 물고 뽑힐 때까지 잡아 당기며 실랑이를 할 것이다. 그리고 다음 이로 넘어갈 것이다. 이와 눈썹을 처리한 후 피부로 넘어갈 것이다. 나는 매일 아침 과수원으로 달려가 살구나무, 복숭아나무, 무화과나무 밑에 서 서 배가 뒤틀릴 때까지 허겁지겁 과일을 따먹을 것이다. 나는 운 동을 할 것이다. 아침에는 강바닥을, 저녁에는 언덕을 거닐 것이다. 만약 그 원인이 물리적인 것이라면, 그러니까 피부를 그렇게 둔하고 핼쑥하게, 살을 그렇게 얇고 무겁게 만들어, 만약 그러한 조합이 가능하다면 말이다. 때때로 내 안에서 피가 흐르는지 아니면 웅덩이에 그냥 고여 있는지 가끔 생각해보게 하고, 혹은 책에서 얘기하는 것처럼 내게 일곱 개의 피부 대신 스물한 개의 피부가 있는 것은 아닌지 가끔 생각해보게 하는 원인이 물리적인 것이라면, 치료도 물리적인 것이어야 한다. 그렇지 않다면 믿을 게 뭐가 있으랴?

44.　　하지만 그저 평범한 여자라면, 폐기 처분되지 않기 위해 노심초사하면서 누구라도 지나가는 사람에게, 심지어 행상인이나 떠돌이 라틴어 선생에게라도 몸과 마음을 바칠 준비가 되어 있고, 그 사람에게 딸 여섯을 낳아주고, 기독교적인 인내심으로 그 사람의 매와 욕설을 참아내고, 짙어지는 음울함과 파멸의 분위기 속에서 팔꿈치를 괴고 거울에 비친 자기 모습을 쳐다보는 대신 품위 있고 모호한 삶을 살고자 하는 조용하고 머리는 텅 빈 평범한 상속녀라면 얼마나 좋으랴. 발은 추위로 새파래지고 손가락은 언 쇠에 짝짝 달라붙는 아침 다섯시에 스토브에 불을 붙이려고 따뜻한 침대를 매몰차게 박차고 일어날 수 있다면, 지금이라도 벌떡 일어나 달빛 속에서 공구상자가 있는 곳으로, 과수

원으로 달려가 털을 뽑고 이를 뽑고 과일을 먹는 일을 시작할 수 있지 않을까? 너무 늦기 전에 말이다. 적당히 품위를 지키기보다는 우울한 것, 끔찍한 것, 고통스러운 운명을 사랑하고, 그것의 둥지에 코를 대고 킁킁거리고, 쥐똥과 닭 뼈다귀가 널린 컴컴한 구석으로 다가서고자 하는 어떤 것이 내 안에 있을까? 만약 있다면, 그것은 어디로부터 온 것일까? 내 환경의 단조로움으로부터? 가장 가까운 이웃이 20마일 이상 떨어져 있는 자연의 심장부에서 막대기와 돌과 벌레와 같이 놀면서 지낸 그 모든 세월로부터? 잘은 몰라도 그럴 것 같지는 않다. 그렇다면 내 부모로부터? 길길이 날뛰는 매정한 아버지로부터? 아버지 뒤에 서 있는 흐릿한 타원형의 어머니로부터? 그럴지도 모르겠다. 두 사람으로부터 혹은 그들 각자로부터 받았을지 모른다. 잊어버렸지만 필요할 경우 불러올 수 있는 그들 뒤에 있는 네 명의 조부모로부터 받았을지 모른다. 가계 혈통에 근친상간이 없었다면 여덟 명의 증조부와 열여섯 명의 고조부한테 받았을지 모른다. 그리고 그들에 앞선 서른두 명의 조상으로부터 받았을지 모른다. 그렇게 해서 결국 아담과 이브까지 올라가고, 마지막으로 하느님까지 올라가게 되겠지. 늘 이해하기 어려운 수학적 과정을 통해. 못생긴 내 얼굴과 검은 욕망 그리고 이 순간 침대에서 뛰쳐나가 나 자신을 치료하는 걸 내켜하지 않는 이유에 대한 그럴싸하고 대담한 두 가지 가정이 있다. 원죄와 타락한 가계 혈통. 하지만 나는 설명에 관심이 없다. 나는 자신에 대한 '어째서'와 '왜'를 초월해 있다. 내가 관심을 갖는 건 운명이다. 혹은 실패하는 운명이다. 나한테 일어나려 하는 것이 무엇이든 그것에 관심이 있는 것이다. 나이트캡을 쓰고 거울 속에서 나를 지켜보는 여자, 어떤 의미에서 보면 나인 그 여자는 먹고살 수 있는 사건의 묽은 죽이라도 없다면, 이 시골 한복판에서 작아지다 소멸할 것이다. 나는 거울을 들여다보면서 아무것도 보지 못하거나 햇볕 속을 거닐면서 그림자를 드리우지 않는 그런 사람 중 하나가 되는 데는 관심이 없다. 그것은 나한테 달려 있다.

45.　　헨드릭. 헨드릭은 물건과 현금으로 품삯을 받는다. 한때는 월말에 이 실링을 받았지만 지금은 육 실링으로 올랐다. 또한 식용 양 두 마리, 밀가루, 옥수숫가루, 설탕, 커피 등을 매주 받는다. 그는 채소밭을 갖고 있다. 그는 내 아버지가 입다 버린 쓸 만한 옷을 입는다. 그는 햇볕에 말려서 무두질한 가죽으로 신발을 만들어 신는다. 일요일은 그만의 시간이다. 아플 때는 병구완을 받는다. 너무 나이가 들어 일할 수 없게 되면 그는 젊은 남자에게 일을 넘기고 은퇴해 의자에 앉아 햇볕을 쬐며 손자들이 노는 모습을 지켜볼 것이다. 묘지에는 그가 묻힐 곳이 정해져 있

다. 그의 딸들이 그의 눈을 감겨줄 것이다. 일을 처리하는 다른 방법들이 있겠지만, 나는 이처럼 평화로운 방법을 알지 못한다.

46.　헨드릭은 자신의 가계를 시작하고 싶어한다. 내 할아버지와 아버지의 가계와 유사한 자신만의 소박한 가계를. 헨드릭은 아들과 딸로 가득한 집을 갖고 싶은 것이다. 그래서 그는 결혼했다. 그는 고분고분한 둘째아들이 집에 남아 농사일을 배우고, 집안의 기둥이 되어 착한 여자와 결혼해 가계를 이어갈 것이라고 생각한다. 딸들은 농가의 부엌일을 할 것이라고 생각한다. 그들은 토요일 밤에 기타를 들쳐 메고 자전거로 펠트를 가로질러 엄청난 거리를 달려온 인근 농장 사내들의 구애를 받아 결혼하고 아이들을 낳을 것이다. 첫째아들은 싸우기를 좋아하고 순종하기를 거부해 집을 떠나 철도회사에서 일자리를 찾을 것이고, 말다툼 끝에 칼에 찔려 외롭게 죽어 어미의 가슴을 미어지게 할 것이다. 별 특징이 없는 다른 아들들도 어쩌면 일자리를 찾아 떠나 다시는 소식을 들을 수 없게 될 것이다. 혹은 갓난애일 때 딸들이 죽는 비율만큼 죽을 것이다. 그래서 가계의 분파가 생겨도 너무 멀리 갈라지지는 않을 것이다. 그런 것이 헨드릭이 꿈꾸는 것이다.

47.   헨드릭이 아내를 맞은 건 더이상 젊은이가 아니고, 그의 대가 지상에서 영원히 끊기기를 바라지 않고, 밤이 오는 게 두렵고, 남자는 혼자 살도록 태어나지 않았기 때문이다.

48.   나는 헨드릭에 대해 아무것도 모른다. 우리가 농장에서 오랜 세월 같이 사는 동안, 나는 거리를 두고 그는 자기 자리를 지켜왔기 때문이다. 두 가지의 결합, 즉 자리와 거리의 결합이 그에게 머무는 나의 시선과 나에게 머무는 그의 시선이 상냥하고 무관심하고 멀리 있도록 해줬다. 나한테는 그 설명으로 족한 것 같다. 헨드릭은 농장에서 일하는 남자다. 광대뼈가 튀어나오고 눈초리가 올라가고 키가 크고 어깨가 반듯한 갈색 피부의 남자다. 그는 내가 흉내 낼 수 없는 빠르고 지칠 줄 모르는 걸음걸이로 뜰을 가로지른다. 다리가 무릎보다는 엉덩이에 달려 움직이는 것 같다. 금요일 저녁이면 그는 우리를 위해 양을 도살해 나무에 매달아놓고, 장작을 패고, 소젖을 짠다. 아침에는 "안녕하세요, 아가씨" 하고 인사하면서 모자를 들어올리고 해야 할 일을 한다. 우리는, 그러니까 헨드릭과 나는 아주 오래된 규약 속에서 각자의 자리를 차지하고 있다. 우리는 유연하게, 우리가 추는 춤의 스텝에 맞춰 움직인다.

49.　　　나는 전통적인 거리를 유지한다. 나는 공정하고 공평하고 친절하며, 어떤 의미에서든 마녀가 아닌 착한 안주인이다. 내 표정은 하인들에게 중요하지 않다. 나는 그게 고맙다. 따라서 내가 느끼는 새벽바람 속에 불어오는 무언가는 나 혼자만 느끼는 것이 아니다. 우리 모두가 그것을 느낀다. 그래서 우리 모두는 우울해졌다. 나는 아우성 소리를 들으며 깬다. 이 집을 급습하여 미끄러지고 전율하는 욕망과 슬픔과 혐오감과 고뇌의 소리 없는 아우성. 괴롭고 혐오스럽고 슬프고 애가 타는 박쥐들이 잃어버린 둥지를 찾아 집으로 몰려든 것 같은 그 소리. 잠잘 때조차 내 아버지가 보내는 신호에 맞춰져 있는 나의 속귀를 무감각하게 만드는 그 소리들. 아우성 소리가 들려오는 곳은 그의 침실이다. 헨드릭이 아르무드에서 여자를 데려온 이래 그 아우성은 전보다 더 커지고 더 노기를 띠고 더 슬퍼졌다. 그와 여자가 도착했을 때, 오랜 길을 달려 지친 당나귀들은 오두막으로 이르는 길을 힘겹게 올라왔다. 수레 뒤로 한가롭게 먼지가 일었다. 헨드릭은 문 앞에서 수레를 멈추고 채찍을 구멍에 끼운 뒤 내려서 여자를 들어 내려주고 그녀에게서 등을 돌리고 마구를 끄르기 시작한다. 6백 야드쯤 떨어진 베란다에 앉아 나의 아버지는 쌍안경으로 헨드릭이 데려온 안나의 붉은 머릿수건, 미간이 넓은 눈, 각진 턱, 날카로운 작은 이, 여우 같은 아래턱, 가느다란 팔, 호리호리한

몸매를 처음으로 본다.

50. 　내 시야 안에서 거대한 빛이 흔들리더니, 순간 당나귀 수레에서 내려오는 헨드릭의 어린 신부를 비춘다. 그런 다음 위험한 일곱번째 파도에 쓸려가지 않도록 의자에 몸을 묶은 등대지기처럼 나는 여자가 어둠 속으로 슬그머니 들어가는 모습을 지켜보고, 램프에 달린 톱니가 돌아가는 소리를 듣고 헨드릭 혹은 나의 아버지 혹은 그 여자가 시야로 들어와 그들의 것이 아니라 나한테서 나오는 빛으로, 빛이 아닌 불일지도 모르는 빛으로 한순간 반짝이기를 기다린다. 나는 스스로에게 말한다. 끈을 던져버리고, 지레를 잡아당겨 톱니바퀴를 멈추게 하고, 빛이 그녀의 가냘픈 팔과 호리호리한 몸매를 계속 비추게 하면 돼. 하지만 겁에 대해 얘기하자면, 나는 겁쟁이다. 빛이 계속 회전한다. 나는 금세 돌사막이나 염소 혹은 거울 속 내 얼굴을 바라보며, 지금까지 고통스럽게 참고 있던 건조하고 시큼한 숨을 그것들을 향해 내쉴 수 있다. 나의 영혼이나 자아일 수도 있는 나의 숨 혹은 빛일 수도 있는 나의 숨을 말이다. 나는 의식의 옥좌를 내어주고 염소나 돌의 존재 방식에 편입되기를 간절히 바라지만, 그것이 참을 수 없는 염원은 아닌 듯하다. 여기에 앉아 나는 이 서늘하고 소외당한 나의 매개체 속에 염소와 돌, 농장 전체와 그 주변

을 잡아두고, 그것을 하나씩 내 말로 바꿔본다. 한 줄기 뜨거운 돌풍이 황토색 먼지를 한 줌 들었다 내려놓는다. 풍경이 바뀌고 안정을 찾는다. 그때 헨드릭이 그의 신부를 당나귀 수레에서 내려준다. 그녀는 자신이 쌍안경 렌즈에 들어와 있다는 걸 모른 채 오두막을 향해 첫걸음을 내딛는다. 그녀는 시든 꽃다발처럼 보이는 걸 아직도 들고 있다. 그녀의 발가락은 새침하게 안으로 말려 있고, 뻣뻣한 옥양목 스커트 밑에선 부드러운 살과 부드러운 살이 서로 부딪친다. 여기에서 다시 말이 머뭇거리기 시작한다. 말은 동전이다. 말은 소외시킨다. 언어는 욕망의 매개체가 아니다. 욕망은 교환이 아니라 환희다. 언어는 욕망하는 것을 소외시킴으로써만 그것을 정복할 수 있다. 헨드릭의 색시, 그녀의 교활한 사슴 눈, 좁은 엉덩이는 욕망이 바라보는 이의 호기심으로 바뀔 때까지 말이 닿지 않는 곳에 있다. 욕망의 광란은 말의 매개 속에서 수많은 것을 열망하게 한다. 나는 지옥의 속담들을 갖고 몸부림친다.

51.   동이 트기 전에 헨드릭은 내 귀에 들리지 않을 정도로 아주 미세한 소리들, 풍향의 변화, 새들이 잠의 끝자락에서 바스락거리는 소리에 잠에서 깬다. 어둠 속에서 그는 바지를 입고 신발을 신고 웃옷을 걸친다. 그리고 불을 다시 피우고 커피를 끓인

다. 그의 등 뒤에서 낯선 사람이 털가죽 덮개를 귀 가까이 끌어 당기고 누워서 바라본다. 그녀의 눈이 오렌지색으로 빛난다. 창문은 닫혀 있고, 오두막 안은 사람 냄새로 가득하다. 그들은 자다 깨다를 반복하고 복잡한 냄새를 발산하며 밤새도록 발가벗고 누워 있었다. 갈색 피부 사람들에게서 나는 그을린 듯하고 시큼한 냄새. 나는 그 냄새를 잘 안다. 기억나진 않지만, 나한테는 갈색 피부인 유모가 있었던 게 틀림없다. (나는 다시 냄새를 맡는다. 다른 냄새들은 더 강하다.) 쇳내가 나는 피 냄새는 확실히 강하다. 핏속으로 날카롭게 들어오는, 여자가 흥분했을 때 나는 희미하고 시큼한 냄새, 그리고 마침내 부드러운 달콤함으로 대기를 적시는 헨드릭의 넘치는 반응. 문제는 혼자 사는 노처녀인 내가 그런 것들을 어떻게 알고 있느냐가 아니다. 내가 괜히 수없는 저녁 시간을 사전 위로 몸을 굽히고 보내는 게 아니다. 말은 말이다. 나는 밤에 일어나는 그런 일을 경험해본 척하지는 않았다. 감안해야 할 것은 내가 기호를 다룰 뿐이라는 것이다. 묻고 싶은 것은, 나는 이런 것들을 알고 있는데 나의 아버지는 그것들에 대해 얼마나 모르기에 그의 단단한 심장 껍질이 질투심에 부풀어 터지지 않느냐 하는 것이다. 나는 이 물건 저 물건을 집어 들어 냄새를 맡고 묘사한 뒤 내려놓고, 내 말들로 우주를 찬찬히 센다. 하지만 그는 욕망의 용들이 접근하지 못하게 하는 어떤 무기를 갖고 있는 것일까? 나는 예언가가 아니지만 바람 속에서 느껴지는 오싹함이 나에게 재앙이 다가오고 있음을 말해준다. 나는 우리 집의 텅 빈 통로에서 검은 발자국 소리를 듣는다. 나는 어깨를 움츠리고 기다린다. 무언가가 몇십 년간의 잠에서 깨어나 우리를 덮치려 한다.

52.　헨드릭이 불 앞에 쭈그리고 앉아 가루커피에 끓인 물을 붓는다. 목가적인 분위기가 지속되는 동안 그는 자신의 커피를 만들어 마실 것이다. 그런 다음 요정 같은 손님에서 부인으로 바뀐 그 여자는 먼저 일어나는 걸 배우고, 틀림없이 머지않아 혼나고 두들겨 맞기도 할 것이다. 이것을 전혀 모르는 그녀는 따뜻한 발가락을 꼼지락거리며 뚫어지게 그를 지켜본다.

53.　헨드릭이 밤의 끝자락 속으로 나온다. 강바닥을 따라 늘어선 나무에서 새들이 움직이기 시작한다. 별은 얼음처럼 깨끗하다. 조약돌이 그의 신발 밑에서 빠드득빠드득 소리를 낸다. 창고 돌바닥에 우유통이 부딪는 소리가 들린다. 그가 외양간 쪽으로 저벅저벅 빠르게 걸어가는 소리가 들린다. 나의 아버지가 담요를 옆으로 젖히고 침대에서 일어나 양말만 신은 채 차가운 마룻바닥에 선다. 나는 내 방에서 이미 옷을 입고 있다. 아버지가

엄숙하고 찡그린 표정으로 부엌에 들어오기 전에 그가 마실 커피를 준비해놓아야 하기 때문이다. 농장의 삶.

54.　헨드릭이 아내를 농장에 데려오게 휴가를 달라고 하자 아버지가 "하고 싶은 대로 해라"라고 대답했던 날 이후로, 헨드릭과 아버지 사이엔 결혼에 관한 아무 얘기도 오가지 않았다. 결혼식은 아르무드에서 올렸다. 결혼 첫날밤을 오는 길에 보냈는지 아니면 여기에서 보냈는지 나는 알지 못한다. 그다음 날 헨드릭은 돌아와서 일을 했다. 아버지는 배급량을 늘려줬지만 결혼 선물은 주지 않았다. 나는 결혼 소식이 알려진 후 그를 처음 만났을 때 "헨드릭, 축하해" 하고 말했다. 그랬더니 그는 모자에 손을 대고 웃으며 말했다. "고마워요, 아가씨."

55.　우리는 베란다에 나란히 앉아 마지막 석양을 바라보고 별이 뜨기를 기다리며, 때때로 헨드릭이 강 너머에서 서툴고 부드럽게 기타 줄을 튕기는 소리를 듣는다. 어느 날 밤 대기가 유달리 잠잠하던 때, 그가 연주하는 〈깃털로 가득한 손〉이 처음부터 끝까지 우리 귀에 들려왔다. 하지만 대부분은 바람이 희미한 그 소리를 실어가버린다. 우리는 저마다의 행성에 사는지도 모른다. 우리는 우리의 행성에, 그들은 그들의 행성에.

56.   나는 헨드릭의 신부를 거의 보지 못한다. 그녀는 그가 없을 때면 둑으로 물을 길러 가거나 강으로 장작을 가지러 갈 때를 제외하곤 오두막에 머물러 있다. 그녀가 밖으로 나오면 나의 눈은 어김없이 나무들 사이에서 깐닥거리는 그녀의 진홍색 머릿수건에 끌린다. 그녀는 새로운 삶에 적응하고 있다. 일상적인 요리와 빨래, 남편에 대한 의무, 자신의 몸, 사면 벽, 앞문으로 바라다보이는 정중앙에 위치한 거대한 흰색 농가의 모습, 저녁이면 베란다에 나와 허공을 응시하며 앉아 있는 몸집 큰 사내와 팔팔하고 깡마른 여자에 익숙해져가고 있다.

57.   헨드릭과 그의 아내는 일요일이면 야콥과 안나를 찾아간다. 그들은 제일 좋은 옷을 입고 당나귀 수레를 타고 옛 학교 건물까지 반 마일쯤 되는 길을 조용히 달린다. 나는 안나에게 그 여자에 대해 묻는다. 안나는 그 여자가 예쁘긴 하지만 아직 어린 애라고 말한다. 그 여자가 어린애라면 나는 뭔가? 안나는 그 여자를 보호해주고 싶어하는 것 같다.

58.   헨드릭이 모자를 손에 들고 부엌문 앞에 서서 내가 쳐다보기를 기다린다. 나는 달걀반죽 그릇과 깨진 달걀껍질 너머로

그의 눈을 쳐다본다.

"안녕하세요, 아가씨."

"안녕, 헨드릭. 잘 지내?"

"잘 지냅니다, 아가씨. 집 안에 할 일이 있나 여쭈려고 왔어요, 아가씨. 제 아내가 할 만한 일이 있나 해서요, 아가씨."

"응, 어쩌면 있을지 몰라, 헨드릭. 그런데 아내는 어디 있지?"

"여기 있어요, 아가씨." 그는 어깨 너머로 고개를 끄덕이더니 다시 나의 눈을 찾는다.

"안으로 들어오라고 해."

그가 돌아서서 굳은 미소를 지으며 "들어가!"라고 말한다. 진홍색이 반짝이더니 여자가 그의 뒤에서 살며시 나타난다. 그가 옆으로 비키며 그녀를 문간에 세운다. 그녀는 손을 맞잡고 눈을 내리깔고 있다.

"네가 또다른 안나구나. 이제 우리한테는 안나가 둘이네."

그녀가 여전히 얼굴을 바라보지 않은 채 고개를 끄덕인다.

"아가씨에게 말씀을 드려!" 헨드릭이 속삭인다. 그의 목소리는 거칠다. 하지만 그건 아무 의미도 없다. 우리 모두는 그것이 서로를 위한 게임이라는 걸 안다.

"안나예요, 아가씨." 안나가 속삭인다. 그리고 부드럽게 헛기침을 한다.

"그렇다면 너를 클라인* 안나라고 해야겠다. 부엌에 안나가 둘일 수는 없으니까."

그녀는 아름답다. 머리와 눈은 어린애처럼 크고, 입술선과 광대뼈는 연필로 그린 것처럼 선명하다. 나는 속으로 말한다. 올해도, 내년에도, 어쩌면 그다음 해에도 너는 여전히 아름답겠구나. 둘째아이가 태어날 때까지는 말이야. 해산과 병, 불결함과 단조로움이 너를 기진맥진하게 만들 것이고, 헨드릭은 배신감과 억울함을 느낄 거야. 너와 그는 서로에게 소리 지르기 시작할 거고, 너의 살갗에는 주름이 잡히고 눈도 침침해지겠지. 너는 나처럼 될 거야. 그러나 두려워할 것 없어.

"안나, 나를 쳐다봐. 부끄러워하지 말고. 이 집에서 일하고 싶어?"

그녀는 엄지발가락으로 발등을 문지르며 고개를 끄덕인다. 나는 그녀의 발가락과 팽팽한 종아리를 바라본다.

"얘, 말해봐. 내가 설마 너를 잡아먹기야 하겠니!"

"말씀드려!" 헨드릭이 문에서 속삭인다.

"네, 아가씨." 그녀가 말한다.

나는 앞치마에 손을 닦으며 그녀를 향해 걸어간다. 그녀는 움

---

* Klein. '작은'이라는 뜻.

츠러들지 않는다. 하지만 그녀의 눈이 헨드릭을 향해 깜빡인다. 나는 집게손가락을 그녀의 턱 밑에 대고 얼굴을 들어올린다.

"안나, 무서워할 거 없어. 너, 내가 누군지 아니?"

그녀는 내 눈을 똑바로 쳐다본다. 그녀의 입술이 떨린다. 그녀의 눈은 검은색이 아니라 짙은 갈색이다. 헨드릭의 눈보다 더 짙다.

"내가 누구지?"

"아가씨는 아가씨죠."

"그래, 됐어! 안나!"

그런데 안나가, 늙은 안나가 계속 통로에서 맴돌며 엿듣고 있는 것 같다.

"안나, 이쪽은 우리 클라인 안나예요. 안나는 성격이 아주 좋고 몸집이 크니까 오우 안나라고 하고, 얘는 클라인 안나라고 하면 되겠어요. 어때요?"

"좋아요, 아가씨."

"그럼 내 말 들어요. 일을 시작할 수 있도록 이애에게 차 한잔 줘요. 청소하는 데 필요한 것이 어디 있는지도 알려주고. 우선 부엌 바닥을 닦았으면 좋겠는데. 클라인 안나, 내일은 네 잔과 접시를 가져오도록 해. 알았지?"

"네, 아가씨."

"헨드릭, 이제 가봐. 여기에서 얼쩡대는 걸 나리가 보면 화내실 거야."

"네, 아가씨. 고마워요, 아가씨."

이 모든 것이 우리 자신의 언어로 말해졌다. 뉘앙스의 언어, 유연한 단어 순서와 정교한 불변화사(不變化詞)의 언어, 결속의 순간과 거리의 순간이 있어서 외부인에게는 불분명하고 아이들에게는 이해하기 어려운 언어.

59.　오늘 아침에는 비가 내렸다. 며칠 동안 하늘이 이쪽 지평선에서 저쪽 지평선까지 온통 먹구름으로 덮여 있었다. 멀리서 우르릉 꽝 천둥치는 소리가 들리고, 무덥고 어두웠다. 아침나절에 새들이 빙글빙글 날아다니다 조용히 보금자리에 들기 시작했다. 바람이 일제히 멈췄다. 큼지막하고 미지근한 물방울이 하늘에서 곧장 떨어지다 멈칫하는가 싶더니 다시 줄기차게 내리기 시작했다. 번개를 동반하고 끝없이 우르릉거리는 천둥이 우리를 가로질러 북쪽으로 움직였다. 한 시간 동안 비가 쏟아졌다. 그리고 그쳤다. 새들이 울고 땅에서는 김이 올라오고, 마지막 시냇물이 잦아들다 말라버렸다.

60.　오늘 나는 아버지를 위해 양말 여섯 켤레를 기웠다. 안나

가 양말을 기워서는 안 된다는, 내 나이보다 더 오래된 관습이 있다.

61.　　오늘 먹은 양고기 다리는 아주 맛있었다. 부드럽고 촉촉하고 나무랄 데 없이 잘 익은 고기였다. 모든 것에는 자리가 있다. 삶은 사막에서도 가능하다.

62.　　둑을 지나 오르막길을 오르는 아버지의 모습이 보인다. 석양의 오렌지색, 분홍색, 연자주색, 심홍색 줄무늬와 소용돌이가 아버지의 머리와 어깨에 후광을 드리운다. 오늘 무슨 일을 했든(그도 말하지 않고, 나도 묻지 않는다) 그는 자부심과 영광으로 가득한 멋진 남자로 집에 돌아온다.

63.　　게으름을 부추기는 온갖 유혹에도 나의 아버지가 신사가 아닌 적은 없다. 그는 말을 타러 나갈 때면 내가 벗는 걸 도와줘야 하고 안나가 왁스로 광을 내야 하는 승마용 부츠를 신는다. 이 주마다 나가는 순찰 때는 코트를 입고 넥타이를 맨다. 그는 단추 상자에 목단추 세 개를 넣어두었다. 그는 식사하기 전에 비누로 손을 씻는다. 그는 램프 옆 팔걸이의자에 앉아 그가 가진 네 개의 잔 중 하나에 브랜디를 따라 격식을 차리며 마신다. 매

월 그는 부엌문 밖에 놓인 걸상에 곧은 자세로 앉아, 닭들이 그를 쳐다보며 꼬꼬댁거리는 가운데 내 가위질에 머리를 맡긴다. 나는 손바닥으로 그의 뻣뻣한 흰머리를 매만지며 다듬는다. 그런 다음 그는 일어서서 수건을 털고 나한테 고맙다고 말하고 성큼성큼 가버린다. 그가 이와 같은 의식들로 하루와 하루를, 달과 달을, 해와 해를 한데 묶을 수 있으리라고 누가 생각하겠는가? 오르막길 바로 위 가시나무 그늘에 말을 묶어놓고 안장에 기대어 빨래집게를 깎고, 담배를 피우고, 이 사이로 휘파람을 불고, 모자로 얼굴을 덮고 졸고, 손에 회중시계를 들고 이 순간을 기다리며 온종일을 보내기라도 한 것처럼 매일 저녁 불타는 하늘을 배경으로 말을 타고 돌아오기를 되풀이하면서 말이다. 그는 눈에 보이지 않는 곳에서는 그렇게 비밀스럽게 사는 걸까? 아니면 그런 생각은 불손한 것일까?

64.　그는 주기가 이틀이고 나는 사흘인데, 그 주기가 겹치는 여섯째 날이면 우리는 늘 무화과나무 뒤에 있는 재래식 변소에서 서로의 똥냄새를 맡으며 똥을 싼다. 그가 내 똥냄새를 맡으며 싸거나, 내가 그의 똥냄새를 맡으며 싸거나. 나는 나무로 된 변소 뚜껑을 옆으로 밀고, 그가 싸놓은 피가 묻고 동물적이고 지독하고, 제대로 섞이지도 소화되지도 않은 고깃점으로 얼룩덜룩할

게 분명한 똥 위에서, 그러니까 파리가 가장 좋아하는 종류의 똥 위에서 가랑이를 벌린다. 그의 것에 비해 내 똥은 담즙이 묻어 검고 올리브색이고 딱딱하고, 너무 오래 안에 있다 나와서 오래되고 케케묵은 똥이다. (나는 그가 바지를 무릎까지 내리고, 금파리들이 아래쪽 시커먼 공간에서 무섭게 윙윙거리는 동안 최대한 코를 높이 든 채 찡그리고 있는 모습을 상상해본다.) 우리는 숨을 몰아쉬면서 끙끙거리다, 가게에서 구입한 자못 고상한 네모난 화장지를 이용해 서로 다른 방식으로 뒤를 닦고, 옷매무새를 다시 가다듬고, 거대한 바깥세상으로 돌아온다. 그다음에 양동이를 살펴보고 비어 있지 않으면 집에서 멀리 떨어진 곳에 파놓은 구덩이에 그걸 비우고 씻어다가 제자리에 갖다놓는 것은 헨드릭의 일이다. 나는 양동이를 정확히 어디에 비우는지 알지 못한다. 하지만 농장 어딘가에는 아버지의 꼬불꼬불한 붉은 뱀과 딸의 꼬불꼬불한 검은 뱀이 엉켜서 서로를 껴안고 자고 풀어지는 구덩이가 있다.

65.　　하지만 양상이 변한다. 아버지가 아침에 집에 들어오기 시작했다. 전에 없던 일이다. 그는 어정거리며 부엌으로 들어와 스스로 차를 끓인다. 나를 무시한 채. 두 안나가 거기에 있으면 그는 주머니에 두 손을 찌르고 찻잎이 우려지는 동안 그들에게

등을 돌리고 서 있다. 하녀들은 불안해져 어깨를 움츠리고 꽁무니를 뺀다. 그들이 거기에 없으면 그는 클라인 안나가 보일 때까지 컵을 들고 집 안을 두리번거린다. 그리고 청소를 하거나 바닥을 문지르는 안나를 발견하면 아무 말도 없이 굽어보며 서 있다. 나는 침묵을 지킨다. 그가 떠나면 우리 여자들은 모두 긴장을 푼다.

66.　이 벌거벗은 땅에서는 비밀을 지키기 어렵다. 우리는 서로의 매서운 눈빛 아래에서 벌거벗고 산다. 그게 못마땅해도 별수 없다. 가슴속에 숨어 있는 서로에 대한 적개심이 때때로 커져서 우리를 질식시키려 한다. 그래서 우리는 주먹을 으스러져라 쥐고 긴 산보를 한다. 우리는 우리의 비밀을 속에 가라앉혀야만 그것들을 지킬 수 있다. 우리가 입을 꼭 다무는 이유는 우리 안에 밖으로 터져나오려는 것이 많기 때문이다. 우리는 우리의 노기를 터뜨릴 대상을 찾고, 그걸 찾으면 무절제하게 노기를 터뜨린다. 하인들은 언제나 정도가 지나친 내 아버지의 노기를 두려워한다. 그 때문에 부아가 치밀면 그들은 채찍으로 당나귀를 때리고 양에게 돌을 던진다. 짐승이 분노를 느끼지 못하고 견디고 또 견딘다는 것이 얼마나 다행인지! 주인들의 심리.

67.　　헨드릭이 오후의 더위 속에서 비참한 일을 하러 나간 사이에 나의 아버지는 그의 아내를 찾아간다. 그는 오두막 문까지 말을 타고 가서 내리지도 않고, 여자가 나와 햇볕 때문에 눈을 가늘게 뜨고 그 앞에 설 때까지 기다린다. 그는 그녀에게 얘기한다. 그녀는 부끄러워한다. 그녀는 얼굴을 가린다. 그는 그녀의 환심을 사려고 한다. 어쩌면 미소까지 지을지 모르지만 내 눈으로 확인할 수 없다. 그는 아래로 몸을 기울이고 그녀에게 갈색 종이 꾸러미를 준다. 거기에는 무슨 글귀가 쓰인 하트와 다이아몬드 모양의 캔디가 가득 들어 있다. 그녀는 그가 말을 타고 멀어지는 동안 꾸러미를 들고 서 있다.

68.　　혹은 이렇다. 클라인 안나가 더운 오후에 집으로 갈 때 나의 아버지는 그녀에게 다가간다. 그녀는 그가 말의 목 위로 몸을 숙이고 자신에게 말하는 동안 가던 길을 멈춘다. 그녀는 부끄러워하며 얼굴을 가린다. 그는 미소까지 지으며 그녀의 환심을 사려고 한다. 그는 호주머니에서 갈색 종이 꾸러미를 꺼내 그녀에게 준다. 그것은 사람들이 하트와 다이아몬드 모양이라고 하는 캔디로 가득 차 있다. 그녀는 꾸러미를 작게 접어서 들고 걸어간다.

69.　　그는 말의 목 위로 몸을 숙이고 얘기를 하며 그녀의 환심을 사려고 한다. 그녀는 얼굴을 가린다. 그가 호주머니에 손을 넣는다. 순간 나는 은빛이 번쩍이는 걸 본다. 금세 동전 하나가 그녀의 손바닥에 놓인다. 일 실링이거나 일 플로린일 수도 있다. 두 사람은 그걸 바라본다. 그다음 순간 손이 오므려진다. 그는 말을 타고 떠나고 그녀는 집으로 걸어간다.

70.　　그는 음식을 조금 먹다 밀쳐버린다. 그는 팔걸이의자에 앉지 않고 달빛 속에서 뜰을 거닐며 브랜디를 마신다. 나한테 얘기할 때 그의 목소리는 반항심과 수치심으로 퉁명스러워진다. 나는 그의 죄의식이 무엇인지 알려고 덧문 뒤에 숨어 있을 필요도 없다.

71.　　그녀는 그 돈을 어디에 쓸 수 있을까? 남편 모르게 어딘가에 숨길까? 어디에 사탕을 숨길까? 혹은 하루에 다 먹어치울까? 그녀는 그럴 정도로 어린애일까? 남편에게 말 못할 비밀이 하나 있다면, 그녀는 또다른 비밀을 곧 갖게 될 것이다. 교활하고 교활한 선물!

72.　　그는 내가 방해하지 않으면 잘될 거라고 믿는다. 감히 말

은 못하지만, 내가 편두통 때문에 방에 처박혀 있으면 싫을 것이다. 나는 그가 스스로에게 나와 헨드릭과 다른 모든 훼방꾼이 없어졌으면 좋겠다고 말하면, 그것이 진심이라고 기꺼이 믿을 것이다. 그런데 그는 농장에 홀로 남은 두 사람의 삶이, 그러니까 늙어가는 남자와 철부지 어린애인 하인 소녀의 목가적 삶이 얼마나 오래 지속되리라고 생각하는 걸까? 그는 그 삶의 공허한 자유로 인해 미쳐버릴 것이다. 날이면 날마다 둘이서 과연 뭘 할 것인가? 그들이 서로에게 무슨 말을 할 수 있을까? 사실 그는 그 욕망에 무력해지기 위해 우리의 반대를 필요로 하는 것처럼, 그 여자를 자신에게서 떼어놓고 그녀에 대한 자신의 욕망을 확인하기 위해 우리의 반대, 우리 몇 사람의 반대를 필요로 한다. 그가 진정으로 원하는 건 사생활이 아니라 지켜보는 사람들의 무력한 공모이다. 또한 나는 그가 자신이 어떻게 내 꿈속으로 들어와 무슨 자격으로 무슨 행위를 하는지 모른다고는 생각할 수 없다. 한쪽에 그의 침실이 있고 다른 쪽에 나의 침실이 있는, 집의 양쪽 채를 잇는 기다란 통로는 밤에 활동하는 유령으로 가득차 있고, 그와 나는 그들에 둘러싸여 있다. 그들은 나의 피조물도 아니고 그의 피조물도 아니다. 우리 공동의 것이다. 그들을 통해 우리는 서로를 소유하고 서로에게 소유당한다. 어떤 점에서 보면, 우리 두 사람은 클라인 안나가 볼모에 지나지 않으며 진짜 문제는 우리 두 사람 사이에 있다는 걸 안다.

73.　　나는 그가 원하는 것에 굴복했고, 기분이 언짢다는 표현을 했다. 녹색 덧문은 닫혀 있다. 나는 각질이 일어난 발가락을 공중에 쳐들고 베개로 얼굴을 덮은 채 하루 종일 침대에 누워 있다. 내게 필요한 모든 것이 여기에 있다. 침대 밑에는 요강이, 침대 옆에는 목에 손잡이가 달린 물병이 있다. 늙은 안나가 식사를 가져오고 방을 청소한다. 나는 새처럼 먹는다. 편두통이 생길 때는 아무것도 먹지 않는다. 아무것도 도움이 되지 않는다는 걸 알고, 어차피 나는 고통의 예찬자이기 때문이다. 즐거움은 손에 넣기 어렵지만, 요즘 고통은 어디에나 널려 있다. 나는 그것에 의존해 살아가는 방법을 배워야 한다. 오후만 돼도 공기가 서늘하고 상쾌하다. 고통은 때로는 내 이마 안쪽에 있는 단단한 석재요, 때로는 두개골 안에서 지구의 움직임에 따라 기울며 윙윙거리는 원반이요, 때로는 내 눈까풀 뒤에서 끝없이 펼쳐지고 부딪치는 물결이다. 나는 몇 시간이고 누워 내 머릿속에서 들리는 소리에 집중한다. 열중하다보니 관자놀이에서 뛰는 맥박 소리, 세포가 분열하고 소멸하는 소리, 뼈가 삐걱거리는 소리, 피부 각질이 떨어지는 소리가 들린다. 나는 선사시대 세계에 보이는 것과 똑같은 집중력으로 내 안에 있는 분자의 세계에 귀를 기울인다.

나는 강바닥을 거닐며 수천 개의 모래알이 쏟아지는 소리를 들 거나, 바위가 햇볕 아래에서 내쉬는 쇳내 나는 숨결의 냄새를 맡는다. 나는 산꼭대기로 옮겨 구멍 속에 저장해야 하는 작은 먹이, 육모꼴로 배열해야 하는 알, 몰살해야 하는 적 등과 같은 벌레의 관심사를 이해하려고 해본다. 새의 습관도 안정적이긴 매한가지다. 따라서 나는 인간의 욕망이 찾는 것과 직면하기를 머뭇거린다. 침침한 방 안 베개 밑에서 이를 악물고 고통의 핵에 정신을 집중하며 나는 내 존재의 존재성에 망연자실해 있다. 내면을 노래하는 여성 시인, 돌의 내면, 개미의 감정, 사고를 담당하는 뇌의 의식 등을 탐구하는 사람, 나는 이런 존재가 되기로 예정돼 있었나보다. 죽음을 제외한다면, 그것이 사막의 삶에서 나한테 맞는 유일한 일인 것처럼 보인다.

74. 나의 아버지는 클라인 안나와 금지된 말을 나누고 있다. 그걸 알기 위해 내 방을 나설 필요는 없다. 우리, 그가 그녀에게 말한다. 우리 두 사람. 그 말이 그들 사이 허공에서 울린다. 자, 나하고 지금 가자. 그가 말한다. 그 위에 삶을 세울 정도로 견고하고 진실한 말은 거의 없다. 그는 이것들을 파괴하고 있다. 그는 두 사람이 자기들만의 단어를 택해 사적인 언어를 만들 수 있다고 믿는다. 그들만의 나, 너, 여기, 지금을 갖고서. 하지만 사적인 언

어는 있을 수 없다. 그들의 개인적인 너는 나의 너이기도 하다. 원숭이처럼 깩깩거리는 게 아니라면, 칠흑 같은 밤에 그들이 서로에게 무슨 말을 하든 그것은 평범한 말이다. 그들이 내 말을 오염시키면 내가 어떻게 헨드릭에게 전처럼 얘기할 수 있을까? 내가 어떻게 그들에게 얘기할까?

75.　　낮과 밤이 빠르게 굴러가고, 덧문이 닫힌 내 방의 불빛이 희끄무레한 초록색으로 밝아졌다 검은색으로 어두워지고, 늙은 안나가 뭔가를 중얼거리고 혀를 끌끌 차면서 그릇을 갖고 나타났다 사라졌다 다시 나타난다. 나는 세상의 진짜 시간 밖에서, 시간의 주기에 휘말려 여기에 누워 있다. 그사이 나의 아버지와 헨드릭의 아내는 욕망에서 포획으로, 무력감에서 굴복의 위안으로 화살처럼 반듯한 길을 간다. 이제 그들은 감언이설, 선물, 수줍은 고갯짓과 같은 차원을 벗어나 있다. 헨드릭은 농장에서 가장 멀리 떨어진 곳으로 가서 양의 몸에 붙은 진드기를 불로 떼어내라는 명령을 받는다. 아버지는 하인의 집 밖에 말을 묶는다. 그리고 안으로 들어가 문을 잠근다. 여자는 그의 손을 밀쳐내려고 한다. 하지만 앞으로 일어날 일에 얼이 빠진 상태다. 그는 그녀의 옷을 벗기고 하인의 야자껍질 매트리스 위에 그녀를 눕힌다. 그녀는 그의 팔에 안겨 흐느적거린다. 그는 내가 그것이 규

칙을 깨는 짓이라는 것을 충분히 알고 있는 행위를 하면서 요동
친다.

76.　　"어느 불쌍한 남자가 이제 완전히 끝장났구나." 목소리
가 속삭인다(혼자 있을 때면 내 귀에 목소리들이 들린다. 어쩌
면 나는 진짜 마녀인지도 모르겠다). "만약 그에게 불행히도 정
직한 마음, 괜찮은 아내 그리고 강력한 이웃이 있었다면 그는 완
전히 끝장났을 것이다." 불쌍한 헨드릭, 끝났어, 끝났어. 나는
하염없이 운다. 그러고 나서 고통에 눈을 찡그리고 세 사람, 즉
멀리 떨어진 곳에서 가시나무 밑에 앉아 하모니카를 불고 있는
헨드릭과 숨 막히는 오두막 안에서 엉겨붙은 두 사람이 광선과
파동과 소용돌이 속으로 사라지기를 기다린다. 결국 고통이 미
치지 못하는 잠 속으로 떠내려가는 나 자신만 남는다. 나 자신에
따라 행동하며 나는 세상을 바꾼다. 이 힘은 어디에서 끝나는
가? 어쩌면 그것이 내가 알아내려고 하는 것일지도 모른다.

77.　　안나는 오지 않았다. 아침 내내 나는 그녀가 조심스럽게
문을 두드리길 기다렸다. 차와 비스킷이 생각난다. 침이 나온다.
의심의 여지가 없다, 내가 진짜 유령이 아니라는 건.

78.   나는 슬리퍼를 신고 텅 빈 부엌에 서 있다. 오랫동안 틀어박혀 잠을 잤더니 어지럽다. 스토브는 차갑다. 늘어놓은 구리 식기들 위로 햇빛이 반짝인다.

79.   나는 내 의자 뒤에 서서 의자 등받이를 움켜쥐고 아버지에게 말한다.

"안나는 어디 있죠? 오늘은 안 보이네요."

그는 접시 위로 몸을 굽히고 고깃국물에 만 밥을 한 숟가락 퍼서 입에 넣는다. 그는 맛있게 씹는다.

"안나? 안나가 어디 있는지 내가 어떻게 아나? 그건 내가 상관할 일이 아니지. 하녀는 네 소관이잖아. 그런데 어떤 안나 말이냐?"

"우리 안나 말이에요. 다른 안나 말고 우리 안나. 지금 어디에 있는지 알고 싶어요. 학교 건물이 비어 있었어요."

"그들은 떠났다. 오늘 아침에."

"누가 떠났다고요?"

"안나하고 야콥 말이다. 당나귀 수레를 타고 떠났어."

"왜 그렇게 갑자기 떠난 거죠? 왜 저한테 말씀하지 않으셨어요? 어디로 갔죠?"

"그들은 떠났어. 나한테 묻기에 그러라고 했다. 더 알고 싶은 게 있냐?"

"없어요. 더 알고 싶은 건 없어요."

80.　혹은 어쩌면 내가 방으로 들어올 때, 우뚝 솟은 검은 원통에서 말들이 벌써 흘러나오고 있는지도 모를 일이다.

"안나와 야콥은 갔다. 내가 그들에게 휴가를 줬다. 너는 당분간 안나 없이 지내야 할 거다."

81.　혹은 어쩌면 텅 빈 부엌, 차가운 스토브, 늘어놓은 반짝이는 구리 식기, 부재, 두 개의 부재, 세 개의 부재, 네 개의 부재만 있는지 모른다. 나의 아버지는 부재를 만든다. 그는 어디를 가든 뒤에 부재를 남긴다. 무엇보다 자신의 부재, 그것 자체가 부재일 만큼 그렇게 차갑고 그렇게 어둡고 그렇게 먼 실재, 가슴에 어둠을 드리우는 움직이는 그림자. 그리고 내 어머니의 부재. 나의 아버지는 나의 어머니의 부재, 그녀의 부정(否定), 그녀의 죽음이다. 부드럽고 하얀 그녀, 딱딱하고 검은 그. 그는 내 안에 있는 모성적인 것을 모두 죽이고, 그 속에서 죽은 말들이 완두콩처럼 달가닥거리는 깨지기 쉽고 털이 부얼부얼한 껍데기만 남겨놓았다. 나는 그를 증오하면서 텅 빈 부엌에 서 있다.

82.   과거. 나는 시간과 기억 속에서 나를 끌고 더욱더 어리고 더욱더 풋풋한 이미지들을 지나, 젊은 시절과 어린 시절을 지나 내 어머니의 무릎과 내 근원으로 데려다줄 터널의 입구를 나의 머릿속에서 찾는다. 하지만 터널은 거기에 없다. 두개골 속의 벽들은 유리처럼 반질반질하다. 거기에는 나 자신을 마주 쳐다보는 우중충하고 무뚝뚝한 자신이 비칠 뿐이다. 이 존재가 어린아이였던 적이 있다는 걸 어떻게 믿을 수 있으며, 그녀가 인간한테서 태어났다는 걸 어떻게 믿을 수 있겠는가? 그녀가 암녹색 외피에 싸여 돌 밑에서 기어나와 몸에 붙은 점액을 핥아먹다 주위를 둘러보고 이 농가로 슬금슬금 기어 들어와 징두리 벽판 뒤에 자리를 잡았다고 상상하는 게 더 쉽다.

83.   하지만 다락에서 낡은 트렁크를 뒤적이며 하루를 보낸다면 신뢰할 수 있는 과거의 증거를 찾아낼 것이다. 장식용 부채, 로켓과 카메오, 댄스화, 선물과 기념품, 세례용 옷 등을 말이다. 그 당시에 사진이 있었다면 사진도 찾아낼 것이다. 머뭇거리는 별 특징 없는 여자와 그녀의 무릎에 앉아 얼굴을 찌푸린 곱슬머리 갓난애, 그들 뒤에 경직된 모습으로 서 있는 남자, 레이스가 달린 옷을 입고 똑같이 얼굴을 찌푸리고 그들 옆에 서 있는 사내아이의 모습이 담긴 은판사진도 찾아낼 것이다. 그 사진 속 사내

아이는 유행성감기나 천연두 같은 무서운 전염병에 걸려 나를 보호자 없이 남겨두고 죽은 게 틀림없는 오빠다. 자신감이 부족한 젊은 모성이 한창 만개할 때 여자는 셋째아이를 낳다 죽었음이 분명하다. 그녀는 그 남자가 혐오스럽고 잔인한 쾌락을 자기 몸에서 찾는 걸 거부하길 두려워하다가, 스스로 우려했던 것처럼 죽었다. 산파가 방 안에서 손을 흔들며 마지막 수단으로 토근을 써보라고 말하는 와중에 밀려든 끔찍한 두려움의 폭풍. 그녀의 죽음.

84.　　이 나라 곳곳에는 열쇠를 쥔 부모의 손에 힘이 빠지기를 참을성 있게 기다리는 중년의 자식들이 있는 게 틀림없다. 나는 아버지의 손을 가슴에 놓아주고 시트를 당겨 얼굴을 덮어주는 날이 되면, 그러니까 내가 열쇠를 넘겨받는 날이 되면 접이식 뚜껑이 달린 책상의 자물쇠를 따고 가계부, 은행권, 증서, 유언, "내 모든 사랑을 담아"라는 문구가 적힌 고인이 된 여자의 사진, 붉은 리본으로 묶은 편지 묶음 등 그가 내게 숨겼던 모든 비밀을 드러낼 것이다. 그리고 책상 제일 아랫칸의 가장 어두운 구석에서 시체가 된 자가 한때 느꼈을 황홀경, 서너 번 접어서 봉투에 넣어놓은 시, '희망'과 '기쁨'에 관한 소네트, 사랑의 고백, 정열적인 맹세와 헌신, 결혼 후의 시, '내 아들에게'라는 제목의 4행

시를 찾아낼 것이다. 그러고 나면 침묵과 점차 줄어드는 광맥만 남을 뿐, 더 이상은 없다. 젊은이에서 남자로, 남편으로, 아버지로, 주인으로 옮겨가는 어느 지점에서 마음이 돌로 변했음이 틀림없다. 발육부전인 계집애가 나올 때, 마음은 거기에 있었을까? 나는 그가 내 안의 생명을 죽이듯 그 안의 생명을 죽인 걸까?

85.   나는 괴상한 분홍색 슬리퍼를 신고 부엌 한가운데에 서 있다. 찌르는 듯한 햇볕에 눈이 따갑다. 내 뒤의 컴컴한 방에는 포근한 침대가 있고, 내 앞에는 짜증나는 하루의 집안일이 있다. 내가 어떻게 나른하고 진부한 내 삶의 일상으로부터, 무지와 무능으로부터 모욕받은 딸이 느낌 직한 악에 받친 감정을 불러내 겸연쩍거나 오만한 아버지와 뻔뻔스럽거나 벌벌 떠는 하녀를 상대할 수 있겠는가? 나는 그것에 관심 없다. 아무것도 나에게 이 역할을 준비시키지 않았다. 모든 것이 허용될 수 없다면, 사막에서의 삶은 나에게 아무것도 가르쳐주지 않는다. 나는 침대로 다시 기어 들어가 엄지손가락을 빨며 잠들거나, 차양모자를 찾아 쓰고 집이 안 보이고 매미 소리나 내 얼굴을 스쳐 날아가는 날벌레 소리 외에는 아무 소리도 안 들릴 때까지 강바닥을 돌아다니는 것 말고는 원하는 게 없다. 나의 주제는 인간 갈등의 폭풍이 아니라 잠들고 깨어나는 조류의 끝없는 흐름이다. 이 집은 사막

에 서 있다. 이곳에는 내가 그 안에 살긴 하지만 몹시 싫어하는 소란과 소용돌이와 시커먼 구멍이 있다. 내가 숲 속의 알에서 부화해 수많은 자매와 같이 부리로 껍질을 깨고 나와 세상에 침입했더라면, 나는 더 행복했을 것이다. 사면 벽에 갇혀 내 분노는 좌절당한다. 내가 뿜어내는 것들은 벽토와 타일과 판자와 벽지에 반사되어 다시 나한테 쏟아지고, 들러붙고, 내 살갗으로 스며든다. 나는 양쪽에 엄지손가락이 달린 집안일 하는 기계처럼 보일지 몰라도, 실제로는 맹렬한 에너지를 갖고 부르르 떨면서 나를 부러뜨리는 것은 무엇이든 부숴버릴 준비가 된 둥근 구(球)이다. 나에게 거대한 바깥세상으로 굴러나가 악의 없이 감정을 폭발시키라고 말하는 충동이 내 안에 있는 반면, 검은 과부거미처럼 구석에 숨어 있다가 지나가는 누구든지 독으로 공격해버리라고 말하는 또다른 충동이 있을까 두렵다. 나는 모순으로 가득차 있다. "내가 갖지 못했던 젊음에 대한 복수다!" 나는 식식거리고, 침을 뱉는다. 거미가 침을 뱉을 수 있다면.

86.　　그러나 사실 나는 기억할 수 있는 것보다 더 오래 과부의 검은 상복을 입었다. 내가 알기로 나는 검은 기저귀를 차고, 작고 허약한 다리를 내두르고, 검은 털실 양말을 움켜쥐고 소리를 지르며 울던 갓난애였다. 확실히 여섯 살 때는 목부터 팔목까지

덮는 끔찍한 암녹색 원피스를 날이면 날마다 입었을 것이다. 검은 신발에 덮이지 않은 야윈 정강이뼈의 일부가 살짝 드러나는 옷. 나는 그 나이에 분명 사진을 찍었을 것이다. 달리 설명할 길이 없다. 트렁크나 책상에 내 사진이 한 장 들어 있을 게 틀림없다. 나는 그 안에 든 것들의 목록을 만들 때 그걸 빼먹은 게다. 아이에 지나지 않는데 어떻게 그토록 침착하고 명확하게 자신을 볼 수 있는 자의식을 가질 수 있었겠는가? 오므린 입술과 창백한 얼굴, 땋은 머리까지 말이다. 아니면 내가 환영을 보았는지 모르겠다. 사진에 너무 의존하지 말아야 한다. 내가 어린아이였을 때 그 모든 사진사들이 사막에서 뭘 할 수 있었겠는가? 나를 쫓아다닌 건 분명 아니었을 거다. 나는 생각이 많은 아이였던 탓에, 순간 자신으로부터 빠져나가 다락 어딘가에 치워둔 게 틀림없는 암녹색 원피스를 입은 실제 그대로의 내 환영을 보았는지도 모르겠다. 나의 수호천사든 다른 천사든, 어쩌면 자신에 대한 지나친 희망에 경고를 던지는 천사든 현실의 천사든 유익한 천사든, 내게 그 환영을 허락해준 그 누군가에 의해 생각이 없는 동물적인 모습으로 돌아오기 전에 말이다. 아니면 나에게 동물적인 모습은 전혀 없었는지도 모르겠다. 아니면 여섯 살이 되기 전에 그걸 잃어버렸는지도 모르고. 어쩌면 나는 여섯 살이 되었을 때 이미 눈에 보이지 않는 작은 분신이 유심히 지켜보는 가운데 뜰에서 종종걸음치고 돌아다니며 아이들이 그렇듯 돌 혹은 손에 잡히는 아무것이나 갖고 울타리를 쌓고 날벌레의 날개를 뽑는 작은 몸통을 지닌 기계였는지도 모른다. 어쩌면 유감스럽게도 천사는 없을지 모른다. 어쩌면 내가 지니고 다니는 어릴 적 내 스냅사진들은 그 작은 구경꾼의 작품인지 모른다(그녀가 그 외에 뭘 해야 했겠는가?). 어쩌면 그녀는 내가 아주아주 어렸을 때 나한테서 떨어져나갔는지도 모른다. 가슴앓이나 가슴 통증 혹은 다른 것 때문에 검은 털실 양말을 움켜쥐고 우는 것 같은 갓난애의 모습도 실제로는 갓난애 침대 옆에서 생각에 잠겨 가슴의 희미한 통증을 느끼는 분신의 모습일지 모른다. 물론 추측 건대 나는 여러 갈래의 막다른 샛길을 보는 것 말고도 철학의 문제들보다 더 거창한 것을 추구하는 사람이라서 그런 건 무시한다.

87.   나는 결코 어디에 쓰인 적이 없다는 사실이 애통한 검은 상복의 과부다. 평생 나는 낡은 신발 한 짝처럼 잊히고 먼지가 묻은 채 놓여 있었다. 혹 쓰였을 때는 집을 정돈하고 하인을 부리기 위한 도구로 쓰였다. 하지만 나한테는 내면의 어둠 속 어딘가에서 모호하게 빛을 발하는 나 자신에 대한 아주 다른 느낌이 있다. 칼집으로서, 모체로서, 텅 빈 내적 공간의 보호자로서 나

자신 말이다. 나는 아버지처럼 바람을 가르는 칼날이나 눈이 달린 탑이 아니라 구멍으로 세상을 돌아다닌다. 허약한 두 다리는 바닥에 늘어져 있고 앙상한 두 팔은 옆에서 깐닥거리고 커다란 머리는 위에 얹혀져 있는 몸에 둘러싸인 구멍. 완전해지고 싶어 우는 구멍. 나는 이것이 어떤 의미에선 말하는 방식에, 나에 대해 생각하는 방식에 불과하다는 걸 알지만, 만약 사람이 자신에 대해 말과 그림으로 생각할 수 없다면 무엇으로 자신에 대해 생각할 수 있겠는가? 나는 스스로를 짚으로 된 여자이자 허수아비라고 생각한다. 까마귀를 쫓기 위해 얼굴을 험악하게 그리고, 아주 영리한 들쥐라면 이용할 수 있는 구멍이 한가운데에 있고, 속이 그다지 꽉 차지 않은 허수아비 말이다. 하지만 나는 이것이 그림 이상의 것이라는 걸 부정할 수 없다. 나는 인체에 무지하지 않다. 내 몸에 관심이 없지도 않다. 무엇보다 나는 자연의 소란 한가운데에 혹은 사막에서 일어나는 하찮은 소동 한가운데에 사는 시골 여자다. 나는 채워진 적도 없는 구멍이, 역시 채워진 적 없는 다른 구멍으로 통하는 구멍이 내 다리 사이에 있다는 걸 모르지 않는다. 나는 때로, 만약 내가 O라면 그것은 틀림없이 내가 여자이기 때문이라고 믿는다. 하지만 사상가에게 걸맞은 사유를 한 후, 착한 남자가 내 옆에 자면서 나에게 아이를 만들어주면 모든 것이 괜찮아지고, 활달하게 웃는 법을 배우고, 손발에 살이 붙고, 피부가 반들거리고, 머릿속 목소리는 더듬거리다 침묵으로 빠질 것이라는 사실을 인정하는 함정에 나 자신이 빠지는 꼴을 보는 것은 얼마나 괴로운 일인가. 나는 시골 남자와 시골 여자의 결합이 나를 구원해줄 거라고는 믿지 않는다. 구원이라는 것이 무엇을 의미하든 상관없이. 적어도 당분간은 그렇다. 내가 어떤 방향으로 나아가게 될지는 알 수 없는 노릇이다. 잠정적으로 나는 더 고차원적인 운명이 정해져 있다고 믿는다. 따라서 만약 기적적으로 뼈만 남은 이웃 중 한 명이 어느 날 꽃다발을 들고 찾아와 얼굴을 붉히고 진땀을 흘리며 내가 받을 유산을 노리고 나한테 구혼을 하면, 나는 자리에 눕거나, 그에게 끔찍한 소네트 한 편을 읽어주거나, 그의 발치에서 발작을 일으키는 등 그를 도망가게 할 짓이라면 뭐든 할 것이다. 나는 우리에게 이웃이 있다고 늘 가정하지만, 그렇다는 증거를 본 적은 없다. 우리는 달나라에 살고 있는지 모른다.

88.　　반면 나는 때때로 며칠 동안 계속해서 선택받았다는 느낌을 잊어버리고, 그저 자신을 외롭고 못생긴, 어느 정도는 구제가 가능한 노처녀로 볼 수 있었다. 하나의 인간 제도인 결혼제도에 의해 다른 외로운 사람과, 어쩌면 대부분의 사람보다 더 탐욕스럽고 더 우둔하고 더 못생기고 결혼 상대로 적합하지도 않은

(그러나 또 한편으로 나는 어떤 상대일 것인가) 사람과 맺어져 외로움에서 구원받을 수 있는 노처녀. 내가 조금 더 몸을 굽히기로 맹세하고, 다른 여자보다 조금 더 열심히 노예 노릇을 하고, 토요일 밤이면 놀라지 않게 어둠 속에서 옷을 벗고, 발기시키는 기술이 배울 수 있는 거라면 남자를 발기시키고, 침대 곁에 놓인 단지에 든 닭기름 덩어리를 구멍에 칠해 삽입이 잘되게 하고, 격하게 내뱉는 숨소리를 견디고, 마침내 구멍에 씨를 채우고, 향기로운 잠이 찾아올 때까지 코고는 소리를 들으며 누워 있을 수 있는 그런 남자와 결혼함으로써 구원받을 수 있는 노처녀. 나는 경험의 부족을 상상으로 메울 수 있다. 남자와 여자의 성교가 그런 게 아니라면 아무래도 좋다. 나는 애를 낳지 못하는 여자에 대한 일반적인 생각에 딱 들어맞으니까 설령 애를 낳지 못한다고 해도 놀라지는 않겠지만, 나는 몇 달 후에 임신을 하고 일곱 달이나 여덟 달 뒤에 산파도 없고 술에 취한 남편은 옆방에서 인사불성인 상태에서 아이를 낳고, 이빨로 탯줄을 끊고, 검푸른 아이의 얼굴을 나의 납작하고 시큼한 젖가슴에 대주는 모습도 상상해볼 수 있다. 그리고 이후 십 년 동안 안에 갇혀 아이들을 양육한 후에 해를 보면 얼굴을 찡그리고, 자기 발에 걸려 넘어지고, 암녹색 원피스를 똑같이 입고 끝이 뾰쪽하지 않은 검은 신발을 신고, 나를 빼다 박아 쥐새끼처럼 생긴 발육부전인 아이들을 이끌고

햇볕 속으로 나오는 모습도 상상할 수 있다. 그리고 또 십 년 동안 그들의 수발을 들어주고 그들을 하나씩 바깥세계로 보내, 매력 없는 계집애들이 그곳에서 무슨 일이든 하고, 하숙집에 살고, 어쩌면 우체국에서 일하고, 쥐새끼 같은 사생아를 낳아 농장으로 보내는 경우도 상상할 수 있다.

89.　　어쩌면 선택이란 건 내게 그런 의미인지 모른다. 앞에서처럼 목가적인 희극에 나올 필요도 없고 가난, 타락, 무감각, 나태함으로 설명할 수도 없는 것 말이다. 나는 내 이야기에 시작과 중간과 끝이 있기를 바란다. 끝은 없고 지루한 중간만 있는 이야기가 아니기를 바란다. 구혼자에게 이끌려 제단으로 나아가 결혼을 하고 살 만큼 살다가 흔들의자에 앉은 쭈그렁 할멈이 되어 죽는 것이나, 내 아버지의 엽색 행각을 묵인하고 망령이 든 그를 돌보며 사는 것이나 위협적이긴 매한가지다. 나는 내 삶의 중간에서 잠들어선 안 된다. 작은 폭발이 나를 둘러싼 공백으로부터 나를 계속 앞으로 나아가게 할 사건들을 끊임없이 끄집어내야 한다. 다른 종류의 이야기, 즉 마음속의 멍한 공간에 있는 회상의 직물은 결코 내 것일 수 없기 때문이다. 나의 삶은 과거가 아니고, 나의 예술은 기억의 예술일 수 없다. 내게 일어날 일은 아직 일어나지 않았다. 나는 두 눈을 뜨고 미래의 목구멍 속으로

돌진하는 맹목적인 점이다. "그다음은 뭐지?" 이게 내 암호다. 만약 이 순간 내가 돌진하는 것처럼 보이지 않는다면, 오직 내가 태어나기 전에도 구리 식기들 위에 닿았을 햇볕의 포근함을 느끼며 텅 빈 집 안에서 한동안 머뭇거리고 있기 때문이다. 만약 서늘한 돌집과 편안한 옛 방식, 과거의 봉건적 언어의 유혹을 느끼지 못한다면 나는 내가 아닐 것이다. 내 검은 옷과 가슴속에 든 쇠에도 불구하고(쇠가 아니라면 그건 돌일 것이다. 그렇게 멀리 있는데 누가 알 수 있으랴), 어쩌면 나는 파괴자라기보다는 보존자이다. 어쩌면 아버지를 향한 나의 분노는 옛 언어, 올바른 언어를 침해한 데 대한 분노에 지나지 않을지 모른다. 어제는 바닥을 닦았고 오늘은 창문을 청소해야 하는 여자와 *그가* 입맞춤을 하고 서로에게 친밀한 말을 할 때 생기는 언어의 침해 말이다.

90.   하지만 이것은 나에 관한 다른 것들과 마찬가지로 이론일 뿐이다. 무슨 수를 써서라도 내가 스스로를 눈을 부라리고 칼을 높이 든, 과거와 같은 방식의 복수자로 생각하지 않도록 해야겠다. 어떤 책에서 봤던 소라게가 생각난다. 몸집이 커지면서 빈 조개껍데기에서 다른 빈 조개껍데기로 옮겨가는 소라게. 분노에 찬 칼을 든 험상궂은 도덕주의자는 잠시 머무는 곳일 뿐이다. 베

란다에서 뜨개질을 하는 야윈 여자보다 조금 덜 일시적이고, 친구인 벌레에게 얘기를 하고 한낮에 펠트를 돌아다니는 야만의 여자보다 조금 더 일시적이지만, 일시적이라는 점에서는 마찬가지다. 내가 지금 어느 조개껍데기에 숨느냐는 중요하지 않다. 그것은 죽은 생물의 껍데기이다. 중요한 것은 조바심치고 흐느적거리는 나의 자아가 깊은 곳에 있는 약탈자를 피해, 소라게를 잡아먹는 오징어, 상어, 수염고래 같은 약탈자를 피해 피난처를 구해야 한다는 것이다. 나는 바다를 잘 알지 못한다. 그러나 언젠가 과부나 돈 많은 노처녀가 되면 바닷가에서 하루를 보낼 작정이다. 샌드위치를 싸서 바구니에 담고, 지갑에 돈을 두둑하게 넣고, 기차에 올라타 남자에게 바다가 보고 싶다고 말할 것이다. 이걸 보면 당신은 내가 얼마나 순진한 사람인지 어느 정도 느낌이 올 것이다. 나는 신발을 벗고 모래를 밟으며, 그러한 모래가 만들어지기까지 얼마나 많은 작은 생물이 죽었을지 생각해볼 것이다. 나는 치마를 말아올리고 얕은 물속을 거닐다가, 심한 농담이지만, 게한테 물리고, 그것도 소라게한테 물리고, 수평선을 바라보고, 바다의 광대함에 한숨을 쉬고, 바삭바삭한 이스트 빵과 달콤한 녹색 무화과 잼에는 거의 손도 대지 않고 샌드위치를 먹고, 나의 하찮음에 대해 생각할 것이다. 그런 다음 마음이 누그러지고 냉정해져 기차를 타고 집으로 돌아가 베란다에 앉아 심홍색, 분홍색, 보라색, 오렌지색, 핏빛으로 불타는 석양을 바라보며 나 자신을 위해, 이제는 무미건조해진 사용되지 않은 몸의 쾌락과 의지대로 살아보지 못한 삶을 위해, 나의 느려져가는 맥박을 위해 황혼의 눈물을 흘릴 것이다. 나는 무명천 의자에서 일어나 몸을 질질 끌고 침실로 가, 마지막 빛이 사라지면 석유를 아끼려고 옷을 벗고 한숨에 한숨을 쉬면서 곧 잠이 들 것이다. 나는 널따랗고 흰 모래사장에 놓인 조약돌에 관한 꿈을 꿀 것이다. 온화한 푸른 하늘을 바라보다 파도 소리에 잠이 든 조약돌에 관한 꿈. 하지만 정말로 내가 꿈을 꿨는지는 알 수 없을 것이다. 밤에 일어나는 모든 일은 수탉이 울면 기억에서 지워져버릴 테니까. 혹은 어쩌면 나는 좀처럼 잠들지 못하고, 달짝지근한 무화과 잼을 다 먹어버린 탓에 이가 아파 몸을 뒤척이며 누워 있을 것이다. 이곳에서 우리는 위생에 신경 쓰지 않는다. 지독한 입 냄새를 풍기며 돌아다니다 머지않아 썩은 이를 어떻게 해야 할까 고민한다. 수의사의 소름끼치는 집게, 성냥개비에 묻힌 정향나무 기름에 입을 맡기거나 우는 것 외에는 다른 방도가 없을 때까지. 나는 지금까지 우는 것만은 피해왔다. 하지만 모든 것에는 때와 장소가 있는 법이다. 나는 헨드릭과 그의 아내, 안나와 야콥, 나의 아버지와 어머니, 쥐같이 생긴 손자들이 모두 떠나버리고 나만 혼자 남아 울 날이 올 것이라고 확신한다. 그렇게 되면 나는 아무렇게나 옷을 입고 집 안, 뜰, 버려진 양 방목장, 언덕을 돌아다닐 수 있을 것이다. 그렇게 되면 누구한테 발각되거나 앙 갚음을 당할 두려움 없이, 외모를 가꿀 필요도 없이 이를 악물고 머리를 쥐어뜯으며 울 수 있을 것이다. 그때 나는 결코 시험해본 적 없는 폐를 시험해보며, 소리가 산에 울려 메아리칠 수 있는 지, 평평한 곳에서도 메아리가 울릴 수 있다면 비명과 신음과 비 탄의 소리가 메아리가 되어 돌아오는지 확인해볼 것이다. 또한 내 옷을 찢어버리고, 집 앞에 옷과 가구와 그림으로 큰 모닥불을 피워 아버지, 어머니, 죽은 지 오래된 오빠가 불길 속에 너울거 리는 걸 보고, 불길이 밤하늘로 치솟으면 좋아서 소리를 지르고, 관솔을 집 안으로 갖고 들어가 매트리스와 옷장과 목재 천장과 비망록이 가득 든 트렁크가 있는 다락에 불을 지를 것이다. 그들 이 누구든, 이웃이 멀리서 그 불길을 보고 말을 타고 어둠 속을 달려와 자신한테 관심을 가져주길 바라며 뭔가를 주절대는 늙은 여자인 나를 안전한 곳으로 데려갈 때까지.

91.　　학교 건물은 텅 비어 있다. 벽난로의 재는 차갑다. 난로 위 선반에는 아무것도 없다. 침대는 벗겨져 있다. 덧문이 움직인 다. 야콥과 안나는 떠나고 없다. 짐을 꾸리게 해 쫓아낸 것이다. 그들은 나한테 말 한마디 없이 가버렸다. 나는 먼지가 햇살을 타

고 몽롱하게 올라가는 모습을 몽롱하게 바라본다. 코 안쪽에서 피 맛이 느껴지지만, 사실은 피가 아니다. 정말로 사건들은 사람의 가장 어두운 상상과는 비교가 안 될 정도로 마음을 움직이는 힘이 있다. 나는 숨을 헐떡이며 문간에 서 있다.

92.　　학교 건물. 옛날에는 이곳이 진짜 학교 건물이었다. 아이들은 이곳으로 와 앉아 읽고 쓰고 셈하는 걸 배웠다. 그들은 여름이면 더위 때문에 귀가 앵앵거리는 동안 하품을 하고 기지개를 펴고 안절부절못했다. 겨울 아침에는 언 땅을 지나 이곳에 와서 얼어버린 맨발가락을 문지르며 찬송가를 불렀다. 이웃에 사는 아이들도 현금과 물건으로 수업료를 내고 공부를 했다. 여선생도 있었다. 틀림없이 먹고살기 위해 이곳으로 온 가난한 목사의 딸이었을 것이다. 그러던 어느 날 그녀는 지나가던 영국 남자와 달아났고, 그후로 소식이 끊겼다. 그후로는 여선생이 없었다. 학교 건물은 오랫동안 사용하지 않아 박쥐와 찌르레기와 거미가 차츰차츰 점령해버렸다. 그러던 어느 날 안나와 야콥 혹은 그들보다 앞서 온 안나와 야콥이 사는 곳이 되었다. 그러지 않았을 리가 없다. 만약 내가 단순히 이 역사를 내 엄지손가락에서 짜낸 거라면, 방구석에 쌓인 긴 의자 세 개와 야콥이 웃옷을 걸어놓던 의자 뒤의 이젤은 어떻게 설명하겠는가? 틀림없이 누군가가 학

교 건물을 짓고 가구를 들여놓고 〈주간 광고〉나 〈식민지 신문〉에 여선생을 구하는 광고를 내고, 기차역으로 마중을 나가고, 그녀를 객실에 묵게 하고, 봉급을 주었을 것이다. 사막의 아이들이 야만인으로 성장하지 않고 지구의 회전, 나폴레옹, 폼페이, 얼어붙은 황무지의 순록떼, 수면의 변칙적인 확장, 일주일에 걸친 창조, 셰익스피어가 쓴 불멸의 희극들, 기하학과 수학의 발전, 장조와 단조, 손가락으로 제방을 막은 소년, 동화에 나오는 난쟁이 룸펠슈틸츠헨, 빵과 물고기의 기적, 원근법 등 다양한 시대적 유산을 물려받을 수 있게 하기 위해서였을 것이다. 하지만 그 모든 것은, 과거의 지혜에 대한 그 즐거운 복종은 이제 어디로 갔는가? 구구단을 외우던 아이들과 나의 미심쩍은 자아 사이에 얼마나 많은 세대가 끼어 있었는가? 나의 아버지가 그들 중 하나였을까? 그 긴 의자들을 밝은 곳으로 끌어내면 주머니칼로 판 먼지에 덮인 그의 이름 첫 글자를 볼 수 있을까? 만약 그렇다면 교양은 모두 어디로 갔을까? 그는 헨젤과 그레텔 이야기에서, 그들의 딸을 검은 숲 속으로 데리고 들어간 아버지에 대해 뭘 배웠을까? 그는 노아의 이야기에서 간통에 대해 뭘 배웠을까? 그는 6단을 외우면서, 우주의 확고부동한 법칙에 관해 뭘 배웠을까? 이 의자에 앉아 큰 소리로 구구단을 외웠던 사람이 그가 아니라 내 할아버지였다 하더라도, 왜 그는 나의 아버지에게 인간성을 물려주지 않아 야만인이 되게 하고, 또 그의 뒤를 이어 나까지 야만인이 되게 했을까? 혹은 우리가, 나의 선조들이 이곳의 원주민이 아니라는 것이 가능할까? 어느 날 나의 아버지나 할아버지는 총과 탄대를 멘 채 말을 타고 나타나 금덩어리를 넣은 담배쌈지를 던지고, 여선생을 학교 건물에서 쫓아내고, 자기 사람을 그 자리에 앉힌 뒤 폭력적으로 군림했던 것일까? 혹은 내가 틀린 걸까? 완전히 틀린 걸까? 이 학교에 다닌 건 나였을까? 이웃 농장에서 온 아이들뿐만 아니라 나의 형제자매, 나의 많은 형제자매가 와자지껄 떠들면서 노아의 이야기를 서로 하겠다고 우기는 동안 나는 거미줄이 처진 컴컴한 구석에 앉아 있었던 걸까? 나는 그들의 행복한 웃음 때문에 혹은 게임이 싫다고 인상을 썼다는 이유로 그들이 나를 혼내주려고 내 암녹색 원피스 뒤쪽에 벌레를 넣었기 때문에 그들 모두를 내 마음속에서 완전히 지워버린 것일까? 그들은 나하고 다시는 연락하지 않기로 작정하고, 나를 아버지와 함께 사막에 남겨두고 도시로 가서 잘 살고 있는 걸까? 그렇다고 믿기는 얼마나 어려운가. 나한테 형제자매가 있다면 그들은 도시에 있을 리 없다. 틀림없이 모두 뇌막염에 걸려 죽었을 것이다. 형제가 있었다면 그들의 흔적이 나한테 없을 리 없다. 그런데 나한테는 자연, 고독, 공허의 흔적만 남아 있다. 또한 나는 다른 아이들과 둘러앉아 노아에 관한 얘기를 했다는 걸 믿을 수 없다. 나의 지식에선 자기 얘기를 하는 온전한 인간적 목소리의 여운이 아닌 활자 냄새가 난다. 하지만 우리 선생이 좋은 선생이 아니었을 수도 있다. 그녀는 핀 하나 떨어지는 소리까지 들을 수 있는 교실에서 아이들이 책을 읽는 동안, 우울한 얼굴로 책상에 기대고 앉아 회초리로 자기 손바닥을 두드리면서 모욕받았던 일을 곰곰이 생각하며 탈출을 꿈꾸었을지 모른다. 그렇지 않다면 쓰는 것은 말할 것도 없고 읽는 법을 내가 어떻게 배울 수 있었겠는가?

93.　　혹은 그 형제는 이복형제였는지 모른다. 어쩌면 그것이 모든 걸 설명해줄지 모른다. 어쩌면 그것이 진실인지도 모르겠다. 내가 내 귀를 신뢰할 수 있다면, 그것에는 확실히 진실의 울림이 있다. 어쩌면 그들은 사랑을 듬뿍 받다 한창때 죽은 건강한 금발 머리 첫 부인에게서 태어난 이복형제였는지 모른다. 대담하고 건강하고 금발 머리인 그들도 희미하고 불확실한 모든 것에 불쾌감을 느끼고, 아이를 낳다 죽은 사랑받지 못한 쥐같이 생긴 둘째 부인의 자식과 끊임없이 전쟁을 했는지 모른다. 그리고 나중에 그들이 여자 가정교사한테 배울 수 있는 모든 걸 배우고 나자 무뚝뚝한 외삼촌이 그들을 모두 데려가 행복하게 잘 살도록 해주었는지 모른다. 내 아버지의 말년을 지켜보도록 나를 뒤

에 남겨두고서. 내가 그들을 잊어버린 것은 그들을 미워해서가 아니라 사랑했던 그들을 그렇게 빼앗겼기 때문인지 모른다. 나는 컴컴한 구석에 입을 벌리고 앉아 그들이 떠들썩하고 즐겁게 노는 모습을 집어삼키고, 그들이 외치는 소리와 웃음소리에 대한 기억을 가슴에 새기곤 했는지 모른다. 나의 외로운 침대에서 그날을 다시 살고 그것을 껴안고 있을 수 있도록 말이다. 하지만 이복형제 중에 내가 가장 사랑했던 사람은 아서였는지 모른다. 아서가 나를 채찍으로 때렸다면 나는 쾌감에 몸을 꿈틀거렸을 것이다. 아서가 돌을 던지면 그걸 주워오려고 달려갔을 것이다. 아서를 위해서라면 구두약도 먹고 오줌도 마셨을 것이다. 하지만 애석하게도 금발의 아서는 달리기에서 이기고, 공놀이를 하고, 구구단을 외우는 데 정신이 팔려 나를 알아보지 못했는지 모른다. 아서가 떠나던 날 나는 컴컴한 창고 구석에 숨어 지금부터 아무것도 먹지 않겠다고 맹세했는지 모른다. 그리고 세월이 흘러도 아서가 돌아오지 않자 그에 대한 기억을 점점 밀어냈는지 모른다. 그래서 지금은 동화 속의 아련한 모습만 떠오를 뿐인지 모른다. 이야기의 끝. 앞뒤가 안 맞는 내용도 있겠지만 그것을 찾아 없앨 시간이 나에겐 없다. 뭔가가 나에게 이 건물에서 나가 내 방으로 돌아가야 한다고 말하고 있다.

94.　　나는 문을 닫고 앉아 눈물이 마른 눈으로 책상 위 벽지를 응시한다. 그러나 거기엔 금발의 아서와 내가 해변에서 손을 잡고 달리는 모습은 없고, 초록 잎사귀 두 개가 달린 분홍 장미 한 송이가 똑같이 생긴 분홍 장미들 사이에 피어 있는 모습만 있다. 방 안의 이해할 수 없는 공간과 나머지 벽에 있는 장미들에 빛을 드리우는 장미 한 송이만. 이건 달리 바꿀 수 없다, 이것은 내 방이다(나는 의자에 깊숙이 앉는다), 나는 이것이 변하기를 바라지 않는다. 내 어두운 날들에 대한 위안은, 눈을 감고 팔을 포개고 스스로를 영원히 공허 속으로 내던지지 않도록 막아주는 위안은 이 꽃들이 그들의 완전한 존재의 황홀경 속에서 서로 교감을 나눌 수 있는 에너지를 나한테서, 오직 나한테서만 얻는다는 사실에 있다. 펠트의 돌과 덤불이 생명의 소리를 내는 것처럼, 단순히 말에 지나지 않는 게 아닌 진짜 행복감에 넘쳐서 말이다. 그것은 내가 나는 영원히 그들이 아니고 그들은 내가 아니며, 나는 결코 그들처럼 순수한 자아의 환희일 수 없고, 나를 그 밖의 다른 것으로 조작하고 다시 조작하는 내 안에 있는 말들에 의해 그들로부터 애석하게도 영원히 구분된다는 걸 다양한 방식으로 그들에게 알려줌으로써 그들을 전율하게 만들기 때문이다. 농장, 사막, 먼 지평선까지 모든 세계가 거기에 자리잡고 있는 내 의식의 헛된 충동에 고양되어, 그것 자체와의 교감의 황홀경 속

에 들어가 있다. 그러한 것들이 내가 벽지를 바라보며 벅찬 숨이 가라앉고 두려움이 없어지기를 기다리면서 생각하는 것이다. 읽기를 배우지 않았더라면.

95.　　하지만 그 짐승은 나의 지절대는 소리에 매혹당하지 않는다. 그는 오후 내내 내 뒤를 밟는다. 나는 그의 발소리를 듣고 그의 고약한 숨결을 냄새로 느낀다. 달아나봤자 소용없다. 나는 뒤에서 잡혀 팬티가 후드득 벗겨지고, 만약 인정이 있는 짐승이라면 목이 부러질 때까지, 만약 인정이 없는 짐승이라면 내장이 끄집어내질 때까지 소리를 지르며 더 치욕스럽게 죽게 될 뿐이다. 나의 아버지는 수치심에 불타 누구라도 자기에게 손가락질하면 그 자리에서 쳐 죽일 심산으로 농장 어딘가에서 배회한다. 나의 아버지가 그 짐승일까? 농장 어딘가에서 헨드릭과 안나가 아른거린다. 그는 나무 그늘 밑에서 하모니카를 불고 있다. 여하튼 나는 아직도 그를 생각하면 그 모습이 떠오른다. 그녀는 발가락을 만지작거리면서 다음에 일어날 일을 기다리며 콧노래를 부른다. 헨드릭이 그 짐승일까? 복수를 하려고 으르렁거리며 일어서는 모욕당한 남편이자 주인의 발에 짓밟힌 그 노예가? 날카로운 작은 이빨과 뜨거운 겨드랑이를 가진 안나가 그 짐승일까? 예민하고 음탕하고 탐욕스러운 그 여자가? 힘을 가진 그들이 웃

음기를 머금고 내 주위를 맴도는 동안 나는 용기를 잃지 않으려고 이야기를 계속한다. 그들이 나보다 힘이 센 이유는 뭘까? 그들은 내가 모르는 뭘 안단 말인가? 어느 쪽으로 돌아서든 나는 막혀 있다. 한 달 후면 나는 침대에 있는 아버지와 하녀에게 아침을 가져다주게 될 것이다. 그사이 헨드릭은 부엌에서 어슬렁거리며 비스킷을 먹고, 접칼로 식탁을 치고, 내가 지나갈 때 내 엉덩이를 꼬집을 것이다. 나의 아버지는 내가 그녀의 더러운 속옷을 빠는 동안 그녀에게 새 드레스를 사줄 것이다. 그와 그녀는 하루 종일 침대에서 빈둥거리며 노닥거릴 것이다. 그사이 헨드릭은 술에 절어 지낼 것이고, 양은 자칼에게 잡아먹히고, 수세대에 걸쳐 이룩해놓은 것들은 황폐해질 것이다. 그녀는 카펫에 오줌을 싸고 통로에서 달음질하는 올리브색 아이를 그에게 낳아줄 것이다. 그녀는 헨드릭과 짜고 그의 돈과 은시계를 훔칠 것이다. 그들은 친척, 형제자매, 먼 친척을 불러들여 농장에 정착시킬 것이다. 나는 덧문 틈새로 그들이 토요일 밤에 기타 소리에 맞춰 떼 지어 춤추는 모습을 보게 될 것이다. 그사이 옛 주인은 베란다에 바보처럼 앉아 미소를 짓고 고개를 끄덕이며 연회의 주인 노릇을 할 것이다.

96.   우리 중에 누가 짐승일까? 나의 이야기는 이야기다. 그

것은 나를 놀라게 하지 않는다. 그것은 내가 질문을 해야 하는 순간을 연기할 뿐이다. 덤불 속에서 들리는 소리는 내가 으르렁거리는 소리일까? 공간이 나로부터 확장되어 지구의 네 구석 모두로 퍼져나가는 나라의 심장부에는 나를 막을 수 있는 게 없기 때문에, 미친 듯이 날뛰고 무절제한 내가 두려운 걸까? 이런 질문들 말이다. 자리에 앉아 조용히 내 장미들을 바라보며 오후가 끝나기를 기다리는 나는 그런 걸 선뜻 받아들이기 어렵다. 하지만 나는 눈에 보이는 것을 곧이곧대로 믿을 만큼 바보는 아니다. 내 안을 지나가는 것에 조심스럽게 나 자신을 맞추면, 나는 내 자궁 속의 시든 사과가 떠올라 떠다니는 불행의 조짐을 멀리서 분명히 느낄 수 있다. 나는 외로움 때문에 미친 90파운드밖에 나가지 않는 노처녀에 불과할지 모른다. 그러나 나는 순진하지는 않다. 어쩌면 그것이 내 두려움에 대한, 기대감이기도 한 두려움에 대한 진짜 설명이다. 나는 내가 하려는 걸 두려워한다, 그럼에도 내가 하려는 것이 무엇이든 그걸 하려 한다. 만약 내가 그걸 하지 않고 더 좋은 날이 올 때까지 살금살금 걸어다니면, 내 삶은 계속 어디에서 어디로 가는지도 모르고 시작도 끝도 없는 하나의 선에 불과할 것이다. 틀림없이 내 아버지가 하트와 다이아몬드 모양의 사탕을 사면서 자신만의 삶을 원한다고 혼잣말을 했을 것처럼, 나도 나 자신의 삶을 원한다. 세계는 자신의 삶을 살고자 하는 사람들로 가득하다. 그러나 사막 밖에 있는 사람들에게 그러한 자유는 거의 주어지지 않는다. 미지의 한복판인 이곳에서 나는 개미 크기로 몸을 줄일 수 있는 만큼이나 영원히 확장될 수 있다. 나는 갖지 못한 게 많지만, 자유는 그중 하나가 아니다.

97.   하지만 내가 여기에서 백일몽을 꾸며 아마도 양쪽 뺨을 주먹으로 받치고 잇몸을 드러내고 졸고 있는 사이, 오후는 지나가버리고 빛은 더는 녹색이 아니라 뿌연 색으로 변했다. 나는 발소리와 목소리에 깜짝 놀라 잠에서 깬다. 당황한 내 가슴이 방망이질을 한다. 오후의 무감각 때문에 불쾌하고 끈적끈적해진 입에서 소금기가 느껴진다.

나는 문을 약간 연다. 목소리는 집의 저쪽 끝에서 들린다. 하나는 명령하는 아버지의 목소리다. 무슨 말인지는 알 수 없지만, 나는 그 어조를 알고 있다. 또다른 목소리도 들리지만, 첫번째 목소리가 침묵할 때만 들린다.

내가 우려했던 대로다. 최악을 상상하는 마법이 통하지 않았다. 최악은 여기에 있다.

구두를 신은 발들이 이제 통로로 올라온다. 나는 문을 닫고 몸으로 민다. 나는 평생 그 발소리에 익숙해져 왔지만, 놀라서 입이 벌어지고 맥박도 빨라진 채 서 있다. 그는 나를 다시 어린애로 만들고 있다! 구두, 구두가 쿵쿵거리는 소리, 검은 눈썹, 검은 눈구멍, 나를 해치우고 묻고 가두는 냉혹하고 차갑고 우레 같은 "노"라는 고함 소리가 터져나오는 검은 입구멍. 나는 다시 아이, 갓난아이, 유충, 팔다리도 없고 빨판이나 발톱처럼 땅을 붙잡을 아무것도 없는 무형의 흰 생명체가 된다. 나는 몸을 꿈틀거린다, 다시 구둣발 소리가 내 위에서 들린다. 입구멍이 벌어진다, 나의 흐늘흐늘한 심장까지 오싹하게 만드는 세찬 바람이 불어닥친다. 나는 몸으로 문을 밀고 있지만, 그가 한번 밀치기만 해도 넘어질 것이다. 내 안에 있던 분노의 응어리는 없어졌다, 두렵다, 나에 대한 자비는 없다, 나는 벌을 받을 것이고 결코 위로받지 못할 것이다. 이 분 전에는 내가 맞고 그가 틀렸다. 나는 침묵, 부재, 경멸, 그 밖의 어떤 것으로 그에게 맞서기를 기다리며 딱딱한 의자에서 졸고 있는 분노였다. 하지만 지금 나는 잘못된 시간에, 잘못된 곳에서, 잘못된 몸에서 태어난 이래 늘 그랬던 것처럼 틀리고 또 틀리고 또 틀리고 또 틀렸다. 눈물이 볼을 타고 흘러내리고 코가 막힌다, 소용없다, 나는 문 저쪽에 있는 남자가 오늘 밤 내가 어떤 식으로 비참해져야 하는지 결정하기를 기다린다.

98.　　그가 문을 두드린다. 손톱으로 나무문을 살짝 세 번 두드린다. 소금기가 다시 내 입에 넘친다. 나는 숨을 죽이고 몸을 움츠린다. 그가 가버린다. 통로를 밟는 고른 발소리가 하나, 둘, 셋…… 멀어진다. 그래, 이것이 나의 벌이다! 그는 나를 보러 온게 아니라 밤새 안에 가둬놓으려고 온 것이다! 잔인해, 잔인해, 잔인해! 나는 내 방에서 운다.

　다시 목소리들이 들린다. 부엌에서 나는 소리다. 그는 그녀에게 식탁에 음식을 차리라고 말한다. 그녀는 빵을 넣어둔 곳에서 빵을 꺼내고, 찬장에서 비계와 잼 병을 꺼낸다. 그는 그녀에게 물을 끓이라고 말한다. 그녀는 석유스토브에 불을 붙일 줄 모른다고 말한다. 그가 그녀를 위해 스토브에 불을 붙여준다. 그녀는 불 위에 주전자를 올려놓는다. 그리고 손을 맞잡고 물이 끓기를 기다린다. 그는 그녀에게 앉으라고 말한다. 그녀는 그와 함께 식탁에 앉으려고 한다. 그는 빵 한 조각을 잘라 나이프 끝으로 그녀에게 밀어주며 먹으라고 말한다. 그의 목소리는 무뚝뚝하다. 그는 부드러움을 표현할 줄 모른다. 그는 사람들이 그걸 이해해주기를 바란다. 하지만 아무도 이해하지 못한다. 평생 그를 지켜보며 구석에 앉아 있던 나를 제외하곤. 나는 그의 분노와 우울한 침묵이 겉으로 내보이려 하지 않는 부드러움에 씌운 가면일 뿐이라는 걸 안다. 겉으로 드러났을 때 그 결과에 압도당하지 않기 위해서 말이다. 그는 감히 사랑하지 못하니까 미워할 뿐이다. 그는 자신을 지키기 위해 증오한다. 그 모든 것에도 불구하고 그는 나쁜 사람은 아니다. 그가 부당한 건 아니다. 그는 지금까진 사랑이 없었으며, 커피 물이 끓기를 기다리며 빵과 복숭아를 같이 먹는 여자한테서 이제 사랑을 찾았다고 생각하는 나이가 들어가는 남자일 뿐이다. 만약 집의 외진 구석에 있는 문 뒤에서 귀를 쫑긋하고 비통해하는 아이를 무시한다면 이보다 더 평화로운 광경은 상상할 수 없다. 그들은 사랑의 연회를 즐기고 있다. 하지만 사랑의 연회보다 더 고귀한 연회가 있다, 바로 가족의 식사다. 나도 초대했어야 한다. 내가 이 집의 여주인이니까 그 식탁에, 식탁 한쪽에 정식으로 앉아야 한다. 내가 아니라 그녀가 시중을 들어야 한다. 그런 다음 우리는 평화롭게 빵을 잘라 먹고, 서로 다른 방식으로 서로에게 사랑을 표현할 수 있을 것이다. 나조차 말이다. 하지만 선이 그어져 있다. 나는 성찬에서 제외되었다. 그래서 이 집은 두 이야기가 있는 집이 되었다. 행복에 관한, 혹은 행복을 향해 가는 이야기와 불행의 이야기가 있는 집.

99.   그들의 숟가락이 일제히 딸그락거린다. 그들은 좋은 이를 가졌다, 두 사람 다. 피어오르는 김 사이로 그들의 눈이 마주친다. 거대하고, 털이 많고, 늘어지고, 쇠약하고, 강하고 낯선 이

남자를 일주일에 걸쳐 알게 된 것이 그녀의 마음속에 아른거린다. 오늘 밤 잔뜩 허세를 부리며 그녀를 자신의 첩이라고, 자신의 소유물이라고 공개적으로 선언하는 낯선 남자. 새 주인의 무릎이 식탁 밑에서 그녀를 감쌀 때, 그녀는 차가운 별빛 아래에서 담요로 몸을 감싸고 있거나 버려진 오두막에서 신음하는 남편을 과연 생각할까? 그가 그녀를 남편의 분노로부터 얼마나 오랫동안 보호해줄 것인지 자문할까? 그녀는 미래에 대해 생각하기나 할까? 혹은 어미의 젖을 먹던 때에 이미 현재의 사치를 즐기고 또 그것 때문에 저주를 받는 걸 알았을까? 그녀에게 이 새 남자는 무슨 의미일까? 그녀는 그가 주인이기 때문에 무덤덤하게 자신의 허벅지를 그저 벌려주는 걸까? 혹은 결혼생활에서 사랑이 결코 줄 수 없는 복종에서 쾌락의 극치를 맛보는 걸까? 그녀는 자기 지위가 갑작스럽게 올라간 것에 들떠 있을까? 동전과 사탕, 깃털 목도리, 라인스톤 목걸이처럼 그의 부인이 남긴 것 중에서 골라준 선물에 도취된 걸까? 어째서 그 유물들을 나에겐 주지 않는 걸까? 왜 모든 것이 나한테는 비밀일까? 어째서 나는 은은한 커피 향을 맡고 미소를 주고받으며 부엌 식탁에 앉아 있으면 안 되는 걸까? 고독의 시련 다음에는 무엇이 있는 걸까? 그들은 부엌을 떠나기 전에 설거지를 할까? 아니면 내가 한밤중에 바퀴벌레처럼 나가서 설거지를 해야 하는 걸까? 그녀는 자기 힘을 언제 시험해볼까? 그녀가 한숨을 쉬고 식탁에서 일어나 기지개를 켜고, 설거지는 하인에게 넘기고 가버리는 날은 언제일까? 그녀가 그렇게 하는 날 그는 그녀를 향해 감히 소리를 지를까? 아니면 그녀한테 너무 빠져서 그녀가 침대에서 요동칠 때 허리의 유혹만이 그에게 의미를 갖게 될까? 만약 그녀가 더는 하인이 아니게 되면 나 말고 누가 하인이 될까? 그에 대한 항의로 내가 밤중에 달아나 다시 돌아오지 않고 사막에서 죽어, 새들이 시체를 쪼아 먹고 개미들이 파먹는다면 모르지만. 그는 알아차리기나 할까? 헨드릭이 돌아다니다 나를 발견하고 자루에 담아 가져갈 것이다. 그들은 나를 땅속에 묻고 흙을 덮고 기도할 것이다. 그런 다음 그녀는 불을 지피고 앞치마를 두르고 접시를 닦으며, 내가 남기고 간 수많은 커피잔, 산더미 같은 접시를 닦으며, 한숨을 쉬면서 내가 죽은 걸 애석해할 것이다.

100.　　나는 어둠 속에서 뒤척인다. 미칠 것 같다. 너무 비참하고 너무 외로우면 사람은 동물이 된다. 나는 모든 인간적인 관점을 잃어가고 있다. 옛날 같으면 격한 감정을 떨쳐내고, 창백하고 눈물에 젖은 맥 빠진 상태로 몸을 끌고 통로로 나가 그들과 맞섰을지 모른다. 그렇게 하면 에로틱한 마력이 깨지면서 그 여자는 빠져나가고, 아버지는 나를 자리에 앉히고 뭔가 마실 것을 주며

내 정신이 돌아오게 했을 것이다. 여자는 밤 속으로 사라졌을지 모른다. 그러면 그들의 등 뒤로 문이 찰카닥 닫히고 안에 들어갈 자격이 나한테 결코 없었던 그 방으로부터 내가 격리되었다는 사실을 마침내 아는 순간이 연기되고, 모든 것이 괜찮아졌을 것이다. 그러나 오늘 밤 나는 너무 오래 헛물을 켰다. 힘이 없다, 나는 혼잣말을 하는 데 지쳤다. 오늘 밤은 쉬고 포기하려 한다. 내 몸이 나한테서 빠져나가고 다른 몸이 들어오는, 내 팔다리에 팔다리가, 내 입에 입이 들어오는 침수의 쾌락을 탐색해보려 한다. 나는 나 자신이 아니게 될 삶의 한 모습으로 죽음을 환영한다. 내가 보아야 하지만 보지 않을 오류가 여기에 있다. 내가 바다 밑에서 잠을 깰 때 나한테서 나오는 단조로운 소리는 전과 똑같은 목소리일 것이기 때문이다. 윙윙거리든, 보글거리든, 말이 물속에서 어떤 식으로 나오든 매한가지인 똑같은 목소리. 이 얼마나 따분한 일인가! 그것은 언제 멈출까? 달빛이 차가운 마룻바닥에 누운 여자의 검은 주름을 비춘다. 그녀에게서 독기 같은 잿빛 얼굴의 악마가 떠오른다. 저 창백한 입술로 속삭이는 말은 내 것이다. 나는 내 안에 잠긴다. 유령, 나는 유령이 아니다. 나는 몸을 구부린다. 살갗을 만져본다. 따뜻하다. 살을 꼬집어본다. 아프다. 내가 그 이상 무슨 증거를 바랄 수 있겠는가? 나는 나다.

101.　나는 그들의 방문 밖에 서 있다. 부드러운 합판 세 장에 손잡이가 달린 문 위를 내 손이 맴돈다. 그들은 내가 여기 있는 걸 안다. 공기가 내가 여기 있음을 감지한다. 그들은 뒤가 구린 자세로 얼어붙어 내가 행동하기를 기다린다.

나는 문을 두드리고 말한다.

"아버지, 제 말 들리세요?"

그들은 자신들의 엄청나게 큰 숨소리를 들으며 입을 다물고 있다.

"아버지, 잠이 안 와요."

그들은 서로 눈을 마주친다. 그의 눈길은 어떻게 해야 하지? 라는 의미이고, 그녀의 눈길은 저애는 제 자식이 아니에요! 라는 의미다.

"아버지, 기분이 이상해요. 어떻게 해야 하죠?"

102.　나는 부엌까지 가본다. 커튼이 없는 창문으로 들어온 달빛이 아무것도 없는 식탁 위로 쏟아진다. 싱크대에는 설거지를 기다리는 접시 한 개와 컵 두 개가 있다. 커피잔은 아직도 따뜻하다. 나도 커피를 마실 수 있을 것이다. 그러고 싶다면 말이다.

103.　　　나는 하얀 손잡이를 어루만진다. 나의 손이 끈적거린다.

"아버지…… 드릴 말씀이 있어요."

나는 손잡이를 돌린다. 걸쇠가 움직이지만 문은 열리지 않는다. 그들은 문을 잠가놓았다.

문 저쪽에서 그의 숨소리가 들린다. 나는 주먹으로 세게 두드린다. 그는 헛기침을 하며 차분하게 말한다.

"애야, 늦었다. 내일 얘기하자. 가서 자거라."

그가 말했다. 그는 나 때문에 문을 잠가야 한다고 생각해 문을 잠갔고, 이제는 나한테 말해야 한다고 생각해 말을 했다.

나는 다시 쾅쾅 두드린다. 그가 어떻게 할까?

자물쇠가 찰칵하고 열린다. 문틈으로 그의 팔이 나를 향해 슬그머니 나온다. 뽀얀 팔, 검은 털. 금세 그가 내 팔목을 잡더니 으스러뜨릴 듯 그 큰 손에 힘을 준다. 나는 주춤한다, 하지만 울지 않을 것이다. 귀에 거슬리는 그의 화난 속삭임이 옥수수 껍질이 우수수 떨어지는 것처럼 들린다.

"네 침대로 가거라! 내 말 알아듣겠니?"

"싫어요! 자고 싶지 않아요!"

이건 나의 눈물이 아니다. 내가 싸는 오줌이 그저 오줌이듯 나를 통해 나오는 눈물일 뿐이다.

큰 손이 내 팔 위로 올라오더니 팔꿈치를 잡는다. 나는 아래로 꺾인다. 내 머리가 문설주에 닿는다. 나는 고통을 느끼지 못한다. 뭔가가 내 삶에서 일어나고 있다, 그것은 고독보다 낫다, 나는 만족한다.

"닥쳐! 나를 짜증나게 하지 마라! 꺼져!"

나는 내동댕이쳐진다. 문이 쾅 닫힌다. 자물쇠가 돌아간다.

104.　나는 문 맞은편 벽에 기대고 쭈그려 앉는다. 내 머리가 늘어진다. 목구멍에서 뭔가가 나온다. 울음도 아니고, 신음도 아니고, 목소리도 아니다. 별에서 나와 남극의 폐허를 지나 나를 통과해 부는 바람이다. 바람은 하얗다, 바람은 검다, 그것은 아무 말도 하지 않는다.

105.　나의 아버지가 나를 굽어보고 있다. 옷을 입은 그는 온전하고 당당한 모습이다. 나의 드레스는 구겨져 올라와 있다. 그는 내 무릎과 검은 양말, 내 발에 신겨진 신발을 볼 수 있다. 대체로 나는 그가 보는 것에 신경 쓰지 않는다. 바람은 아직도 나를 통과해 불고 있다. 하지만 지금은 부드럽게 분다.

"애야, 이제 자자."

목소리는 부드럽다. 하지만 귀가 밝은 나는 목소리에 실린 노기를 알아차리고, 그 목소리가 얼마나 가식적인지 안다.

그는 내 팔목을 잡고 나의 늘어진 꼭두각시-몸을 끌어당긴다. 그가 놓으면 나는 넘어질 것이다. 나는 내 몸에 일어나는 일에는 신경 쓰지 않는다. 그가 신발 굽으로 내 몸을 짓이겨 늘어지게 하려고 해도 저항하지 않을 것이다. 나는 그가 어깨를 잡고 가장 외진 구석에 있는 내 방을 향해 통로를 따라 끌고 가는 물건이다. 통로는 끝이 없다. 우리의 발소리가 쿵쿵 울린다. 차가운 바람이 내 얼굴에 계속 불어대며 내가 흘리는 눈물을 먹어치운다. 바람이 사방에서 분다, 그것은 모든 구멍에서 나온다, 그것은 모든 걸 돌로 만든다. 내가 행성과 혼동하지 않는다면, 영원에서 영원으로 어둠과 무지 속에서 그들의 삶을 살아가는 가장 멀리 떨어진 별, 우리가 결코 보지 못할 별에 있는 심장부까지 차가운 빙하의 돌로. 내 방에서 부는 바람이 열쇠구멍을 통과하고 틈을 통과한다. 문이 열리면 그것이 나를 삼킬 것이다. 나는 내 몸의 원자들 사이의 공간 속에서 포효하고, 내 눈 뒤의 동굴에서 휘파람 소리를 내는 바람에 휩쓸려 듣지도 느끼지도 못한 채 검은 소용돌이의 아가리 속에 서 있을 것이다.

106.　　익숙한 녹색 침대보 위에 그가 나를 눕힌다. 그는 내 다리를 들어올리고 신발을 억지로 벗긴다. 그리고 내 드레스를 펴준다. 그가 뭘 더 할 수 있을까? 감히 그가 무엇을 더 할 수 있을

까? 부드러운 목소리가 다시 들린다.

"애야, 이제 자거라. 늦었다."

그의 손이 내 이마에 닿는다. 철사를 구부리는 남자의 못 박인 손. 얼마나 부드럽고 위안이 되는지! 하지만 그가 알고 싶어하는 것은 나한테 열이 있는지, 내 외로움의 밑바닥에 세균이 있는지 여부다. 내 살이 너무 시큼한 탓에 내 몸에는 세균이 살 수 없다는 걸 그에게 얘기해줘야 할까?

107.　　그는 나를 두고 가버렸다. 나는 기진맥진해 누워 있다. 세상이 침대 주변에서 빙글빙글 돈다. 나는 말을 했고 말을 들었으며, 만졌고 만져졌다. 따라서 나는 내 머리를 통과해 어디에서 어디로 가는지도 모르는 이 말들의 단순한 흔적 이상이다. 공간의 공허와 대비되는 한 줄기 빛이고 유성이다(오늘 저녁 내 머리는 천문학에 관계된 것으로 얼마나 가득 차 있는지). 그렇다면 내가 그저 몸을 돌려 이렇게 옷을 다 입은 채 잠이 들고, 아침에 깨어나 설거지를 하고, 눈에 띄지 않게 움직이고, 정의가 세상을 지배한다면 틀림없이 와야 하는 인과응보를 기다리지 않는 이유는 무엇일까? 또 내가 옷을 다 입은 채로 그냥 잠이 들지 않는 이유를 마음속에서 자꾸 곱씹는 이유는 무엇일까?

108.　　식사시간을 알리는 종이 식기 살강에 놓여 있다. 크기가 좀더 크고, 소리도 더 크게 나는 학교 종 같은 것이었으면 더 좋았을 텐데. 어쩌면 다락 어딘가에 학교가 문을 열면 다시 사용되기를 기다리는 먼지에 뒤덮인 학교 종이 있을지 모른다. 하지만 그것을 찾아볼 시간은 없다(그러나 그들의 침대 위에서 쥐가 달음질치고 박쥐가 날갯짓하고 복수를 노리는 자가 음산하게 걷는 소리가 들리면 그들은 심장이 오그라들지 않을까?). 방울 소리를 죽이고 맨발로 살금살금 걸어가는 고양이처럼 나는 통로를 기어가 열쇳구멍에 귀를 갖다댄다. 모든 것이 조용하다. 그들은 내가 다음 행동을 하길 기다리며 숨을 죽이고, 둘 다 숨을 죽이고 누워 있을까? 그들은 벌써 잠들었을까? 서로 껴안고 누워 있을까? 그것은 서로 맞붙은 파리처럼, 귀에 들리기에는 아주 미세하게 행해지는 걸까?

109.　　가느다랗고 우아한 종소리가 계속 울린다.

　나는 오른손으로 종을 치다 지치면 왼손으로 바꾼다.

　나는 지난번 여기에 있었을 때보다 기분이 좋다. 더 평온하다. 나는 콧노래를 흥얼거리기 시작한다. 처음에는 종소리에 맞추려고 이리저리 바꿔보다 제 높이를 찾아 흥얼거린다.

110.　시간, 옅어졌다 짙어지는 안개 같은 시간이 흐르면서 앞에 있는 어둠 속으로 빨려 들어간다. 외로움에 지나지 않지만, 내가 고통이라 생각하는 것이 물러나기 시작한다. 내 얼굴뼈들이 풀어지기 시작한다, 나는 다시 부드러워져간다. 부드러운 인간 동물, 포유동물이 돼가고 있다. 종이 제 박자를 찾았다. 부드럽게 네 번, 크게 네 번. 내 몸이 그것에 맞춰 떨리기 시작한다, 처음에는 거친 근육이, 나중에는 더 예민한 근육이. 고뇌들이 나를 떠난다. 작은 막대기 같은 존재들이 내게서 기어나와 작아진다.

111.　앞으로 모든 게 괜찮아질 것이다.

112.　나는 부딪친다. 그것이 일어난 일이다. 나는 머리에 뭔가를 세게 맞는다. 피 냄새가 나고 귀가 얼얼하다. 종이 내 손에서 빠져나간다. 나는 그것이 통로 바닥에 요란하게 부딪는 소리를 듣는다. 종이 그러하듯 왼쪽 오른쪽으로 구르면서. 무슨 의미인지 알 수 없는 큰 소리가 통로에서 단조롭게 울린다. 나는 벽을 따라 미끄러져 바닥에 조심스럽게 앉는다. 이제 피 맛을 느낄 수 있다. 코에서 피가 난다. 나는 피를 삼킨다. 혀를 내밀어 입술에 묻은 피 맛을 본다.

내가 마지막으로 맞은 게 언제였지? 생각나지 않는다. 어쩌면 맞은 적이 없는지 모른다. 어쩌면 나는 귀여움만 받았는지 모른다. 믿기는 어렵지만 애지중지 귀여움을 받으며 자라다가 혼이 나고 내팽개쳐졌는지 모른다. 맞은 게 아프지는 않지만 모욕당한 기분이다. 모욕을 받은 나는 화가 난다. 조금 전에 나는 처녀였는데 지금은 아니다. 맞은 것과 관련해서는.

고함 소리가 아직도 공중에 떠 있다. 열기처럼, 연기처럼. 마음만 먹으면 나는 손을 뻗어 공중에서 흔들 수 있다.

내 위로 커다란 흰 돛이 모습을 드러낸다. 대기는 소음으로 가득하다. 나는 눈을 감고 내게 가능한 모든 구멍을 닫는다. 소음이 내 안으로 스며든다. 나는 괴로워지기 시작한다. 속이 불편하다.

나무에 나무가 부딪는 또다른 일격이 있다. 멀리서, 저 멀리서 열쇠 소리가 난다. 나는 혼자지만 대기는 여전히 울린다.

나는 처분되었다. 성가신 존재인 나는 이제 처분되었다. 이건 내게 시간이 있는 한 생각해야 할 문제다.

나는 나의 옛 자리를, 편안하고 흐릿하고 나른하기까지 한 그 자리를 찾아 벽에 기댄다. 생각하기 시작하면, 그것이 생각인지 꿈인지 짐작할 수 없다.

책에서 읽은 것을 믿는다면, 세상에는 언제나 눈이 내리는 광활한 지역이 있다.

어딘가에는, 시베리아나 알래스카에는 썩은 깃대가 정중앙에 비스듬하게 꽂힌 눈 덮인 들이 있다. 한낮인데도 빛이 너무 침침해 저녁 같다. 끝없이 눈이 내린다. 그 외에는 아무것도 보이지 않는다.

113.　　모자걸이가 있는 현관문 옆에, 우리가 만약 우산을 사용한다면 그리고 만약 비에 대한 우리의 반응이 얼굴을 들어올려 뜨거운 빗방울을 입에 받으며 기뻐하는 것이 아니라면 우산이 있어야 할 자리에 두 자루 총이 놓여 있다. 메추라기와 산토끼를 잡는 데 쓰는 총구가 두 개인 리엔필드 엽총이다. 리엔필드는 2천 야드까지 나간다. 감탄스럽다.

엽총의 총알이 어디에 있는지 나는 알지 못한다. 하지만 자투리 단추와 핀을 오랫동안 넣어놓은 모자걸이의 작은 서랍에 날카로운 구리탄두가 달린 303총알 여섯 개가 들어 있다. 나는 그것을 감촉으로 찾는다.

사람들은 나를 보고 총 사용법을 모를 거라 생각하겠지만, 나는 알고 있다. 사람들이 나에 대해 잘못 아는 것이 여러 가지 있다. 내가 어둠 속에서 탄창에 총알을 잴 수 있을지는 잘 모르겠다. 하지만 총알 하나를 총미에 끼우고 노리쇠를 밀어넣을 줄은 안다. 나의 손바닥은 보통 가죽만 있을 정도로 마른 사람으로서는 불쾌할 정도로 끈적거린다.

114.　나는 행동을 하면서도 마음이 편치 않다. 공허함이 내 안의 어딘가로 들어왔다. 지금 일어나는 어떤 일도 나를 만족시키지 못한다. 종을 치며 어둠 속에서 콧노래를 흥얼거릴 때는 만족스러웠다. 하지만 만약 다시 돌아가서 가구 밑에 있는 종을 더듬어 찾아 거미줄을 털어내고 콧노래를 흥얼거리면서 그걸 친다 해도 그 행복감을 되찾을 수는 없을 것 같다. 어떤 것들은 영원히 회복할 수 없는 것처럼 보인다. 어쩌면 그것이 과거가 사실이라는 걸 증명해준다.

115.　마음이 편치 않다. 나한테 일어나는 일을 믿을 수 없다. 나는 머리를 한번 흔들어본다. 내가 어째서 내 침대에서 잠을 자고 있지 않은지 그 이유를 갑자기 모르겠다. 나는 왜 아버지가 자기 침대에서 자고, 헨드릭의 아내가 그녀와 헨드릭의 침대에서 자서는 안 되는지 모르겠다. 나는 우리가 하고 있는 일에 필연성이 있는지 모르겠다. 우리는 변덕 이상의 존재는 아니다. 하나의 변덕에 이어지는 또다른 변덕. 어째서 우리는 우리의 삶이 우리가 살고 있는 사막처럼 텅 비었다는 걸 인정하고, 양의 숫자

를 세거나 행복한 마음으로 설거지를 하며 살 수 없는 걸까? 나는 우리의 삶에 관한 이야기가 흥미로워야 하는 이유를 알지 못한다. 나는 모든 것을 다시 생각해본다.

116.　　총알이 약실에 가지런히 장전되어 있다. 나는 어떤 점에서 타락한 걸까? 잠시 멈추고 다시 한번 생각해본 다음, 나는 분명히 전처럼 앞으로 나아갈 것이다. 어쩌면 나한테 부족한 것은 그릇과 냄비와 날마다 똑같은 베개를 베고 자야 하는 단조로움이 아니라, 얘기해봤자 침묵의 이야기일지 모르는 단조로운 역사와 맞닥뜨리고자 하는 결단력이다. 나한테 부족한 것은 이야기를 멈추고 내가 태어난 침묵 속으로 다시 들어가 죽을 용기이다. 이 무거운 총을 장전하면서 내가 만드는 역사는 필사적이고 가짜인 허튼소리일 뿐이다. 나는 총알 없이는 밖으로 손을 뻗을 수도 없을 만큼 공허한 사람들 중 하나일까? 그것이 내가 별빛이 훤한 밤 속으로 빠져나가면서 두려워하는 것이다. 총을 든 개연성 없는 여자.

117.　　뜰은 은청색 빛으로 가득하다. 창고와 마차고의 흰 벽이 기괴하고 창백하게 빛난다. 멀리서 풍차의 날개가 반짝인다. 피스톤이 삐걱거리는 소리가 희미하지만 분명하게 밤바람에 실

려온다. 내가 살고 있는 세계의 아름다움에 숨이 막힌다. 책에서 보면, 죄수는 교수대나 단두대로 가는 동안 눈에서 비늘 같은 것이 벗겨지면서 아주 순수해진다고 한다. 그리고 죽어야 한다는 사실에 회한에 젖어 지금까지 살아온 삶에 감사한다고 한다. 어쩌면 나는 내가 받드는 것을 해에서 달로 바꿔야 할 것 같다.

하지만 내게 들려오는 소리는 여기에 속한 게 아니다. 희미해졌다 강해졌다를 반복하는 그 소리는 전염병에 걸린 개가 끊임없이 낑낑거리고 으르렁거리고 헐떡이는 소리다. 하지만 그 소리는 개가 아니라 집 뒤 어딘가에 있는 유인원이나 인간 혹은 여러 인간이 내는 소리다.

나는 쟁반을 들듯 총을 들고, 발소리를 죽이고 자갈을 밟으며 마차고를 돌아 뒤쪽으로 나온다. 그림자의 둑이 집의 담장을 따라 길게 늘어져 있다. 부엌문 그림자 속에 뭔가가 있다. 개도 아니고 유인원도 아닌 남자다. (다가가서 보니) 헨드릭이다. 그는 여기에 있어서는 안 되는 남자다. 그가 내는 소음이, 만약 이 단어가 맞다면, 그의 지껄임이 나를 보자 멈춘다. 그는 내가 다가가자 일어나는 척하다가 다시 주저앉는다. 그는 나를 향해 손바닥을 내민다.

"쏘지 말아요!" 그가 말한다. 그건 농담이다.

내 손가락은 방아쇠를 떠나지 않는다. 당분간 나는 겉모습에

속지 않을 것이다. 그에게서 고약한 냄새가 난다. 포도주가 아니라 브랜디 냄새다. 오직 나의 아버지에게서만 브랜디를 얻을 수 있다. 따라서 그는 속은 게 아니라 뇌물에 넘어간 거다.

그가 한 손으로 부엌문을 잡고 다시 일어서려고 한다. 그의 무릎에 있던 모자가 땅으로 떨어진다. 그는 모자를 집으려고 손을 뻗다 천천히 옆으로 쓰러진다.

"저예요." 그가 손이 닿지 않는 총구를 향해 다른 손을 내밀며 말한다. 나는 한 걸음 물러선다.

그는 다리를 오그리고 계단에 모로 누워 나한테 신경 쓰지 않고 흐느끼기 시작한다. 그러고 보니 내 귀에 들리던 소리는 그 소리였다. 흐느낄 때마다 그의 뒤꿈치가 약간 떨린다. `

내가 그를 위해 할 수 있는 건 아무것도 없다.

"헨드릭, 감기 들겠어." 내가 말한다.

118.　아버지의 방문은 잠겨 있다. 하지만 창문은 늘 그랬듯 열려 있다. 오늘 밤, 나는 다른 사람들이 내는 소리는 들을 만큼 들었다. 따라서 생각하지 않고 신속하게 행동할 필요가 있다. 귀를 막을 수 없으니 콧노래를 부드럽게 흥얼거리며 말이다. 나는 총열을 커튼 사이로 밀어넣는다. 개머리판을 창턱에 받치고 총을 들어올려 천장을 아주 정확하게 겨누고 눈을 감고 방아쇠를

당긴다.

나는 집 안에서 총이 발사되는 소리를 들은 적이 없다. 나는 언덕에서 나를 향해 거듭 되돌아오는 메아리의 물결에 익숙하다. 하지만 지금은 내 어깨에 와 닿는 개머리판의 움직임, 밋밋하고 별 특징 없는 진동, 그리고 날카로운 첫 비명 소리가 나기 직전에 깃드는 잠깐의 침묵이 있을 뿐이다.

나는 귀를 기울이며 화약 냄새를 맡는다. 철광석과 철광석이 부딪치면서 불꽃과 한 줌의 연기가 피어오른다.

119.　　사실 나는 이런 비명 소리를 들어본 적이 없다. 그것은 컴컴한 방을 찬연히 비추고, 벽이 유리라도 되듯 통과해 눈부시게 반짝인다. 그 소리는 잦아들다 금세 다시 터진다. 놀랍다. 나는 사람이 그렇게 큰 소리로 비명을 지를 수 있으리라고는 생각하지 못했다.

노리쇠가 제자리로 돌아오고, 다 쓴 탄피가 내 발치에 소리를 내며 떨어지고, 서늘하고 이질적인 두번째 총알이 총미로 들어간다.

비명 소리가 짧아지면서 리듬을 이뤄간다. 리듬이 없는 낮고 화난 소리도 많다. 시간이 생기면 나중에 그 소리를 구별해볼 것이다. 만약 생각이 난다면 말이다.

나는 총열을 들어올리고 눈을 감고 방아쇠를 당긴다. 동시에 총이 내 손에서 튕겨나간다. 총성이 전보다 더 평이하기까지 하다. 놀랍게도 총이 통째로 내 몸에서 떨어진다. 그러고는 커튼 사이로 꿈틀대며 들어가 사라진다. 나는 빈손으로 무릎을 꿇는다.

120.　　나는 지금 떠나야 한다. 나는 충분히 문제를 일으켰다. 내 배는 불쾌하게 흥분한 상태다. 그들의 밤을 망쳤다. 나는 틀림없이 값을 치러야 할 것이다. 지금은 혼자 있는 게 최선이리라.

121.　　헨드릭은 뜰 한가운데에 서서 달빛을 받으며 나를 바라보고 있다. 그가 무슨 생각을 하는지 알 길이 없다.

나는 냉정하게 그럴듯한 말을 한다. "헨드릭, 가서 자. 늦었어. 내일은 그저 또다른 하루일 뿐이야."

그의 몸이 흔들린다. 그의 얼굴에는 모자 때문에 그늘이 져 있다.

비명 소리는 고함 소리로 바뀌었다. 내가 떠나는 게 우리 모두를 위해 최선일 것이다.

나는 헨드릭의 주위를 빙 돌아 농가에서 멀어지는 길을, 혹은 보기에 따라서는 더 큰 세계로 통하는 길을 택한다. 처음에는 등이 허약하게 느껴지지만 나중에는 덜 허약하게 느껴진다.

122.　내가 하는 모든 일에 이유가 있을 수 있을까? 그 이유라는 것이 깡통 속에서 달가닥거리는 열쇠처럼 꺼내져 신비를 벗기는 데 사용되기를 기다리며 내 안에 있을까? 나는 아버지와의 갈등을 매개로 무소속의 존재에 대한 명상의 끝없는 한복판으로부터 나를 들어올려 위기와 해결책이 있는 진정한 갈등 속으로 들어가기를 바라는 걸까? 이것이 그 열쇠일까? 만약 그렇다면, 나는 그 열쇠를 사용하고 싶어하는가? 혹은 그것을 길옆에 조용히 버리고 다시는 보고 싶어하지 않는가? 내가 어느 순간에는 은막대처럼 나를 내리누르는 달빛과 쌀쌀해지는 밤바람을 맞으며 자갈 위로 발을 질질 끌고 위기의 장면으로부터, 발포와 비명과 중단된 쾌락으로부터 떠날 수 있다가도, 그다음 순간에는 물체들을 놓쳐버리고 허튼말들 속으로 다시 돌아올 수 있다는 게 놀랍지 않은가? 궁금하다. 나는 물체들 속의 물체, 즉 근육과 뼈로 된 지레에 의해 하나의 길을 따라 나아가는 몸일까? 혹은 땅 위로 5피트쯤 떠서 시간을 통과해 움직이는 독백일까? 땅이라는 것이 또다른 말에 불과한 것으로 밝혀져 진짜 어찌할 바를 모르는 경우가 아니라면 말이지만. 어떠한 상황이든, 나는 내가 바라는 만큼 분명한 나 자신은 분명히 아니다. 나는 오늘의 행동을 언제 씻게 될까? 나는 평정을 유지하든지 아니면

덜 냉담했어야 한다. 헨드릭의 슬픔에 대한 나의 혐오감이 나의 냉담함을 보여줬다. 혈관에 붉은 피가 흐르는 여자라면(내 피는 무슨 색일까? 연분홍색일까? 진보라색일까?) 그의 손에 손도끼를 들려주고 집 안으로 밀어넣어 복수하게 했을 것이다. 자기 삶의 주인이 되고자 하는 여자라면, 커튼을 열어젖히고 떳떳하지 못한 행동을 주저하지 않고 빛에, 달빛에, 횃불 빛에 드러나게 했을 것이다. 하지만 내가 두려워했던 것처럼, 나는 극적인 노력과 명상의 나른함 사이에서 떠돈다. 나는 총을 겨누고 방아쇠를 당겼지만 눈을 감았다. 나를 그렇게 행동하게 만든 것은 여자의 나약함만은 아니었다. 그것은 내 아버지의 발가벗은 모습을 보지 않으려는 개인적 논리, 심리였다. (어쩌면 바로 이와 같은 심리가 나로 하여금 헨드릭을 위로하지 못하게 했을 것이다.) (나는 여자의 발가벗은 몸에 대해서는 아무 말도 하지 않았다. 왜일까?) 그런 심리라는 게 있다는 것이 위안이 되기도 하지만—심리라는 축복을 받았으면서도 존재가 없는 피조물이 있었던가?—그 때문에 불안하기도 하다. 무의식적인 동기들에 관한 이야기에서 나는 누구의 피조물일까? 내 자유가 위태로운 상태다. 나는 내 통제를 넘어선 힘들에 의해 구석으로 몰린다. 내가 할 일은 구석에 앉아 울면서 몸을 비트는 것 말고는 곧 아무것도 없게 될 것이다. 구석이라는 것이 이 순간에 널따란 도로 위를 오랫동안 걸어간다는 의미라 해도 아무런 차이가 없다. 결국 나는 지구가 둥글고 모서리에도 여러 형태가 있다는 걸 알게 될 것이다. 내게는 길에서 사는 데 필요한 기술이 없다. 즉 내게 발과 다리가 붙어 있다 해도, 그리고 먹을 것이 필요할 경우 메뚜기를 잡아먹고 소나기를 마시며 짝짝이 신발을 신고 끝없이 나아갈 수 있다고 주장하며 스스로를 기만한다 해도 말이다. 솔직히 나는 앞으로 만나게 될 여관 주인, 마부, 노상강도가 내키지 않는다. 만약 그런 시대에 내가 살고 있다면 말이지만. 또한 모험과 강간과 강도도 마찬가지다. 그렇다고 내가 빼앗길 가치가 있는 어떤 것을, 강간당할 가치가 있는 어떤 것을 갖고 있다는 말은 아니다. 그런 일은 가장 예기치 않은 사람에게 일어나긴 하지만, 나한테 생긴다면 기억할 만한 장면이 될 것이다. 반면에, 만약 길이 지금처럼 어둡고 구부러지고 돌투성이라면, 만약 내가 그곳이 어디든, 딸들이 몸을 망치는 아르무드나 기차역이나 도시 같은 곳으로 나가는 일 없이 달빛이나 햇빛 속에서 비틀거리며 끝없이 걸을 수 있다면, 만약 놀랍게도 내가 운이 좋아 세상의 가장자리를 제외하고는 날이 바뀌고 주가 바뀌고 계절이 바뀌어도 어디에도 닿지 않는다면, 나는 심리도 없고 모험도 없고 형태나 형식도 없는 길 위에서의 삶에 관한 이야기에 자신을 맡길 것이다. 단추 달린 낡은 단화를 신고, 그것이 너덜너덜 해어지면

두 개의 검은 젖가슴처럼 목에 걸고 있던 새 단화로 즉시 바꿔 신고 터벅, 터벅, 터벅 걷다가, 메뚜기를 잡아먹고 빗물을 받아 마시기 위해 어쩌다 쉬고, 신진대사를 위해서는 그보다 덜 쉬고, 잠과 꿈이 없으면 우리는 죽으니까 잠과 꿈을 위해서도 쉬고, 지평선 멀리까지 뻗은 안개처럼 5피트쯤 지상에 떠 있는, 흰 바탕 위에 검은색으로 된 명상의 띠를 위해서도 쉬는 노상에서의 삶. 그렇다, 그러한 삶에 나는 자신을 맡길지 모른다. 만약 그것이 나한테 요구되는 전부라는 걸 안다면, 내 발걸음은 즉시 빨라지고, 보폭은 넓어지고, 엉덩이는 흔들리는 가운데 즐거운 마음으로 미소를 지으며 앞으로 나아갈 것이다. 하지만 내가 오른쪽 갈림길을 택하면 아르무드로 가고, 왼편 갈림길을 택하면 정거장으로 간다는 막연한 느낌, 순수하고 단순한 느낌, 근거 없는 느낌을 받는 이유가 있다, 혹은 그건 이유가 아닌지 모른다, 이곳은 이유의 영역이 아니니까. 만약 내가 침목을 따라 남쪽으로 간다면, 어느 날인가 해변에 도착해 파도 소리를 들으며 해변을 거닐 수도 있을 것이고, 혹은 바다로 곧장 걸어가, 기적이 일어나지 않으면, 보조 장치인 팔다리에 의해 가차 없이 떠밀려 머리는 바닷물에 잠기고, 말(言)의 띠는 마침내 보글보글 솟아오르는 거품 속으로 영원히 사라질 것이다. 나는 목에 두른 여분의 신발 때문에, 내 핸드백에서 뛰쳐나온 메뚜기들 때문에 기차 안에서 나를 이상하게 바라보는 사람들, 즉 친절하게 생긴 은발의 노신사, 땀이 난 윗입술을 손수건으로 우아하게 두드리는 검은 옷을 입은 뚱뚱한 여자, 나를 아주 골똘히 바라보는, 어느 세기냐에 따라 오래전에 죽은 내 오빠 혹은 나의 유혹자 혹은 양쪽 모두인 것으로 드러날 경직된 모습의 젊은 남자에게 무슨 말을 하게 될까? 그들에게 해줄 말이 있을까? 나는 입술을 벌린다. 그들은 나의 얼룩덜룩한 이를 보고 염증이 생긴 나의 잇몸 냄새를 맡는다. 어디에서 어디로 가는지 모른 채 내 입에서 끝없이 불어대는 낡고 차갑고 검은 바람이 그들을 향해 포효하자, 그들은 두려움으로 얼굴이 하얗게 질린다.

123.   나의 아버지는 우리 가계의 많은 아이가 잉태된 곳인 커다란 더블베드의 발판에 등을 대고 바닥에 앉아 있다. 웃통을 벗은 채다. 그의 살은 백합처럼 희다. 팔뚝처럼 갈색이어야 할 그의 얼굴은 누렇다. 그는 손을 입에 대고, 아침의 첫 햇살 속에 서 있는 나를 똑바로 쳐다본다.

　그는 아랫도리에 녹색 천을 두르고 있다. 그는 녹색 커튼을 커튼봉째로 끌어내렸다. 그래서 방이 그렇게 밝은 거다. 그가 허리에 두른 것은 바로 그 커튼이다.

　우리는 서로를 바라본다. 아무리 노력해도 나는 그의 얼굴에

드러난 감정을 알 수 없다. 내게는 얼굴을 읽는 능력이 없다.

124.　　나는 집 안을 돌아다니며 문을 닫는다. 두 개의 거실 문, 두 개의 식당 문, 침실 문, 재봉실 문, 서재 문, 화장실 문, 침실 문, 부엌문, 식료품실 문, 내 방 문. 어떤 문은 이미 닫혀 있다.

125.　　컵들은 아직 씻지 않았다.

126.　　아버지의 방에 파리가 있다. 윙윙거리는 파리 소리로 공기가 무겁다. 그는 얼굴 위로 기어다니는 파리를 쫓지 않는다. 늘 까다로운 사람이었던 그가 말이다. 파리는 그의 피 묻은 손 위에 몰려 있다. 바닥에는 마른 핏자국이 있고, 커튼에도 피가 엉겨붙었다. 나는 피에 거부감이 없다. 나는 이따금 피로 소시지를 만들었다. 하지만 이 경우에 잠시 방을 떠나 산책을 하면서 머리를 식히는 게 좋을지 확신이 서지 않는다. 그렇지만 나는 머문다. 나는 여기에 잡혀 있다.

　그는 길게 헛기침을 하고 말한다. "헨드릭을 데려와라. 헨드릭에게 이리 오라고 해다오. 부탁이다."

　내가 피 묻은 커튼 자락을 잡고 있는 그의 손가락을 떼어내도 그는 저항하지 않는다. 그의 배에 내 엄지손가락이 들어갈 만큼 큰 구멍이 났다. 그 주변의 살은 그을렸다.

그의 손이 커튼 귀퉁이를 잡고 성기를 가린다.

또 내 잘못이다. 나는 제대로 하는 게 없다. 나는 커튼 자락을
다시 놓는다.

127.　　나는 어렸을 때 이후로 달려본 적이 없다. 그런데 지금
은 주먹을 움켜쥐고 팔을 위아래로 움직이며 강바닥의 회색 모
래 위를 힘들게 달리고 있다. 나는 전적으로 내 임무에 열중하고
있다. 생각 없이 하는 행동, 재앙이 덮치자 공중으로 튀어오르는
90파운드짜리 동물.

128.　　헨드릭은 아마포 위에 잠들어 있다. 그 위로 몸을 숙이
자 술과 오줌 냄새가 지독하다. 그의 둔해진 귀에 대고 나는 헐
떡거리며 메시지를 전한다. "헨드릭, 일어나! 나리가 사고를 당
하셨어! 도와줘!"

그는 팔을 휘둘러 나를 치고 뭐라고 욕을 하다가 다시 인사불
성이 된다.

여자는 여기에 없다. 어디에 있는 걸까?

나는 헨드릭에게 주전자, 한 움큼의 수저, 나이프, 접시를 던
지기 시작한다. 나는 빗자루를 들어 그의 얼굴을 때린다. 그는

팔로 얼굴을 가리며 침대에서 비틀거린다. 나는 계속 찌른다. "내 말 좀 들어봐!" 나는 숨을 헐떡인다. 화가 나서 제정신이 아니다. 주전자에 든 물이 매트리스 위에 쏟아진다. 그는 뒷걸음으로 문간을 지나다 문턱에 큰대자로 눕는다. 햇빛에 눈이 부시자 다시 몸을 웅크리고 옆으로 눕는다.

"술병은 어디 있지? 말해! 브랜디는 어디 있어? 브랜디는 어디서 났지?" 나는 빗자루를 들고 그 위에 선다. 아무도 우리를, 성인 남자와 성인 여자를 보고 있지 않다는 게 다행스럽다.

"저 좀 내버려둬요, 아가씨! 저는 아무것도 훔치지 않았어요!"

"브랜디는 어디서 났지?"

"나리께서 주셨어요, 아가씨! 저는 훔치지 않아요."

"일어나서 내 말 좀 들어봐. 나리께 사고가 생겼어. 알아듣겠어? 와서 도와줘야 해."

"네, 아가씨."

그는 간신히 일어났다가 비틀거리며 넘어진다. 나는 빗자루를 높이 치켜든다. 화가 난 그는 방어하기 위해 한쪽 다리를 든다.

"제발 좀 서둘러." 나는 소리친다. "도와주지 않으면 나리께서 돌아가실 거야. 그렇게 되면 내 잘못이 아니야!"

"잠깐만 기다리세요, 아가씨. 쉽지 않아요."

그는 일어나려고 노력하지 않는다. 그저 땅바닥에 누워 미소를 짓는다.

"이 주정뱅이, 더러운 주정뱅이 새끼, 맹세하건대 너는 여기
에서 끝장이야. 네 물건을 챙겨갖고 꺼져버려! 다시는 이곳에서
보고 싶지 않아." 빗자루 손잡이가 그의 신발 바닥에 쿵 부딪치
면서 빙글 돌아 내 손에서 빠져나간다.

129.　　나는 헐떡거리면서 강바닥을 다시 힘들게 걸어간다. 강
에 홍수가 나서 우리 모두를, 양을 비롯한 모든 것을 쓸어가 이
땅을 깨끗하게 해줬으면! 만약 집이 먼저 불에 타지 않는다면,
어쩌면 이야기는 그런 식으로 끝나게 될 것이다. 하지만 새벽의
마지막 자줏빛이 시들해지면서 또다른 화창한 날씨가 우리 앞에
펼쳐진다. 만약 하늘이 그냥 맑고, 땅이 그냥 메마르고, 바위가
그냥 딱딱할 뿐이라는 걸 모른다면, 나는 하늘이 무자비하다고
말할 것이다. 나 외에 모든 것이 그냥 그것 자체인 이 비정한 우
주에서 산다는 것은 얼마나 힘든 일인가! 나만이! 이 물질의 폭
풍 속에서, 욕망에 휘둘리는 이 육체들 속에서, 이 시골의 백치
행위 속에서 맹목적으로 회전하는 게 아니라 스스로를 위해 삶
을 창조하려고 하는 하나의 점! 외로운 나! 달리는 데 익숙지 않
아서인지 속이 메스껍다. 나는 큰 걸음으로 걷다가 묵직하게 방
귀를 뀐다. 나는 도시에 살았어야 한다. 탐욕, 이것이 내가 이해

할 수 있는 악이다. 도시에 산다면 나에게도 뻗어나갈 여지가 있을 것이다. 어쩌면 너무 늦지는 않았다. 어쩌면 나는 수염이 나지 않은 쭈글쭈글한 작은 남자로 변장해 도시로 달아날 수 있다, 탐욕을 행하고 출세를 하고 행복을 찾기 위해. 물론 행복을 찾을 것 같진 않지만.

130.　나는 침실 창문 옆에 서서 숨을 가쁘게 몰아쉰다. "헨드릭은 오지 않아요. 술에 취했어요. 아버지는 그에게 브랜디를 주지 말았어야 해요. 그는 그런 것에 익숙지 않아요."

지난밤의 총이 창문 근처 바닥에 놓여 있다.

그의 얼굴은 적갈색에 가까운 노란색이다. 그는 아까처럼 커튼을 붙잡고 있다. 그는 고개를 돌리지 않는다. 그가 내 말을 들었는지 알 길이 없다.

131.　나는 그 앞에 무릎을 꿇는다. 그는 텅 빈 벽을 바라보고 있다. 하지만 그의 눈은 그 너머 어딘가에 고정되어 있다. 영원을 바라보는지도 모르고, 자신의 구원자를 바라보는지도 모르겠다. 그는 죽었을까? 그간 온갖 천연두와 유행성감기가 돌았지만, 나는 돼지 시체보다 큰 것을 본 적이 없다.

그의 숨결이 내 콧구멍에 와 닿는다, 열에 들뜨고 불결한 숨결.

"물." 그가 속삭인다.

물동이에 각다귀가 떠다닌다. 나는 그것을 걷어내고 물을 한 컵 마신다. 그리고 다시 한 컵 떠서 그의 입술에 대준다. 그는 힘차게 꿀꺽꿀꺽 마신다.

"아버지, 침대에 눕혀드릴까요?"

그는 이를 갈면서 신음한다. 옅은 숨을 내쉴 때마다 신음 소리가 흘러나온다. 커튼 밑으로 비어져나온 그의 발가락들이 꼼지락거린다.

"도와주렴." 그가 속삭인다. "빨리 의사를 불러와." 눈물이 그의 볼을 타고 흘러내린다.

나는 다리를 벌리고 서서 그의 겨드랑이에 손을 넣어 그를 일으켜 세우려 한다. 그는 전혀 나를 도와주지 않는다.

그는 갓난애처럼 운다.

"도와줘. 도와줘. 너무 아파! 아프지 않게 뭘 좀 빨리 가져와!"

"브랜디는 이제 없어요. 아버지가 헨드릭에게 다 주셨잖아요. 정작 필요할 때는 조금도 없네요."

"애야, 날 도와주렴. 참을 수가 없다. 이렇게 아픈 건 처음이다!"

132.　　바닥에 닿는 나의 발바닥이 불쾌하게 끈적거린다. 나는

계획이나 목적도 없이 집 안을 돌아다닌다. 나는 이런 흔적들을 없애야 할 것이다.

그는 오줌을 지린 갓난애처럼 핏물 속에 앉아 있다.

133.   나는 세번째로 강바닥을 가로지른다. 피곤하고 질려서 이제 터벅터벅 걷는다. 나는 어깨에 총을 걸치고 있다. 개머리판이 종아리에 부딪는다. 노병 같은 느낌이 들지만, 내 모습이 어떻게 보일지 궁금하다.

헨드릭은 코를 골며 자고 있다. 악취가 나는 또다른 남자.

"헨드릭, 당장 일어나지 않으면 쏘겠어. 당신의 술수에 질렸어. 나리께서 당신을 필요로 해."

사람이 진심으로 말하면, 사람이 고통에 겨워 소리치는 게 아니라 조용히, 침착하게, 단호하게 말하면, 이해하고 복종하게 돼 있다. 보편적 진실을 확인하는 것은 얼마나 즐거운 일인가. 헨드릭은 비틀거리며 일어나 나를 따라온다. 나는 그에게 총을 주며 갖고 오라고 한다. 총미에 든 총알은 다 쓰고 없으며, 한밤중 이전부터 그런 상태다. 나는 겉모습은 그렇지 않지만 해롭지 않은 존재다.

134.   "헨드릭, 어깨를 잡아. 들어서 침대에 눕히게."

헨드릭은 어깨를 잡고 나는 무릎을 잡아 아버지를 흐트러진 침대로 들어올린다. 그는 신음하며 착란 상태에서 혼잣말을 한다. 나는 물이 든 대야와 스펀지와 페놀을 가져온다.

나는 그의 등에 난 벌어진 상처를 아까는 보지 못했다. 그곳에서 피가 계속 흘러나온다. 살점이 바깥쪽으로 너덜거린다. 나는 조심스럽게 그 주변을 씻는다. 스펀지가 속살에 닿자 그의 몸이 경련한다. 하지만 적어도 총알은 빠지고 없다.

이런 크기의 상처에 댈 만큼 붕대가 충분치 않다. 나는 가위로 시트를 가느다랗게 자르기 시작한다. 시간이 오래 걸린다. 헨드릭은 내가 그의 주인에게서 파리를 쫓으라고 말할 때까지 안절부절못하고 있다. 그는 머뭇머뭇 내 말을 따른다.

헨드릭이 몸통을 들어올리고 있는 동안, 나는 린트천 뭉치로 구멍 두 개를 막고 붕대를 두툼한 허리에 빙빙 돌려 감는다. 성기는 내가 상상했던 것보다 작고, 배꼽까지 올라온 검은 털 때문에 거의 보이지 않는다. 그것은 몇 년 동안 지하실에 갇혀 빵과 물만 먹고 거미와 얘기하며 혼자 노래하다가 어느 날 밤 새로운 옷을 입고 풀려나 대접받고, 하고 싶은 대로 하고, 진수성찬을 먹다 처형당한 백치 아들, 창백한 소년, 난쟁이 같다. 가엾은 작은 것. 내가 그곳에서 혹은 그 밑에 커다랗게 부푼 것에서 나왔다는 걸 믿을 수 없다. 만약 누가 나에게 나라는 존재가 내 아버지가 수년 전에 했다가 싫증이 나 잊어버린 하나의 생각이라고 말한다면, 나는 여전히 의심을 품긴 하겠지만 이보다는 덜 회의적일 것이다. 나라는 존재는 나 자신이 수년 전에 했다가 떨쳐버릴 수 없었던 생각이라고 설명하는 게 더 낫다.

헨드릭은 나의 부지런한 손과 눈, 나의 정성스러운 손과 눈을 보고 당황하지만, 그럼에도 나의 여성적인 손과 눈은 이 창백하고 무방비 상태인 성기 가까이에서 떠돈다. 나는 그가 당혹스러워하는 걸 알고 고개를 돌려 오늘 처음으로 혹은 내가 그를 알았던 이래 처음으로 그를 향해 솔직한 미소를 짓는다. 그는 눈을 내리깐다. 갈색 피부 사람들도 얼굴을 붉힐 수 있을까?

나는 아버지의 머리 위로 깨끗한 잠옷을 입힌다. 헨드릭의 도움을 받아 잠옷을 그의 무릎까지 내린다. 이제 그는 깨끗하고 버젓한 모습이다.

"헨드릭, 이제는 기다리는 일만 남았어. 부엌으로 가. 내가 곧 가서 커피를 끓일게."

135. 그래서 갑자기 나는 여기에, 나의 가정교육이 거의 준비시키지 못한 도덕적 긴장들의 싸움터 중심에 있다. 그 이하는 아니다. 나는 어찌해야 하는가? 헨드릭은 마음이 안정되면 그 사고가 지배계급의 괴팍함에서 벌어진 것인지 아니면 내가 범인

이며 그 점을 자기가 이용할 수 있는지 알고 싶어할 것이다. 그는 누가 가장 모욕을 당하는지, 그인지 나인지, 우리인지 그들인지 알고자 할 것이고, 누가 침묵에 대한 값을 더 치러야 하는지 알고자 할 것이다. 클라인 안나는, 어딘가에서 나타나면 자신이 내 아버지와 간통했다는 것 때문에 내가 화가 났는지 아니면 놀랐는지 알고 싶어할 것이다. 그녀는 내가 그녀를 헨드릭으로부터 보호해줄 것인지 그리고 앞으로 그녀를 내 아버지로부터 떼어놓으려 할 것인지 알고 싶어할 것이다. 그녀와 헨드릭은 농장을 떠나야 하는지 혹은 스캔들이 가라앉을 것인지 알고 싶어할 것이다. 아버지는 내가 어떤 속죄 행위를 하도록 할 것인지, 그가 비켜 있는 동안 내가 여자를 설득할 것인지 혹은 그가 다치게 된 경위를 우리 네 사람이 설명할 수 있도록, 가령 사냥하다 사고가 났다고 설명할 수 있도록 내가 꾸며댈 것인지 알고 싶어할 것이다. 둥글게 뜬 눈들이 나를 지켜볼 것이다. 나의 말 한마디 한마디를 저울질할 것이다. 온후한 맛, 중립적인 색깔, 표면이 투명해 조롱의 뉘앙스를 감추지 못할 말들이 나한테 건네질 것이다. 내 뒤에서 미소가 오갈 것이다. 범죄가 행해졌다. 범죄자가 있어야 한다. 누가 죄인인가? 나는 아주 불리한 위치에 있다. 내가 그렇게도 혐오하는 심리학의 영역인 내 내부의 힘들이 나를 사로잡아 내가 범죄를 저지르려 했으며, 아버지의 죽음을 원했다고 믿도록 몰아붙일 것이다. 내 등 뒤에서 손가락질하는 헨드릭과 클라인 안나의 검고 음흉한 모습과 더불어 나의 하루하루는 속죄의 나날로 바뀔 것이다. 나는 아버지의 상처를 입으로 핥고, 클라인 안나를 씻겨 그의 침대에 데려다주고, 온갖 정성으로 헨드릭을 섬기게 될 것이다. 허드렛일을 하는 사람 중에서도 더 허드렛일을 하는 사람이 되어, 나는 새벽이 되기 전에 어둠 속에서 불을 지필 것이다. 나는 아침식사를 그들의 침대로 갖다주고 그들이 나에게 욕을 할 때 그들을 축복하게 될 것이다. 벌써 뱀이 들어왔고, 옛 에덴동산은 죽었다!

136.   나는 나 자신을 속인다. 그 이상이다, 훨씬 나쁘다. 그는 결코 좋아지지 않을 것이다. 한때는 목가적이었던 것이 오빠와 여동생, 부인과 딸과 첩이 임종 시의 가래 끓는 소리에 귀를 기울이며 침대 주위에서 어슬렁대고 으르렁거리거나, 대대로 내려온 집의 침침한 통로에서 서로의 뒤를 밟는 숨 막히는 이야기들 가운데 하나가 되었다. 그것은 공정치 않다! 시간의 진공 속으로 태어난 나는 변화하는 형태들에 대한 이해력이 없다. 나의 재능은 모두 내재성을 위한 것이고, 사물의 핵심에 있는 정체성의 불이나 얼음을 위한 것이다. 연대기가 아니라 서정시가 나의 수단이다. 나는 이 방에 서서, 침대에서 죽어가는 아버지이자 주

인을 쳐다보는 게 아니라 땀방울이 흐르는 이마에서 성스럽지 못하게 반짝이는 햇빛을 쳐다본다. 돌과 기름, 쇠 냄새와 비슷한 피 냄새, 공간과 시간 속을 여행하며 검은 것과 텅 빈 것과 영원한 것을 들이쉬고 내뿜는 사람들이 명왕성과 해왕성 같은 죽은 행성과 너무 작고 너무 멀어 아직 발견되지 않은 행성들의 궤도를 통과할 때 맡는 냄새, 너무 오래되어 잠을 자고 싶을 때 물질이 발산하는 냄새. 나는 그런 냄새들을 맡는다. 아, 아버지, 아버지! 내가 당신의 비밀들을 알 수만 있다면, 당신의 뼛속으로 기어 들어가 골수의 소란스러운 소리와 신경의 노랫소리에 귀를 기울이고 피의 조류 위를 떠다니다. 마침내 셀 수 없이 많은 내 형제자매가 꼬리를 치고 웃으면서 다가올 삶에 대해 나한테 속삭여주며 헤엄을 치는 조용한 바다에 이를 수 있다면 얼마나 좋을까요! 나는 다시 한번 기회를 갖고 싶어요! 나 자신을 당신 안에서 소멸시켜 다시 한번 깨끗하고 새롭게 태어나, 친절한 이웃과 매트 위에서 잠자는 고양이가 있고, 제라늄 화분이 창턱에 놓여 있고, 따사로운 햇볕이 비추는 시골에서 시작과 끝이 있는 이야기에 나오는 것처럼 다시 한번 즐거운 물고기, 예쁜 갓난애, 깔깔거리는 어린애, 행복한 아이, 즐거운 소녀, 얼굴을 붉히며 수줍어하는 신부, 사랑하는 아내, 인자한 어머니가 될 수 있다면 얼마나 좋을까요! 나는 온통 오류였어요! 흰 물고기들 사이에 있는 한 마리의 검은 물고기, 바로 그 검은 물고기가 되도록 선택된 것이었어요. 나는 그들 누구의 누이도 아니었어요. 나는 불운 그 자체였어요. 나는 상어, 검은 상어 새끼였어요. 당신은 왜 그걸 알아보고 목을 따버리지 않았나요? 나에게 전혀 관심을 두지 않고 세상에 괴물로 태어나게 만든 당신이 무슨 자비로운 아버지였습니까? 너무 늦기 전에 나를 짓이기고 집어삼키고 죽이세요! 나를 흔적 없이 없애버리세요. 어디 있는지도 모를 이 집과 수군거리는 구경꾼들도 흔적 없이 없애버리세요. 그리고 문명적인 환경에서 내가 다시 시작하게 해주세요! 깨어나서 나를 안아주세요! 내게 당신의 마음을 한 번만이라도 보여주세요. 그러면 다시는 당신의 가슴이든, 누구의 가슴이든, 가장 비천한 돌의 가슴이든 결코 쳐다보지 않을게요! 나는 이러한 얘기도, 단어 하나하나까지 단념할게요! 말들이 나오면 그것에 불을 질러버릴게요! 내가 이런 식으로 얘기하게 만드는 건 절망감, 사랑과 절망감이라는 걸 모르시겠어요? 나한테 말해주세요! 내가 피의 말들을 갖고 아버지에게 말을 해달라고 애원해야 하나요? 당신은 내게 얼마나 더한 잔혹 행위를 원하는 건가요? 내가 원하는 것을 당신의 몸에 칼로 새겨줘야만 하나요? 나한테 '예스' 라고 하기 전에 당신이 죽을 수 있다고 생각하세요? 내가 당신을 위해 당신의 폐에 숨을 불어넣거나 내 주먹으로 당신의 심장에

펌프질을 할 수 없을 거라 생각하세요? 내가 당신이 나를 쳐다보기 전에 당신의 눈에 동전을 얹어 감기고, 당신이 말하기 전에 턱을 고정시킬 거라고 생각하세요? 내가 원하는 방식으로 될때까지, 운명의 순간까지, 별이 하늘에서 떨어질 때까지, 당신과 나는 이 방에서 함께 살게 될 거예요. 나는 나예요! 나는 기다릴수 있어요!

137.　　그의 상태는 전혀 변화가 없다.

나는 모든 것에 인내심을 잃어가고 있다. 나는 이 방 저 방을 정신없이 돌아다니며 일을 하고, 헨드릭과 어리석은 대화를 나눌 용기가 없다. 아무 일도 일어나지 않거나 무슨 일이 일어나도록 할 수도 없다. 우리는 무풍지대에 있다. 나는 엄지손가락을 만지작거리며 초조해한다. 비나 왔으면 싶다! 번개가 쳐 펠트에 불이 붙었으면 싶다! 마지막 남은 거대한 파충류가 둑의 진흙 바닥에서 솟구쳐 올라왔으면 싶다! 조랑말을 탄 벌거벗은 남자들이 산에서 쏟아져 내려와 우리를 몰살시켰으면 싶다! 나는 허구한 날 중에서도 하필이면 오늘, 존재의 무료함에서 자신을 구하기 위해 뭘 해야 하는 걸까? 헨드릭은 왜 삶의 기쁨을 망쳐놓은 남자의 가슴팍에 칼을 꽂지 않는 걸까? 클라인 안나는 왜 그곳이 어디든 숨어 있던 구멍에서 나와 남편 앞에 무릎을 꿇고 용서를 구하고, 손바닥으로 얻어맞고 침을 뒤집어쓰고, 그러다가 결국 화해하지 않는 걸까? 어째서 그녀는 연인의 침대 옆에서 울지 않는 걸까? 어째서 헨드릭은 그렇게 움츠리고 있는 걸까? 어째서 부엌에서 지칠 줄 모르고 기다리는 대신, 비밀스러운 미소를 짓고 침묵의 값을 암시하며 내 주변에서 얼씬거리지 않는 걸까? 어째서 나의 아버지는 일어나서 우리에게 욕을 퍼붓지 않는 걸까? 나 자신뿐 아니라 모든 농장 사람들, 농장 자체, 막대기와 돌 하나하나에 생명을 주는 일이 어째서 늘 나한테 남겨지는 걸까? 나는 자고 있었다고 했지만 그것은 거짓말이었다. 나는 매일 밤 흰 잠옷을 입고 각질이 일어난 발가락을 별을 향해 세우고 잠이 들었다고 말했다. 하지만 그것은 사실일 수 없다. 내가 어떻게 잠들 수 있겠는가? 내가 한순간이라도 세상에 대한 통제력을 잃으면 세상은 산산조각이 날 것이다. 헨드릭과 그의 수줍은 신부는 서로를 안은 채 먼지가 되어 바닥에 떨어질 것이고, 귀뚜라미는 더이상 울지 않을 것이고, 집은 창백한 하늘을 배경으로 선과 각의 창백한 추상으로 용해될 것이고, 나의 아버지는 검은 구름처럼 떠다니다 내 머릿속의 굴로 빨려 들어가 벽을 치며 곰처럼 으르렁거릴 것이다. 남는 건 나밖에 없을 것이다. 모든 것이 사라지기 전, 실체가 없는 땅 위의 실체가 없는 침대에서 잠을 자는 모습으로 그 운명의 순간을 위해 누워 있는 나밖에 없을 것이다. 나는 그것이 나를 만들 수 있도록 그 모든 것을 만든다. 나는 이제 멈출 수 없다.

138.   그러나 나는 꿈을 꾼다. 잠을 자지 않지만, 꿈을 꾼다. 어떻게 그럴 수 있는지는 모른다. 내 꿈 중 하나는 수풀에 관한 것이다. 해가 지고 달은 어둡고, 눈앞의 손이 보이지 않을 정도로 별이 빛을 거의 잃을 때, 꿈속의 수풀은 섬뜩한 빛을 발한다. 나는 수풀 앞에 서서 바라보고, 수풀은 깊고 깊은 밤 속에서 나를 바라본다. 그러면 나는 졸립기 시작한다. 나는 하품을 하고 누워서 잔다. 내 위의 하늘에서 마지막 별이 진다. 그러나 수풀은 이 세상에서 홀로, 이제 막 어딘가에서 잠이 든 나를 위해 계속 빛을 발한다.

그것이 불붙은 수풀에 관한 나의 꿈이다. 어떤 해몽에 따르면, 수풀에 관한 꿈은 내 아버지에 관한 꿈이다. 하지만 아버지에 관한 꿈이 무엇인지 누가 말할 수 있으랴?

139.   "아가씨, 당나귀에 마구를 채워야 할까요?"

"아니야, 기다려봐. 지금 나리를 움직이면 고통이 심해질 뿐이야."

140.　　　여자는 재봉실에 있다. 밤새 여기에 숨어 있었던 게 분명하다. 침실에서 나는 신음 소리와 자갈 밟는 발소리를 들으며 구석에 몸을 웅크리고 숨어 있다가 담요를 펴놓고 바닥에서 고양이처럼 잠들었던 게 분명하다. 나는 그녀를 찾기로 결심하자마자 바로 찾아냈다. 그 집에서 태어나 성장하면 숨소리의 미세한 차이까지 자연스레 알게 되는 법이니까.

"이제 재미와 게임은 끝났어! 네 옷은 어디 있지? 내 담요는 거기에 그냥 놔둬. 너한테는 네 옷이 있잖아. 자, 이제 어떻게 할래? 네 남편에게 뭐라고 말할래? 지난밤에 대해 뭐라고 할 거냐구? 얘기해봐. 네 남편한테 뭐라고 할 거지? 이 집 안에서 뭘 하고 있었어? 더러운 년! 갈보년! 너 때문에 난장판이 된 걸 봐. 네 잘못이야. 이 모든 난리가 너 때문이야! 하지만 너한테 한 가지 얘기해두지. 오늘 당장 나가. 너와 헨드릭 둘 다 나가. 너희하고는 끝났어! 닥치지 못해. 울어봤자 너무 늦었어. 울려면 어제 울었어야지. 오늘은 안 통해! 네 옷은 어디 있지? 내 앞에서 벌거벗고 서 있지 말고 옷을 입고 나가. 다시는 네 꼴을 보고 싶지 않아! 헨드릭에게 너를 데려가라고 하지."

"죄송하지만, 아가씨, 제 옷이 없어졌어요."

"거짓말하지 마. 네 옷은 네가 있던 침실에 있잖아!"

"네, 아가씨. 그 사람이 저를 때릴 거예요, 아가씨."

이렇게 분노와 독선으로 길길이 날뛰고 그 여자에게 독설을 퍼부으면서 나는 잠시 여자 중에서도 여자, 기가 세고 잔소리 많은 시골 아낙네 중에서도 기가 세고 잔소리 많은 아낙네가 된다. 저절로 그렇게 된다. 배울 필요도 없다. 주위엔 온순한 사람뿐이다, 말대꾸도 못하는 그들에게 화가 난다. 나는 심술궂다, 하지만 내 주위에 무한한 공간이, 역사가 후퇴하는 것처럼 보이는 전후의 시간이, 고개를 숙인 이들의 얼굴에 무한한 힘이 있다는 증거가 있기 때문에 그럴 뿐이다. 나는 허공에 이리저리 주먹질을 한다. 우주 끝까지 이어지는 지루한 확장 외에 나를 위한 것이 무엇이 있는가? 아무것도 나로부터 안전하지 못하고, 가장 미천한 펠트의 꽃조차 존재를 능욕당할 것이라는 게 과연 놀라운 일일까? 혹은 내가 나의 형이상학적 정복에 저항하는 수풀을 동경하는 꿈을 꿔야 한다는 게 과연 놀라운 일일까? 가엾은 헨드릭, 가엾은 안나, 그들에게 무슨 기회가 있을까?

141.   "헨드릭! 잘 들어. 안나가 집 안에 있어. 모든 걸 미안하게 생각하고 있어. 다시는 그런 일이 없을 거래. 안나는 당신에게 용서를 빌고 있어. 안나를 내보내야 할지, 아니면 문제가 될지 알고 싶어. 헨드릭, 지금 이 자리에서 분명히 말하는데, 만약 문제가 생기면 나는 당신네 두 사람에게서 손을 뗄 거야. 당

신들은 오늘 나갈 수 있어. 내 입장을 아주 분명히 해두지. 당신과 안나 사이에 일어나는 일은 내가 상관할 바 아니야. 하지만 안나가 나한테 와서 당신이 잔인한 짓을 했다고 말하면, 그때는 알아서 해!"

"안나! 이리 와! 서둘러, 헨드릭은 너한테 아무 짓도 안 할 거야!"

아이가 발을 질질 끌며 나온다. 그녀는 무릎까지 닿는 원피스, 감색 카디건, 진홍색 머릿수건을 찾아 다시 걸쳤다. 그녀는 자갈 속에 묻힌 엄지발가락을 꼼지락거리며 헨드릭 앞에 선다. 그녀의 얼굴은 눈물 자국으로 얼룩져 있다. 그녀는 코를 훌쩍거린다.

헨드릭이 말한다.

"아가씨가 화를 내시면 안 되죠. 아가씨는 지나친 간섭을 하고 있어요."

그는 클라인 안나에게 한 발짝 더 가까이 다가간다. 그의 목소리는 격앙된 감정에 휩싸여 쿵쿵 울린다. 내가 전에 들어보지 못한 목소리다. 안나는 소매로 코를 닦으며 내 뒤로 숨는다. 아름다운 아침이다. 나는 개싸움에 휘말려든다. "너! 죽여버리겠어!" 헨드릭이 말한다. 안나는 내 어깨뼈 사이의 옷을 잡는다. 나는 그녀를 뿌리친다. 헨드릭은 의미를 짐작할 수밖에 없는 말로 그녀에게 욕을 퍼붓는다. 그런 욕을 들어본 적이 없다니 참

놀랍다. "그만두지 못해!" 나는 소리를 지른다. 그는 내 말을 무시하고 안나를 향해 돌진한다. 금세 그녀가 돌아서서 달아나기 시작한다. 그가 그녀를 쫓는다. 그녀는 빠르고 맨발이다. 그는 구두를 신었지만 분노의 힘으로 달려간다. 그녀는 계속 소리를 지르며 왼쪽 오른쪽으로 돌면서 그를 떨쳐내려고 한다. 그러다 내가 서 있는 곳에서 백 야드쯤 떨어진 학교 건물로 향하는 길의 중간쯤에서 갑자기 넘어지면서 몸을 공처럼 오그린다. 헨드릭이 주먹으로 치고 발로 차기 시작한다. 그녀가 절망적으로 소리를 지른다. 나는 스커트를 추켜올리고 그들을 향해 달려간다. 이것은 분명한 행동이다. 모호하지 않은 행동이다. 나는 거기에 놀라움과 상쾌함이 뒤섞여 있다는 걸 부정할 수 없다.

142.　헨드릭은 푹신푹신한 신발로 그녀를 규칙적으로 찬다. 그는 나를 보지 않는다. 그의 얼굴은 땀으로 젖어 있다. 그는 할 일이 있는 것이다. 만약 막대기가 근처에 있다면 사용할 것이다. 하지만 이곳에는 막대기가 별로 없다. 그의 아내는 운이 좋은 셈이다.

나는 그의 조끼를 잡아당기며 말한다. "그만둬!" 그는 마치 나를 기다렸다는 듯 내 팔목을 잡고 부드럽게 돌아서서 다른 쪽 팔목도 잡는다. 잠시 그는 내 팔목을 그의 가슴팍에 붙잡고 내 얼굴을 마주 보고 서 있다. 그의 열기가 다소 혐오스럽게 느껴진다. 내가 말한다. "그만두지 못해! 놔!"

순식간에 이어지는 많은 행동. 나는 그것을 지금은 구분할 수 없지만, 나중에 차분히 되돌아보면 분명히 구분할 수 있을 것이다. 나는 앞뒤로 흔들린다. 나의 발과 몸이 엇박자로 이리저리 흔들리고 고개가 비틀린다. 나는 균형을 잃지만 넘어지지는 않는다. 나는 내가 우스꽝스럽게 보인다는 걸 안다. 다행히도 이곳 미지의 한복판에서는 다른 사람을 위해 외양을 유지할 필요가 없다. 지금 보니, 하인들을 위해서도 그럴 필요가 없다. 나는 이를 갈지만 화가 난 것은 아니다. 약자의 편을 드는 것보다 더 나쁜 게 있다. 몸이 흔들리는 것보다 더 나쁜 게 있다. 나는 이 남자에게서 아무런 악의를 느낄 수 없다. 그의 감정은 용서받을 수 있다. 그의 눈은 어찌 된 일인지 감겨 있다.

헨드릭이 손을 놓자 나는 뒤로 비틀거린다. 그는 여자를 향해 돌아선다. 그러나 그녀는 도망치고 없다. 나는 세게 엉덩방아를 찧는다, 자갈에 닿은 손바닥이 몹시 뜨겁다. 스커트가 펄럭인다. 나는 머리가 어지럽지만 기분이 좋고, 그 이상의 것에도 준비가 되어 있다. 어쩌면 오랜 세월 동안 문제였던 것은 그저 장난을 칠 사람이 없어서였는지 모른다. 피가 귓속에서 뛴다. 나는 눈을 감는다. 금세 제정신으로 돌아올 것이다.

143.　헨드릭은 보이지 않는다. 옷을 털자 먼지구름이 일어난다. 스커트의 호주머니가 완전히 찢겨 있다. 창고, 식료품실, 식당 캐비닛의 열쇠 꾸러미가 어디로 가고 없다. 나는 두리번거리며 찾는다. 그리고 머리를 매만지고 헨드릭을 찾으려고 학교 건물 쪽으로 간다. 사건에 이어 사건이 벌어지고 있다. 유쾌한 기분이 희미해진다. 나는 추진력을 잃어간다. 왜 그들을 계속 따라가는지 모르겠다. 어쩌면 그들이 자기네 식으로 문제를 해결하고 화해하도록 내버려둬야 할지 모른다. 하지만 나는 혼자 있고 싶지 않다, 우울해지는 게 싫다.

144.　헨드릭이 그녀의 목을 물어뜯을 것처럼 손과 무릎을 짚고 바퀴 달린 침대에 누운 여자 위에 웅크리고 있다. 그녀는 그를 밀쳐내려고 무릎을 든다. 그녀의 드레스가 엉덩이 위로 젖혀진다. "안 돼." 그녀가 애원한다. 나는 학교 문간에서 순간 걸음을 멈추고, 처음에는 그녀의 허벅지와 광대뼈의 밝은 부분을, 나중에는 침침한 실내에 눈이 익숙해지면서 다른 모든 것을 보고 듣는다. "안 돼요, 여기서는 안 돼요, 아가씨가 볼 거예요!"
　두 사람의 고개가 일제히 문간에 있는 형체를 향해 돌아간다. "어머나!" 그녀가 말한다. 그녀는 다리를 내리고, 스커트를 움켜쥐고, 고개를 벽 쪽으로 돌린다. 헨드릭이 무릎을 짚고 몸을 똑바로 세운다. 그리고 나를 향해 이를 드러내고 웃는다. 그의 몸 한가운데에, 내가 착각한 게 아니라면 성기가 분명하지만 보통보다 이상하게 더 큰 것이 밖으로 나와 있다. 그가 말한다. "아가씨가 정말 보러 왔네."

145.　　방문을 열자 지독한 악취가 난다. 방 안은 평화롭고 햇빛 때문에 밝지만, 윙윙거리는 소리로 가득하다. 수백 마리 파리가, 평범한 집파리와 그보다 더 크고 몸통이 녹색인 금파리가 들어와 있다. 짤막하고 거친 금파리 소리가 다른 소리에 묻힌다. 방 안에서 나는 소리의 느낌은 충만하고 다층적이다.

　아버지의 눈이 나를 향하고 있다. 그의 입술은 내가 알아들을 수 없는 말을 하며 달싹거린다. 나는 내키지 않아 문간에 서 있다. 돌아오지 말았어야 한다. 모든 문 뒤에는 새로운 두려움이 있다.

　말이 다시 나온다. 나는 소리 없이 침대 옆으로 간다. 파리가 비키면서 더 크게 소리를 낸다. 파리 한 마리가 그의 콧등에 계속 앉아 자기 얼굴을 발로 부빈다. 나는 파리를 쫓는다. 파리가 날아올라 빙빙 돌더니 내 팔뚝에 앉는다. 나는 다시 쫓는다. 나는 이렇게 하면서 하루를 보낼 수 있을 것이다. 윙윙거리는 소리가 고른 소리로 다시 바뀐다.

물, 그의 입에서 나온 말은 이것이다. 나는 고개를 끄덕인다.

나는 이불을 들치고 바라본다. 그는 벌써 굳기 시작한 피와 똥이 범벅인 곳에 누워 있다. 나는 그의 겨드랑이 밑으로 이불을 다시 밀어넣는다.

"알았어요, 아버지." 내가 말한다.

146.　　나는 컵을 그의 입술에 대어준다. 그는 요란한 소리를 내며 삼킨다.

"더." 그가 속삭인다.

"잠깐만 기다려요." 내가 말한다.

"더."

그는 물을 더 마시고, 내 팔을 잡고 뭔가를 기다리고, 멀리서 들리는 소리에 귀를 기울인다. 나는 파리를 쫓는다. 그가 점점 더 크게 중얼거리기 시작한다. 그의 몸 전체가 굳는다. 나는 그의 고통을 덜어주기 위해 뭔가를 해야 한다. 내 팔을 누르는 힘이 나를 앉게 만든다. 나는 그것에 굴복해 침대 옆에 몸을 웅크린다. 침대 위의 분비물에 앉고 싶지 않아서다. 악취가 역겨워진다.

"가엾은 아버지." 나는 이렇게 속삭이며 그의 이마에 손을 댄다. 열이 있다.

이불 밑으로 흐느적거리는 경련이 느껴진다. 그는 헐떡거리며 숨을 내쉰다. 나는 이걸 참을 수 없다. 그의 손가락을 내 팔에서 하나씩 떼어낸다. 하지만 손가락은 다시 하나씩 오므려진다. 그는 힘이 없는 게 결코 아니다. 나는 팔을 비틀어 빼고 일어선다. 그가 눈을 뜬다. "의사가 곧 올 거예요." 나는 그에게 말한다. 매트리스는 못 쓰게 될 것이다. 태워야 할 것이다. 나는 창문을 닫아야 한다. 커튼도 다시 여며야 한다. 오후의 열기와 악취가 합해져 누구라도 참기 힘들 것이다. 파리가 더는 못 들어오게 해야겠다.

147.   기쁨에 도취되어 있어야 할 파리들은 성난 소리만 낸다. 어느 것도 그들에게 충분치 않아 보인다. 그들은 몇 마일 주변에서 초식동물의 빈약한 똥을 버리고 피의 향연을 위해 화살처럼 날아들었다. 그렇다면 왜 그들은 노래하지 않는가? 하지만 어쩌면 내가 화난 소리라고 생각하는 것은 사실 황홀경에서 내는 소리일지도 모른다. 어쩌면 파리의 삶은 소위 요람에서 무덤까지 하나의 기나긴 황홀경일 수도 있는데, 내가 착각한 건지도 모른다. 어쩌면 동물의 삶도, 칼이 그들의 급소를 찾아내 그들 앞에서 컴컴해져가는 멋진 태양을 다시는 보지 못하게 되리라는

것을 제대로 알게 되는 순간에만 중단되는 하나의 기나긴 황홀경인지 모른다. 어쩌면 헨드릭과 클라인 안나의 삶도 황홀경일지 모른다. 지고(至高)의 황홀경이 아니라면, 적어도 내 눈에는 보이지 않지만 눈과 손가락 끝에서 부드럽게 흘러나오는 광채 정도는 될지 모른다. 지난밤과 오늘 아침 같은 경우에만 중단되는 황홀경 말이다. 어쩌면 황홀경이란 결국 그렇게 드문 것이 아닐지 모른다. 어쩌면 내가 말을 덜 하고 감각적인 것에 신경을 더 쓴다면, 나는 황홀경에 대해 더 알게 될지 모른다. 반면에 내가 말을 멈추면, 나는 공황 상태에 빠져 가장 잘 아는 세계에 대한 장악력을 잃게 될지 모른다. 나는 내가 파리에게는 필요치 않은 선택의 문제에 직면해 있다는 걸 문득 깨닫는다.

148.　파리가 한 마리씩 차례로 내 파리채에 잡힌다. 어떤 것은 *끈끈한* 액체를 뿜으며 죽고, 어떤 것은 다리를 접고 깨끗이 죽고, 어떤 것은 숨통이 끊길 때까지 뒤로 나자빠져 미친 듯이 빙글빙글 돈다. 살아남은 파리들은 내가 지치기를 기다리며 방 안을 돈다. 하지만 나는 집 안을 청결하게 유지해야 한다. 그 목적을 위해 나는 지칠 줄 모른다. 만약 문을 잠그고 갈라진 틈을 헝겊으로 막고 이 방을 버린다면, 머지않아 다른 방도 버리게 되고, 또다른 방도 버리게 되고, 결국 집 전체를 버리는 것이나 마

찬가지가 되고, 그러면 집을 지은 사람들을 저버리는 것이나 마찬가지가 될 것이다. 지붕은 내려앉고, 덧문은 덜거덕거리고, 나무로 된 부분들은 쪼개지고, 천은 썩어가고, 쥐는 활개칠 것이다. 마지막 방만이 온전히 남게 될 것이다. 하나의 방과 검은 통로만이. 거기에서 나는 벽을 두드리며 객실, 식당, 촛농으로 입구가 밀봉된 채 결코 오지 않을 부활의 날을 참을성 있게 기다리는 다양한 잼이 보관된 식료품실 같은 다양한 방을 떠올리려고 밤낮으로 돌아다니다. 나중에는 어질어질하니 졸려서 물러날 것이다. 더위와 추위에 무감각하고, 지나가는 공기와 먼지, 바람에 날리는 거미줄과 벼룩 알을 먹고 사는 미친 노파조차 잠은 자야 하기 때문이다. 그렇게 나는 마지막 방, 즉 침대가 벽에 붙어 있고 구석에 거울과 탁자가 놓인 마지막 방인 내 방으로 물러나 손으로 턱을 괴고 노파가 함 직한 생각을 하며 자리에 앉은 채 죽어서 썩어버릴 것이다. 그러면 쥐와 개미는 말할 것도 없고 파리까지 날마다 나를 빨아먹을 것이다. 내가 세상에 줄 것이 더는 아무것도 없는 하얀 해골이 될 때까지 그리고 내 눈구멍에 함정을 만들어 길을 잘못 든 것들을 잡아 포식하려 하는 거미와 함께 내가 평화롭게 남을 수 있을 때까지.

149.　　　그사이에 하루가 지났음이 분명하다. 공백이 있는 자리

에 하루가 끼어 있음이 분명하다. 그사이 나의 아버지는 돌이킬수 없이 아팠고, 헨드릭과 클라인 안나는 화해하고 예전처럼 되었고, 예전처럼 된 게 아니라면 내가 구분할 수 없는 방식으로더 현명하고 더 슬픈 쪽으로 바뀌었다. 여하튼 내가 하루를 보낸건 분명하다. 어쩌면 나는 잠을 자면서 하루를 보냈는지 모른다.어쩌면 파리를 다 죽이고, 더는 악취를 참을 수 없을 때까지 스펀지를 물에 적셔 아버지의 이마를 식혀주었을지 모른다. 어쩌면 통로로 나가서 그가 부르기를 기다리며 서 있다 잠이 들어,비가 온 뒤 펠트에 흰색, 보라색, 오렌지색 꽃이 가득 피어 바람에 흔들리는 꿈을 꾸다 해질녘에 일어나 닭에게 모이를 주었는지도 모른다. 어쩌면 나는 그때 어둠 속에서 옆구리에 사료 그릇을 끼고 서서, 밤바람에 잎사귀가 살랑거리는 소리를 들으며 박쥐가 마지막 빛에 날갯짓하는 모습을 바라보고, 언젠가는 죽으리라는 걸 알면서 참을 수 없는 아름다움의 한가운데에서 나날을 보내는 자들에게 엄습한 우울함을 느끼고 있었는지 모른다.어쩌면 나는 그때, 물론 그게 처음은 아니었지만, 편안하게 죽음을 맞아 땅에 묻히는 걸 마다하지 않고, 꽃으로서의 삶이나 벌레의 배 속에 있는 단순하기 그지없는 작은 반점으로서의 삶을 살게 되기를 바랐는지도 모른다. 나는 그렇게 하루를 보냈을 거라고 생각한다. 아버지의 고통 앞에서 무력하게 고통이 없어지기를 바라며 졸고, 서늘한 저녁 날씨 속에서 뜰을 거닐고, 우리가 모두 떠나면 어떻게 될까 생각하면서 하루를 보냈으리라고 생각한다. 하지만 나는 다른 방식으로도 하루를 보낼 수 있었을 것이고, 그걸 무시할 수는 없다. 나는 그를 침대에서 일어나게 도와주다가 실패했을 수도 있다. 그는 무겁고 나는 가볍기 때문에. 이것이 얼굴은 자줏빛이고, 눈은 튀어나오고, 혀는 내밀어진 상태로 그가 그토록 끔찍하게 침대 가장자리에 늘어져 죽은 이유를 설명해줄 것이다. 어쩌면 나는 그를 다른 방으로 데려가고자 했는지 모른다. 어쩌면 절망하고 질려버려 그를 포기했는지도 모른다. 어쩌면 그를 곤경에서 벗어나게 해주려고 했는지도 모른다. 어쩌면 그의 머리를 팔로 감싸고 흐느끼며 이렇게 말했는지도 모른다. "아버지, 나를 도와주세요. 나 혼자서는 못해요." 어쩌면 그가 도와줄 수 없으며 도와줄 힘도 없고, 무엇보다도 자기 안에서 일어나는 일에 정신이 팔려 있다는 사실이 명백해졌을 때 이렇게 말했는지 모른다. "아버지, 날 용서해주세요. 내 의도는 그게 아니었어요. 나는 아버지를 사랑했어요. 그래서 그렇게 한 거예요."

150.   하지만 솔직히 말해 나는 이러한 가정들을 경계한다. 나는 공백으로 남아 있는 그날, 그곳에 있지 않았는지도 모른다.

만약 그렇다면 나는 하루가 어떻게 지나갔는지 결코 알지 못할 것이다. 내가 점점 더 띄엄띄엄 존재하는 것 같기 때문이다. 시간 전체가, 오후 전체가 없어져간다. 시간이 더디 가는 것에 대한 참을성이 없어졌는지도 모를 일이다. 생각에 빠져 하루를 보내면 만족스럽던 때도 있었다. 그러나 사건의 광란을 겪고 난 지금 나는 완전히 유혹에 빠져 있다. 나는 하숙집 딸들처럼 가구를 손톱으로 두들겨보고, 시곗바늘 소리에 귀를 기울이고, 다음 일이 일어나기를 기다리며 앉아 있다. 물고기가 물에 살 듯 나는 한때 시간 속에 살면서 그것을 숨 쉬고 그것을 마시고 그것에 의지했다. 이제 나는 시간을 죽이고 시간은 나를 죽인다. 시골의 방식! 나는 시골의 방식을 얼마나 갈망하는지.

151.　　　나는 부엌 식탁에 앉아 커피가 식기를 기다린다. 헨드릭과 클라인 안나가 나를 굽어보며 서 있다. 그들은 무슨 일을 해야 하는지 듣기 위해 기다린다고 말하지만, 나는 그들을 도와줄 수 없다. 더는 아무도 식사를 하지 않으니 부엌에서 할 일은 아무것도 없다. 농장에서 해야 하는 일은 헨드릭이 나보다 잘 안다. 그는 자칼이나 살쾡이로부터 양을 보호해야 한다. 진드기나 금파리 유충을 없애야 한다. 암양이 새끼를 낳는 걸 거들어줘야 한다. 채소밭을 가꾸고 거염벌레로부터 그걸 보호해야 한다. 따

라서 헨드릭과 클라인 안나가 여기에서 명령을 기다린다는 건 사실이 아니다. 그들은 내가 다음에 뭘 할지 보려고 기다리는 것이다.

152.   나는 부엌 식탁에 앉아 커피가 식기를 기다린다. 헨드릭과 클라인 안나가 나를 굽어보며 서 있다.

"냄새가 지독해지고 있어요." 헨드릭이 말한다.

"응, 불을 피워야겠어." 내가 대답한다.

어려울 때 신뢰할 만한 일손이 있다는 사실이 고맙다. 헨드릭의 눈이 내 눈과 마주친다. 우리는 목적이 같다. 나는 미소를 짓는다, 그도 미소를 짓는다. 더러운 이와 분홍색 잇몸을 드러내며 짓는 갑작스럽고 모호하지 않은 그의 미소.

153.   헨드릭이 나한테 창틀 전체를 벽에서 어떻게 들어낼 수 있는지 설명한다. 그는 우선 회반죽을 깎아내고 벽에 창틀을 고정시킨 나사못을 빼내는 방법을 보여준다. 그리고 이 나사못들을 쇠톱으로 절단하는 방법을 보여준다. 그는 나사못 네 개를 쇠톱으로 자른다. 먼지와 줄밥이 우리 발치에 피라미드 모양으로 쌓인다. 그는 창문이 여전히 붙어 있는 창틀을 뜯어내 옆으로 치운다. 그는 벽돌을 쌓기 전에 어떻게 창턱을 평평하게 고르는지

설명한다. 그는 열여덟 층으로 벽돌을 쌓고 회반죽을 바른다. 나는 그를 위해 흙손과 나무통을 씻는다. 나는 식초로 그의 손톱 밑에 낀 석회를 씻어준다. 밤낮으로 우리는 회반죽이 마르기를 기다린다. 안나는 우리에게 커피를 가져온다. 우리는 새로운 회반죽에 흰 도료를 칠한다. 우리는 창틀을 불에 태운다. 유리가 불길 속에서 우두둑하고 깨진다. 우리는 그걸 구두 뒤축으로 비벼 으깨버린다.

154.　헨드릭과 나는 다락으로 통하는 계단을 올라간다. 그는 나한테 바짝 붙어 타르를 칠해 판자들 사이의 벌어진 틈을 메우는 법을 보여준다. 나는 그가 칠을 하는 동안 타르 양동이 밑에 피운 불을 보살핀다. 우리는 기어서 다락 밖으로 나온다.

155.　헨드릭은 문의 손잡이를 떼어내고, 뭉툭한 끝을 이용해 갈라진 틈을 어떻게 메우는지 보여준다. 그는 열여섯 층으로 벽돌을 쌓아 문간을 봉한다. 나는 회반죽을 섞는다, 연장을 씻는다, 그의 손톱을 청소해준다. 우리는 통로의 낡은 벽지를 뜯어내고 다락에서 찾아낸 종이로 다시 도배를 한다. 낡은 문틀이 돌출해 있지만, 우리는 무시한다.

156.　　헨드릭은 나에게 벽돌과 회반죽에 톱질하는 방법을 보여준다. 우리는 마구간에 걸려 있는 내릴톱을 사용한다. 이 톱날은 결코 무뎌지지 않는다. 우리는 침실 벽에 톱질을 한다. 우리는 팔이 아파도 쉬지 않는다. 나는 톱을 쥐기 전에 손바닥에 침을 뱉는 걸 배운다. 노동은 우리를 하나로 묶어준다. 노동은 더 이상 헨드릭의 특권이 아니다. 나는 그보다 약하긴 하지만 그와 동등한 사람이다. 클라인 안나는 우리에게 커피와 잼을 바른 빵 조각을 가져다주려고 사다리를 올라온다. 우리는 집 밑으로 기어 들어가 대들보에 톱질을 한다. 우리의 정직한 땀이 어두컴컴한 온기 속에서 흐른다. 우리는 두 마리의 흰개미 같다. 우리의 강점은 인내심에 있다. 우리는 지붕과 바닥에 톱질을 한다. 우리는 방을 밀어낸다. 서서히 방이 공중으로 떠올라, 별이 떠 있는 밤하늘을 항해하는 이상한 각도의 배가 된다. 그 배에는 용골이 없기 때문에 어둠 속을, 텅 빈 공간 속을 어색하게 떠다닌다. 우리는 햇빛이 비치지 않는 땅에 서서, 먼지와 쥐똥 속에 서서 그걸 바라본다.

157.　　우리는 시체를 들어 욕실로 옮긴다. 헨드릭은 어깨를 잡고 나는 다리를 잡는다. 우리는 잠옷을 벗기고 붕대를 푼다. 시체를 욕조에 앉히고 양동이로 물을 퍼붓는다. 물 색깔이 변하

고 배설물이 여러 가닥으로 떠오르기 시작한다. 팔은 욕조 양옆으로 늘어지고, 입은 크게 벌어지고, 눈은 크게 뜨인다. 우리는 시체를 반 시간 동안 물에 흠뻑 적신 뒤 경직된 뒷몸을 깨끗이 닦는다. 우리는 턱을 묶고 눈을 감겨 꿰맨다.

158.　　헨드릭은 집 뒤 언덕 중턱에 장작을 쌓고 불을 지른다. 우리는 잠옷, 붕대, 침구, 매트리스를 불 속에 던진다. 그것은 오후 내내 연기를 내며 탄다. 야자껍질과 깃털이 타는 냄새가 대기에 진동한다.

159.　　나는 죽은 파리를 모두 쓸어내고, 갈색 마루청의 핏자국이 희미한 담홍색 반점이 될 때까지 모래와 비누로 북북 문지른다.

160.　　우리는 큰 침대를 마구간으로 가져간다, 우리 셋이서. 그리고 한 번에 한 귀퉁이씩 서까래로 들어올려, 나중에 다시 필요하게 될 때를 대비해 꼭 묶는다.

161.　　우리는 다락에서 빈 궤짝을 가져와 고인의 소지품, 외출복, 검은색 부츠, 풀 먹인 셔츠, 결혼반지, 은판사진, 일기장,

가계부, 붉은 리본으로 묶인 편지 뭉치를 넣는다. 나는 헨드릭에게 편지 하나를 큰 소리로 읽어준다. "요즘 나는 당신이 얼마나 그리운지 모르겠어요……" 헨드릭은 내가 글자를 가리킬 때 내 손가락을 눈으로 따라간다. 그는 가족사진을 열심히 들여다보고, 여러 가지 전염병에 걸려 죽었거나 출세하려고 도시로 나간 후 소식을 알 수 없게 된 형제, 배다른 형제 사이에 섞여 있는 나를 어김없이 찾아낸다. 사진 속의 나는 입을 꼭 다물고 무뚝뚝한 표정을 하고 있지만, 헨드릭은 신경 쓰지 않는다. 우리는 일을 끝낸 뒤 종이들을 치우고 궤짝에 자물쇠를 채워 다락으로 갖다 놓는다. 부활의 날을 기다리도록.

162. 우리는 녹색 커튼을 접어 서랍에 넣고, 다락에서 우연히 찾아낸 회색 꽃무늬 천으로 새 커튼을 만든다. 헨드릭은 디딤판을 부지런히 밟고 민첩한 손가락으로 솔기를 타는 내 모습을 바라보며 앉아 있다. 우리는 방이 좀 서늘해지긴 하겠지만 밝아 보이게 할 새 커튼을 단다. 그리고 우리가 한 일에 미소를 짓는다. 클라인 안나가 커피를 가져온다.

163. 헨드릭과 클라인 안나는 나를 굽어보며 지시를 기다린다. 나는 내 커피잔 속에 든 커피가루를 젓는다. 오늘은 힘든 날

이 될 거야. 기다려야 할 테니까. 나는 그들에게 말한다. 말이 머뭇거리며 나온다. 내 입속에서 덜거덕거리다 돌처럼 무겁게 떨어진다. 헨드릭과 클라인 안나는 끈기 있게 기다린다. 나는 그들에게 말한다. 북쪽으로 구름이 모이는군. 어쩌면 비가 올지도 모르겠어. 어쩌면 며칠 내로 펠트에 새싹이 돋을지도 모르겠어. 말라죽은 수풀에 움이 트고, 겨우내 잠자던 메뚜기들이 흙을 밀치고 나와 먹이를 찾아 뛰어다니고, 새떼가 그것을 쫓아다니겠지. 나는 득실거리는 유충에 대해 얘기한다. 비가 오고 펠트에 꽃이 피면 벌레가 다시 활개를 칠 테니 조심해야 해. 새는 우리 편이야. 장수말벌도 그렇지. 장수말벌도 뭘 잡아먹고 사니까. 헨드릭은 모자를 손에 들고, 내 눈이 아니라 내가 한 음절을 발음할 때마다 애써 움직여야 하는 입술을 바라보며 내 말을 듣는다. 나는 그에게 설명해준다. 입술은 피곤해. 쉬고 싶어하지. 갓난애였을 때부터 모든 걸 발음해야 했으니까 피곤한 거야. 말에 규칙이 있다는 걸 알면서부터 그랬지. 입을 벌리고 아아아아 길게 소리내는 것만으로는 더이상 안 된다는 걸 알면서부터. 솔직히 말해 그전에는 뭐가 필요하다고 표현해야 할 경우에는 아아아아 하고 소리치거나 오랫동안 입을 꼭 다물고 만족스러운 침묵을 지키는 것만으로 충분했지. 약속하지만, 나도 언젠가 그 침묵 속으로 들어가버릴 거야. 나는 이렇게 말해보려 한다. 나는 이 규칙을 지키느라 기진맥진해 있어. 그 규칙의 특성이 단어 사이의 공간에 있고, 공간이 아니라면 멈춤에 있고, d에 대항하는 b, n에 대항하는 m처럼 소리들이 전쟁을 시작하게 되는 발음에 있고, 내가 너무 지쳐 당신을 위해 제시해줄 수 없는 다른 장소들에 있는 규칙 말이야. 설령 당신이 그걸 이해한다고 해도. 하기야 당신이 어떻게 그걸 이해하겠어. 알파벳도 모르는데. 규칙이 내 목구멍을 틀어쥐고 있어. 나는 말하기도 하고, 말하지 않기도 해. 그것은 한 손으로 내 혀를 잡고 다른 손으로 내 입술을 잡고 내 후두를 습격하지. 내가 어떻게 이것들이 내 눈 뒤에서 나를 빤히 응시하는 규칙의 눈이 아니라고 말할 수 있지? 혹은 내가 어떻게 규칙의 마음이 내 두개골을 차지하고, 그걸 발음하는 게 나라면, 이 미심쩍은 단어들을 발음하기에 충분한 머리만을 나한테 남기고, 그것의 허위를 보지 않는다고 말할 수 있지? 내가 어떻게 규칙이 자신의 발을 내 발에, 자신의 손을 내 손에, 자신의 성기를 내 구멍에 내려놓고, 내 껍질 안쪽에 충분히 발육된 상태로 서 있는 게 아니라고 말할 수 있지? 혹은 내가 어떻게 이런 말을 할 기회가 있었을 때, 나는 처박히고 쭈글쭈글해지고 버려진 채 바닥에 누워 있는데 결국 당신 앞에 서서 다시 이를 드러내면서 의기양양하게 웃고 공기 속에서 부드러운 피부가 단단해질 때까지 규칙이 입술과 이로 야금야금 길을 내며 껍질 밖으로 나오기 시작하지 않는다고 말할 수 있지?

164.　　우리는 내가 기억하기로 아득한 옛날부터 늘 잠겨 있던 문 앞의 어두운 통로에 서 있다. 자물쇠가 채워진 방에는 뭐가 있어요? 나는 아버지에게 묻곤 했다. 그는 이렇게 답하곤 했다. 아무것도 없다, 잡동사니를 두는 방이다, 못 쓰게 된 가구밖에 없다, 게다가 열쇠는 잃어버렸다. 지금 나는 헨드릭에게 문을 열라고 한다. 그는 끌로 열쇳구멍을 헐렁하게 만든다. 그리고 4파운드짜리 망치로 문을 두드리자 문설주가 쪼개지면서 문이 활짝 열린다. 바닥에서 먼지구름이 일어난다. 차갑고 오래된 벽돌 냄새가 난다. 클라인 안나가 램프를 가져온다. 우리는 한쪽 구석에 바닥이 등나무로 된 의자 열두 개가 말끔히 쌓여 있는 걸 본다. 우리는 옷장, 작은 침대, 주전자와 대야가 놓인 세면대를 본다. 침대는 말끔히 정돈되어 있다. 내가 가볍게 두드리자 뿌연 베개와 뿌연 시트 들에서 먼지가 올라온다. 사방천지가 거미줄이다. 창문이 없는 방을 만들었군. 나는 헨드릭에게 말한다.

165.　　옷장은 잠겨 있다. 헨드릭이 칼로 자물쇠를 뜯어버린다. 옷이 가득 들어 있다. 내가 즐겨 입었던 지난 시절의 슬프고 멋진 옷들. 나는 긴 소매에 목깃이 있는 흰 드레스를 들어올려

클라인 안나의 몸에 대어본다. 그녀는 램프를 바닥에 놓고 드레스를 몸에 대어본다. 나는 그녀가 옷을 벗는 걸 도와준다. 그녀의 낡은 옷을 받아 침대 위에 놓는다. 그녀는 눈을 내리깐다. 내가 말로 다시 표현할 도리가 없는 그녀의 구릿빛 허리와 가슴이 빛을 발한다. 그녀의 머리 위로 드레스를 입혀주고 등 뒤의 단추를 채워주는 동안 내 심장은 빠르게 뛴다. 그녀는 속옷을 입고 있지 않다.

166.　　모든 신발이 그녀의 발에 너무 작지만, 클라인 안나는 그중 하나를 신겠다고 우긴다. 나는 신발 끈을 풀고 그녀에게 신발을 신겨준다. 그녀가 불안정하게 일어나 비틀거린다. 그녀는 놀라운 것으로 가득한 방에서 베란다로 나간다. 해가 지고, 하늘은 오렌지색과 붉은색과 보라색으로 뒤섞여 있다. 클라인 안나는 신발에 길을 들이려고 베란다를 왔다갔다한다. 만약 지는 해를 먹을 수만 있다면 우리 모두 배부를 텐데. 나는 이렇게 말하고, 헨드릭과 나란히 서서 바라본다. 헨드릭은 이제 전처럼 긴장하지 않는다. 그의 팔이 내 옆구리를 스친다. 나는 움츠리지 않는다. 내가 그에게 안나에 대해 친절하고 따뜻하고 재미있는 얘기를 속삭이고 싶어하고, 그를 향해 돌아서고 그가 나를 향해 몸을 굽히고, 그의 사적인 공간에, 지금처럼 그가 가만히 있을 때

면 그의 숨결과 냄새로 채워지는 사적인 공간에 있는 나 자신을 발견하고. 내가 해야 할 말을 할 때 걸리는 시간만큼 자주 헨드릭의 공기를 한 번, 두 번 들이마시고, 예민한 콧구멍으로 한때는 혐오했던 사향 냄새, 땀과 담배 냄새를 난생처음으로 생생하게 맡는 나 자신을 발견하는 게 터무니없는 일은 아니다. 무엇보다도 이것이야말로 뜨거운 햇볕 속에서 땀을 흘리고, 그들이 경작하거나 잡은 걸 그들의 손으로 피운 불 위에서 요리해 먹고, 정직하게 일하며 살아가는 시골 사람들이 냄새를 맡는 방식이다. 나는 혼잣말을 해본다. 어쩌면 나도 내 방식을 바꿀 수 있다면 그렇게 냄새를 맡게 되겠지. 나는 나한테서 나는 희미한 냄새, 양파 냄새 같고 오줌 냄새 같고 히스테리로 예민해진, 경험이 없는 여자 냄새에 얼굴을 붉힌다. 어떻게 그가 내 겨드랑이에 코를 비비고, 내가 그의 겨드랑이에 코를 비비기를 바랄 수 있으랴!

167.   클라인 안나는 산책로 끝에서 몸을 돌려 우리를 향해 미소 짓는다. 질투의 흔적은 찾아볼 수 없다. 그녀는 자신이 헨드릭을 얼마나 꼭 잡고 있는지 알고 있다. 그들은 남편과 아내로 함께 잔다. 그들에게는 부부만의 비밀이 있다. 따뜻한 어둠 속에서 그들은 서로의 팔을 베고 누워 나에 관해 얘기한다. 헨드릭이

재미있는 얘기를 하면 안나는 킥킥거린다. 그는 나의 외로운 삶, 외로운 산책, 아무도 보지 않을 때 내가 하는 것들, 혼잣말을 하는 방식, 팔을 흔드는 모양에 대해 그녀에게 얘기한다. 그는 내가 화가 나서 빠르게 말하는 모습을 흉내 낸다. 그리고 그에 대한 나의 두려움, 그와 거리를 두려고 던지는 쌀쌀맞은 말, 그가 나한테서 맡는 두려움의 냄새에 대해 얘기한다. 그는 내가 혼자 침대에서 뭘 하는지 얘기한다. 내가 밤에 집 안을 돌아다닌다고 그녀에게 얘기한다. 그는 내가 무슨 꿈을 꾸는지 얘기한다. 내가 무엇을 필요로 하는지 얘기한다. 나를 여자로 만들어주고 감싸줄 남자가 필요하다고 얘기한다. 내가 나이를 먹었어도 어린애라고, 늙은 어린애라고, 곰팡내 나는 체액으로 가득한 사악한 늙은 어린애라고 얘기한다. 그는 누군가가 나를 여자로 만들어줘야 한다고, 누군가가 내 몸에 구멍을 내서 낡은 체액을 빼줘야한다고 얘기한다. 그는 그녀에게 묻는다. 그 일을 해줄 사람이, 밤중에 창문으로 기어올라 그녀 옆에 누워 그녀를 여자로 만들어주고 새벽녘에 빠져나올 사람이 나여야 할까? 당신 생각에는 내가 그렇게 하도록 그녀가 내버려둘 것 같아? 그냥 꿈인 척하고 내버려둘까? 아니면 완력을 써야 할까? 내가 그녀의 앙상한 무릎을 벌릴 수 있을까? 그녀는 허둥대면서 소리를 지를까? 내가 그녀의 입을 닥치게 해야 할까? 그녀는 끝까지 가죽처럼 단단하고 마르고 질길까? 내가 그 건조한 구멍으로 강제로 들어가면 결국 바이스 같은 뼈에 으깨져 흐물흐물해질까? 혹은 결국 그녀도 여자가 부드럽듯이, 당신이 부드럽듯이 여기가 부드러울까? 안나는 어둠 속에서 숨을 헐떡이며 남자한테 달라붙는다.

168.　　클라인 안나는 산책로 끝에서 몸을 돌려 우리를 향해 미소 짓는다. 그녀는 즐거워한다, 그녀는 내가 원하는 것을 전부 알고도 개의치 않는다. 나는 토요일 밤에 가장 화려한 옷을 입고 그녀와 팔짱을 끼고 산보하며 소녀처럼 속삭이고 깔깔대면서 멋진 시골 남자에게 나 자신을 과시하고 싶다. 나는 조용한 곳에 가서 그녀에게 어떻게 하면 아름다워지고, 어떻게 하면 남편을 얻을 수 있고, 어떻게 하면 남자를 즐겁게 할 수 있는지 그 비밀을 듣고 싶다. 나는 그녀의 어린 동생이 되고 싶다, 나는 인생을 늦게 시작했다. 지난 세월은 꿈속에서처럼 흘러간 듯하다. 나는 아직도 무지한 어린애일 뿐이다. 나는 그녀와 침대를 같이 쓰고 싶다. 그녀가 한밤중에 소리 없이 들어오면, 한쪽 눈으로 그녀가 옷을 벗는 모습을 엿보고 밤새도록 그녀의 등을 껴안고 자고 싶다.

169.　　나는 그들에게 말한다. "오늘 밤은 혼자 못 자겠어. 두

사람이 집 안에서 자줘야겠어."

미리 생각한 것도 아닌데 그런 말이 나온다. 기쁘다. 사람들은 그런 식으로 속마음을 얘기하는 게 틀림없다.

"귀신은 없으니까 무서워할 건 없어."

그들은 서로의 눈을 쳐다보며 내 속마음이 뭔지 생각해보고, 내가 알아챌 수 없는 메시지를 어둠 속에서 서로에게 보낸다. 헨드릭은 나로부터 떨어진다. 그의 온기가 느껴지지 않는다. 그도 속으로 그걸 느낄까?

"안 돼요, 아가씨." 그가 중얼거린다. "우리는 집으로 가는 게 좋을 것 같아요."

그가 더 약해지자, 나는 더 강해진다.

"아니야, 오늘 밤만 여기에서 자줘. 그러지 않으면 나 혼자 집에 있어야 하잖아. 부엌 매트 위에 잠자리를 만들면 아주 편할 거야. 이리 와, 안나. 와서 도와줘."

170.   헨드릭과 안나는 그들의 침대 옆에 서서 내가 가기를 기다린다.

"자기 전에 불 끄는 것 잊지 마." 내가 말한다. "그리고 안나는 내일 아침에 불 지피는 것 잊지 말고. 잘 자, 헨드릭. 잘 자, 안나." 나는 기운차게 말한다.

"잘 자요, 아가씨."

171.　얼마간 시간이 흐른 후, 나는 돌아가서 닫힌 문 밖에서 귀를 기울인다. 나는 맨발이다. 어슬렁대는 전갈한테 쏘인다 해도 어쩔 수 없다. 아무 소리도 들리지 않는다. 움직이는 소리도, 속삭이는 소리도 없다. 내가 숨을 죽이면, 그들도 숨을 죽인다. 그들은 1마일이나 떨어진 곳에서 나는 말발굽 소리를 그들의 발바닥과 손끝으로 들을 수 있는 시골 사람이다. 내가 어떻게 그들이 속기를 바랄 수 있는가?

172.　나는 침대에 누워 기다린다. 시계가 똑딱거린다, 시간이 간다, 아무도 오지 않는다. 나는 잠이 들고, 꿈도 꾸지 않고 잔다. 해가 뜬다. 나는 잠에서 깨어 옷을 입는다. 부엌은 비어 있다. 침구가 개어져 있고, 불이 피워져 있다.

173.　나는 큰 걸음으로 흙길을 걸어간다. 가시나무 세 그루를 지나고 대지의 한쪽 구석을 가로질러 묘지로 간다. 흰 페인트를 칠한 낮은 가드레일로 구분한 묘지의 한쪽은 이제 조각한 소용돌이무늬의 비석 밑에 묻힌, 이 땅을 경작했던 가문의 묘지다. 다른 한쪽은 그들의 양치기, 하녀, 아이 들의 무덤인데 더 다닥

다닥 붙어 있다. 나는 내가 눈여겨본 무덤이 나올 때까지 돌 사이를 걷는다. 언제 태어나고 언제 죽었는지 전혀 모르기에 경건한 의무감을 가질 필요가 없는 누군가의 무덤. 풍화된 화강암 석판 옆에 땅속으로 비스듬하게 난 굴의 입구가 있다. 이 죽은 남자의 무덤에 호저 한 마리가 집을 짓고 잠을 자고 새끼를 키웠다. 그렇게 한 지 벌써 몇 세대가 흘렀을지 모른다.

174. 헨드릭이 그의 오두막 그늘에 놓인 의자에 젊은 아내와 함께 앉아 있다. 일요일이다.

"헨드릭, 곡괭이와 삽을 가지고 묘지로 날 따라와. 안나는 여기 있는 게 좋겠어."

175. 헨드릭은 혼자 힘으로는 비석을 움직이지 못한다. 그는 남자가 넷쯤 있어야 한다고 말한다. 그가 땅에 깊숙이 묻힌 세 모서리 주변의 흙을 파내지만 비석은 끄덕도 하지 않는다.

"이쪽 전체를 파. 구멍을 더 크게 만들어. 돌 크기만큼 넓게 말이야."

"이건 호저 구멍이에요, 아가씨. 안에 아무것도 없어요."

"내가 시키는 대로 해, 헨드릭."

헨드릭은 열심히 일을 하고, 나는 그의 주변을 맴돈다. 무덤은

돌조각과 흙으로 가득 채워져 있다. 지층이 부서져서 파는 것은 어렵지 않다. 호저가 이곳에 살았던 이유다. 게다가 자주개자리 밭도 가까이에 있다.

헨드릭이 입구를 넓히자, 내가 예상했던 대로 굴이 보인다. 상당히 큰 둥근 방이다. 나는 엎드려 눈 위에 손차양을 하고 들여다보지만 빛이 너무 밝아 뒤쪽 벽이 보이지 않는다.

"헨드릭, 구멍이 얼마나 깊지? 삽을 넣어봐. 관은 건드리지 말고."

"아가씨, 크긴 하지만 깊지는 않아요. 호저는 깊이 파지 않아요. 이렇게 큰 방을 하나만 만들어요."

"헨드릭, 사람은 어때? 사람이 들어갈 정도로 구멍이 큰가?"

"네, 아가씨, 커요. 사람도 쉽게 들어갈 수 있겠어요."

"사람이 어떻게 들어갈 수 있는지 보여줘봐."

"제가요? 안 돼요, 아가씨, 저는 무덤에 들어갈 때가 아직 안 됐어요!" 그는 모자를 뒤로 젖히고 웃으면서도 그 자리에 그대로 서 있다.

176.   나는 스커트를 걷어 무릎께에서 묶고 구멍 속으로 다리를 넣는다. 나는 어둠 속으로 거꾸로 들어간다. 헨드릭은 삽에 기대서서 바라본다.

나는 안으로 완전히 들어간다. 다리를 뻗으려 해보지만 안 된다.

나는 서늘한 땅속에서 몸을 오그리고 빛을 피해 고개를 돌린다. 머리에 흙이 잔뜩 묻는다. 나는 어둠에 익숙해지려고 눈을 감는다. 마음속을 헤집어보지만, 이곳에서 나가야 할 이유를 찾을 수 없다. 나는 이곳을 나의 두번째 집으로 만들 수 있을 것이다. 음식은 헨드릭에게 가져오게 할 수 있으리라. 많은 건 필요치 않을 것이다. 밤에는 기어나와 다리를 뻗을 수 있을 것이다. 어쩌면 시간이 지나면서, 달을 향해 울부짖고 먹다 남은 음식을 찾아 잠이 든 농가 주위를 기웃거리는 것까지 배우게 될 것이다. 나는 눈을 다시 떠야 할 이유를 찾을 수 없다.

"그래." 나는 헨드릭에게 말한다. 내 목소리가 탁하다. 나의 말이 머릿속에서 울린다. "충분히 크네. 나 좀 나가게 도와줘." 그는 몸을 숙이고, 컴컴한 구멍 속에서 움직이는 여주인의 입을 바라본다.

177.   시체는 회색 방수포에 싸여 꿰매져 욕실 바닥에 놓여 있다. 선원들이 확실히 해두기 위해 마지막으로 코를 꿰맨다는 말을 들은 적이 있다. 하지만 나는 도저히 그렇게 할 수 없다. 나는 그 일을 하면서 울지 않았다. 마음이 굳어서 그런 게 아니다.

시체를 씻길 누군가가 있어야 하고, 묘지를 팔 누군가가 있어야
한다.

178.　　　나는 베란다에 나가 힘차고 확고한 목소리로 부른다.
"헨드릭!"

헨드릭이 그늘에서 일어나 뜰을 가로지른다.

"헨드릭, 손수레를 가져다 부엌문 앞에 대."

"네, 아가씨."

뒷문으로 오는 그를 나는 기다린다.

"이리 와서 시체 옮기는 걸 도와줘."

그는 나를 미심쩍게 바라본다. 그가 뒷걸음칠 순간이다. 나는
이미 대비가 되어 있다.

"헨드릭, 솔직하게 얘기할게. 우리는 더 기다릴 수 없어. 날씨
가 너무 더워. 나리를 묻어야 해. 그걸 할 수 있는 사람은 당신과
나밖에 없어. 나 혼자서는 못해. 나는 낯선 사람이 끼어드는 걸
원치 않아. 이것은 사적인 가족 문제야. 내 말 이해하겠어?"

"목사님은 어떻게 하죠?" 그는 중얼거린다. 그는 확신이 없
다. 하지만 문제를 일으키진 않을 것이다.

"헨드릭, 허비할 시간이 없어. 시체 나르는 것 좀 도와줘."

내가 돌아선다. 그가 따라온다.

179.　우리는 시체를 들어올린다. 그가 머리 부분을 잡고 내가 다리 부분을 잡아 햇볕 속으로 들고 나온다. 우리를 보는 사람은 아무도 없다. 여기에서 무슨 일이 일어나는지 본 사람은 아무도 없었다. 우리는 법의 바깥에 산다. 따라서 우리는 우리가 인정하는, 우리 내부의 목소리에 따라 작용하는 법에 의해서만 산다. 나의 아버지는 그의 손수레에 누워 그의 땅을 마지막으로 여행한다. 우리는 묘지를 향해 무거운 발걸음을 옮긴다. 헨드릭은 밀고, 나는 묶인 다리가 옆으로 미끄러지지 않도록 잡고서.

180.　헨드릭은 매장에 관여하지 않으려 한다. "안 돼요, 아가씨." 이 소리를 몇 번이고 하면서 뒷걸음치며 고개를 젓는다.

　나는 구멍에 가까이 대기 위해 손수레를 밀고 당긴다. 시간만 주어진다면, 나는 남자가 할 수 있는 무슨 일이든 할 수 있다. 나는 겨드랑이에 발목을 끼고 시체를 끌어내리려고 애쓴다. 손수레가 옆으로 기울어진다. 나는 뒤로 펄쩍 뛴다. 시체가 머리 쪽부터 땅으로 미끄러진다. "거기 서 있지만 말고 도와줘!" 나는 소리를 지른다. "이 염병할 홋놋*아, 이 모든 게 네 탓이야, 너와

---

* Hotnot. 남아프리카에서 혼혈인을 비하해 부르는 말.

그 음탕한 년 탓이라고!" 나는 화가 나 머리가 어질어질하다. 그는 돌아서더니 모자를 눌러쓰고 걸어가기 시작한다. "쓰레기 같은 놈! 겁쟁이!" 나는 그의 등에 대고 악을 쓴다. 여자의 둔한 동작으로 그를 향해 돌을 던진다. 돌은 멀리 나가지 못하고 떨어진다. 그는 신경 쓰지 않는다.

181.　　엉덩이가 구멍에 비해 너무 크다. 시체 옆구리가 들어가질 않는다. 굽힌 무릎을 방수포 안에서 반듯이 펼 방도가 없다. 구멍을 더 크게 만들든지 방수포를 찢어 열어젖혀야 한다. 힘들여 한 일을 망치긴 싫다. 칼도 없고 삽도 없다. 나는 돌로 땅을 찍는다. 땅은 거의 꿈쩍도 하지 않는다. 나는 방수포를 밧줄로 묶었어야 했다. 이렇게 묶어놓으니 잡을 곳이 마땅찮다. 잡아당기느라 손가락에 힘이 다 빠졌다.

182.　　삽을 갖고 돌아오자 파리가 벌써 몰려와 있다. 파리가 회색 방수포에서 구름처럼 일어나 내가 빨리 떠나기를 기다리며 공중에서 윙윙거린다. 나는 손을 내둘러 파리를 쫓는다. 늦은 오후다. 바쁠 때는 시간이 얼마나 빨리 가는지 모르겠다. 삽을 잘못 갖고 왔다. 그건 땅을 팔 때 쓰는 삽인데, 내게 필요한 것은 땅을 깎아낼 삽이다. 나는 먼지를 뒤집어쓰면서 삽날 측면을 이

용해 땅을 깎는다. 가끔 삽이 비석에 부딪쳐 불꽃이 튄다. 결국 구멍이 1, 2인치쯤 넓어진다.

　다시 한번 시체를 밀어넣으니 엉덩이에서 걸려 더는 들어가 질 않는다. 나는 무릎을 굽히고 온힘을 다해 민다. 나는 그 옆에 앉아 양발 뒤꿈치로 동시에 시체를 찬다. 시체가 서서히 돌더니 엉덩이가 들어간다. 나는 몸통을 잡아당기고 어깨가 평평해질 때까지 더 돌린다. 이제 어깨와 머리는 들어갈 것이다. 그런데 발과 무릎이 더는 들어가지 않는다. 굴 바닥이 울퉁불퉁하기 때 문이다. 문제는 무릎이 아니라 구부러지지 않는 척추이다. 나는 찬란한 심홍색 석양이 비추는 가운데 처음에는 오른쪽에서, 다 음에는 왼쪽에서 아무 소득도 없이 시체의 어깨를 발로 찬다. 나 는 그걸 다시 끄집어내 방수포를 찢어 열고 발목을 허벅지에 대 고 묶어 길이를 줄여야 할 것이다. 하지만 무릎이 충분히 구부러 질까? 무릎의 힘줄을 잘라내야 할까? 매장은 전적으로 잘못된 생각이었다. 매트리스, 침대와 함께 시체를 태우고 냄새를 피해 펠트에서 오래오래 산책을 했어야 했다. 부드러운 강바닥이나 뜰에 새로운 무덤을 팠어야 했다. 더 평범한 무덤을 팠어야 했 다. 그를 어디에 묻든 무슨 차이가 있는가? 만약 이 무덤에 그를 넣으려면, 내가 먼저 들어가 그를 끌어당기는 수밖에 없다. 나는 기진맥진해 있다. 해질녘이 되기 전에 이 일을 마무리할 수 있을지 모르겠다. 평생 나한테는 충분한 시간이 있었다. 아니 충분한 것 이상으로 많은 시간이 있었다. 나는 시간의 엷은 매개체 속에서 숨을 쉬려고 헐떡거리며 살아왔다. 서두르는 것은 나에게 낯설다. 나는 내 땀에서 느껴지는 두려움의 냄새가 싫다. 나는 신도 아니고 짐승도 아니다. 내가 어째서 모든 것을 마지막까지 혼자서 처리해야 하는가, 어째서 나는 아무 도움도 없이 이 삶을 살아야 하는가? 수의를 열고, 나를 낳아준 거뭇거뭇 썩어가는 육체를 대할 자신이 내겐 없다. 하지만 지금 묻지 않으면 언제 묻을 것인가? 어쩌면 그냥 잠을 자러 가서 날이면 날마다 베개에 머리를 묻고 노래를 흥얼거리며 기다리는 게 나을지도 모르겠다. 햇볕 속에 놓인 방수포에 파리가 들끓고 개미가 들락거려 결국 시체가 부풀고 터지고 검은 물이 줄줄 흐를 때까지, 그 일이 완전히 끝나고 개미가 쓸 만한 모든 걸 어딘가로 가져가 뼈와 머리카락만 남을 때까지 말이다. 만약 꿰매서 봉한 것이 그때까지 그대로 있다면, 마침내 침대에서 나가 그것을 들어 호저 구멍에 던져 넣고 그것으로부터 해방되면 될 텐데.

183.   다시 끌어낸 시체가 거대한 회색 유충처럼 무덤가에 놓여 있다. 나는 본능에 이끌려 지칠 줄 모르고 움직이는 유충 어미다. 나는 그것을 내가 선택한 안전한 장소에 집어넣기 시작한

다. 그러나 그것이 어떠한 동면을 위해, 어떠한 체내 양분을 갖고, 어떠한 변형을 향하는지 나는 알지 못한다. 그것이 달아나는 박쥐들 사이에서 우왕좌왕하고, 날개로 공기를 가르고, 어깨 사이의 털에서 저승사자의 머리를 밝게 빛내며, 만약 나방한테 턱이라는 게 있다면 턱을 크게 벌리고 먹이를 잡아먹으려 하고, 램프를 밝힌 농가를 향해 황혼을 가르며 날아가는 거대한 회색나방이라면 모를까 말이다. 나는 시체의 머리부터 구멍에 넣어보지만, 이번에도 등뼈가 구부러지지 않아 허벅지가 들어가질 않는다. 논리의 사냥개들이 나를 뒤쫓고 있다.

184.   빛이 흐려진다. 새들이 보금자리에 들기 시작한다. 잠시 가만히 서 있으면, 헨드릭의 우유통이 달가닥거리는 소리를 들을 수 있다. 암소가 그를 위해 음매 하고 운다. 그의 아내는 난로 옆에서 기다린다. 이 넓은 세상에 머리를 뉠 곳이 아무 데도 없는 건 두 사람뿐이다.

185.   나는 어두운 구멍 속으로 들어간다. 이른 별들이 떠 있다. 나는 시체의 아랫부분을 잡고 다리를 버티며 끌어당긴다. 시체가 허벅지까지 쉽게 끌려 들어온다. 나는 발을 들어올렸다 다시 끌어당긴다. 이번엔 어깨까지 들어온다. 구멍 입구가 막혔다,

나는 칠흑 같은 어둠 속에 있다. 나는 내 무릎 위로 다리를 들어 올린 다음 시체의 어깨 쪽을 안고 세번째로 끌어당긴다. 머리가 쿵 소리를 내며 들어온다. 별이 다시 보인다, 이제 끝났다. 나는 시체 위를 기어 밖으로 나온다. 남십자성 외에는 이름을 아는 별이 없다는 게 참으로 애석하다. 나는 쉬어야 한다. 오늘 밤엔 구멍을 메울 수 없다. 헨드릭이 아침에 그 일을 해야 할 것이다. 수레로 강바닥 모래를 실어오고 입구를 돌로 막아 표면을 원래대로 말끔하게 해놓아야 할 것이다. 그보다 쉬운 방법은 없을 것이다. 내가 할 일은 다 했다. 나는 기진맥진해져 몸을 부르르 떨며 집으로 향한다.

186.   금세 아침이다. 모든 날과 모든 밤을 건너뛸 힘이 나한테 있는 것만 같다. 밤낮이 마치 존재하지 않았던 것처럼. 나는 텅 빈 부엌에서 기지개를 켜며 하품을 한다.

헨드릭이 문간에 나타난다. 우리는 서로 공손하게 인사를 한다.

"여쭐 게 있어서 왔어요, 아가씨. 저희는 아직 급료를 받지 못했어요."

"아직 못 받았다고?"

"네, 아가씨, 아직 못 받았어요." 그는 우리의 대화에서 현란한 기쁨의 원천을 갑자기 찾아내기라도 한 듯 나를 향해 씩 웃는다. 무엇이 그리 좋을까? 그는 내가 그의 친절함을 되돌려줄 수 있다고 생각하는 걸까? "저기요, 아가씨, 그게 말이지요." 그가 다가온다. 그는 설명하려고 한다. 내가 뒤로 주춤하는 걸 보지 못한 채. "금요일이 이 달의 첫날이었어요. 그러니 월요일에는 돈을 받았어야 해요. 농장 사람 모두가 말이죠. 하지만 나리께서 는 돈을 안 주셨어요. 그래서 우리는 아직도 기다리는 중이에요, 아가씨."

"나리께서 전혀 아무것도 안 주셨단 말이야?"

"네, 아가씨, 전혀 안 주셨어요. 우리 돈을 하나도 안 주셨어요."

"응, 알겠어. 하지만 우리가 돈만 갖고 얘기하는 건 아니잖아. 나리께서 당신에게 준 브랜디는 뭐지? 클라인 안나는 어떻고? 안나에게 준 선물은 다 뭐냔 말이야? 돈이 들지 않았을 것 같 아? 나리께서는 당신들한테 온갖 것을 다 주셨어. 그런데도 돈 을 달라고 하다니. 안 돼! 당신 같은 사람들을 위한 돈은 내게 없어."

걱정, 언제나 걱정이다! 내가 돈에 대해 뭘 알겠는가? 나는 평 생 단 한 번도 육 펜스짜리 동전보다 큰 동전을 만져본 적이 없 다. 어디에서 돈을 구하지? 아버지는 돈을 어디에 뒀을까? 불에 타 이제 재가 돼버린 피에 젖은 매트리스의 구멍 속에? 마룻바 닥 밑에 있는 담배 깡통 속에? 자물쇠를 채워 우체국에 안전하게? 어떻게 그것을 손에 넣지? 그는 유언장을 작성했을까? 그것을 나한테 남겼을까, 아니면 내가 들어본 적 없는 그의 형제와 사촌들에게 남겼을까? 어떻게 그걸 알아내지? 그런데 나는 그의 돈을 원하는 걸까? 호박을 삶아 먹으며 평생 행복하게 살 수 있는데, 내게 돈이 필요할까? 만약 내가 너무 단순해서 돈이 필요없다면, 헨드릭은 왜 그걸 필요로 할까? 어째서 그는 언제나 나를 실망시켜야 하는 걸까?

"우리는 할 일을 다 했어요, 아가씨." 웃음기가 사라졌다. 그의 얼굴은 분노로 굳어 있다. "저희는 돈을 받아야 해요. 나리는 언제나 저희에게 돈을 주셨어요. 언제나요."

"거기에 서서 나한테 말대꾸하지 마!" 나한테는 화를 낼 근거가 있다. "당신네 둘이 실제로 한 일이 뭐야? 안나가 무슨 일을 했지? 당신은 내가 어제 오후에 혼자서 나리를 묻을 때 뭘 했지? 나한테 일 어쩌고저쩌고 하지 마. 여기에서 일을 하는 사람은 나뿐이야! 저리 가, 난 돈 없어!"

"좋아요. 아가씨가 가라고 하면 가야죠!"

그는 벌건 대낮에 나를 사실상 협박하고 있다. 내가 혼자이고 우습게 보이니까 약하고 겁도 많을 게 분명하다고 생각하고는, 나를 시험하고 나한테 뭘 짜낼 수 있는지 보려고 실실 웃으며 왔던 게 분명하다. 이제 그는 내가 당황할 거라 생각하고 나를 협박하고 있다.

"헨드릭, 잘 들어. 내 말 오해하지 마. 돈이 없어서 못 주는 거야. 떠나고 싶으면 떠나. 하지만 기다리면 돈을 주겠다고 약속하지. 당신이 번 것은 동전 한 푼까지 다 줄게. 그러니 알아서 해."

"이해해요, 아가씨. 아가씨가 기다리라고 하면 기다릴게요, 돈을 주시겠다면요. 그럼 저희는 가서 양을 잡아야겠어요."

"그래, 잡아. 하지만 내가 얘기할 때까지 이 집에서 먹을 건 잡지 마."

"네, 아가씨."

187.   하인들에게 맡겨놓았을 때와 다르게 마룻바닥이 번쩍인다. 문의 손잡이가 빛나고, 창문이 번득이고, 가구가 번쩍인다. 집 안으로 들어온 모든 빛이 밝은 표면에서 밝은 표면으로 끝없이 옮겨다닌다. 리넨으로 된 건 모두 내 손으로 빨아 널고 다리미질을 해 개어서 들어놓았다. 욕조 옆에서 무릎을 꿇고 일하다보니 아프다. 바닥을 문지르다보니 손이 까졌다. 일어서는데 등이 아프고 머리가 어지럽다. 밀랍과 아마씨 기름 냄새가 공기 중에 떠돈다. 몇 세대에 걸친 먼지, 옷장 위에 쌓인 먼지, 침대 스프링에서 나온 먼지를 문밖으로 털어냈다. 다락도 말쑥하다. 내가 더이상 필요로 하지 않는 것으로 꽉 찬 궤짝들이 걸쇠

와 자물쇠를 번쩍이며 정렬해 있다. 나의 집은 마지막 하나까지 정돈돼 있다. 나 혼자서 그 일을 다 했다. 그다음은 농장이다. 양들이 조만간 질식해 죽지 않게 하려면 털을 깎아줘야 한다. 헨드릭이 하지 않겠다고 하면, 내가 할 것이다. 나의 에너지는 무한하다. 나는 차양모자를 쓰고 바느질용 가위를 들고 나가 양의 뒷다리를 잡아 내 무릎 사이에 끼고 다 끝날 때까지 한 마리씩 차례로 날이면 날마다 털을 깎을 것이다. 바람에 양털이 날아가도 상관없다. 양털이 나한테 무슨 소용이 있는가? 어쩌면 그중 일부를 보관해뒀다가 매트리스 속을 채우는 데 쓸 수도 있겠지. 밤에 그 매끄러운 온기 위에 누울 수 있도록. 그런데 나는 양을 잡지 못할 것만 같다(나한테는 목양견이 없다, 내가 부르면 개들은 으르렁거리며 몸을 웅크린다, 그들은 나를 좋아하지 않는다, 냄새 때문이다). 그건 어쩔 수 없는 일이다. 양은 분명 죽을 것이다. 그들의 조물주가 데려갈 때까지 더러운 갈색 분첩처럼 펠트에 방치된 채 괴롭게 숨을 헐떡이면서. 풍차는 밤낮으로 계속 돌아갈 것이다. 풍차는 믿을 수 있다. 풍차는 생각하지 않는다. 더위에도 신경 쓰지 않는다. 둑에 물이 넘친다. 헨드릭은 여전히 밭에 물을 준다. 나는 저녁에 그를 본다. 그가 지루해지거나 화가 나서 그만두면 내가 그 일을 계속할 것이다. 나에게는 과일나무와 채소밭이 필요하다. 호밀은 죽어도 괜찮다. 자주개자리도 죽어도 괜찮다. 암소가 말라간다. 암소도 죽어도 괜찮다.

188.　　나와 그들 사이에 메마른 강이 놓여 있다. 그들은 할 일이 없자 더는 집에 오지 않는다. 나는 그들에게 돈을 주지 않았다. 헨드릭은 잘 나오지 않는 암소 젖을 여전히 짜고 밭에 물을 준다. 안나는 집에 머문다. 때때로 나는 베란다나 창가에서 그녀의 진홍색 머릿수건이 강바닥에서 움직이는 모습을 얼핏 본다. 금요일 저녁이면 헨드릭은 창고에서 커피, 설탕, 옥수숫가루, 콩을 가져가려고 온다. 나는 그가 뜰을 가로질러 왔다 다시 돌아가는 모습을 바라본다.

189.　　닭들이 나무에서 홰를 치며 야단법석이다. 살쾡이가 닭을 한 마리씩 잡아먹고 있다. 한 떼의 병아리가 지난밤에 없어졌다. 모이가 다 떨어져간다. 나는 돈을 찾지 못했다. 돈이 우체국에 있다면, 나한테는 없는 거나 마찬가지다. 하지만 정말로 불에 타버렸을지 모른다. 혹은 애초에 없었는지도 모르고. 양털을 깎아 팔지 않는 한 돈은 없을지 모른다. 그럴 경우 돈은 전혀 없을 것이다.

190.　　이렇게 살 수는 없다.

191.　　잠이 오지 않아 나는 낮잠시간에 집 안을 돌아다닌다. 문이 잠겨 있는 방에 들어가 이상한 옷들을 만지작거린다. 거울 속의 나를 바라보며 미소를 지어보려 한다. 거울 속의 얼굴이 초췌한 미소를 짓는다. 아무것도 변한 게 없다. 나는 아직도 나 자신이 싫다. 안나는 이 옷들을 입을 수 있지만 나는 그럴 수 없다. 너무 오랫동안 검은 옷만 입다보니 검은 사람이 되어버렸다.

192.　　헨드릭은 매주 양을 한 마리씩 잡는다. 자신의 몫을 챙기는 그 나름의 방식이다.

193.　　나는 아침에 일어나 청소거리를 찾는다. 하지만 물건들은 그렇게 빨리 더러워지지 않는다. 거의 사용하지 않으니까 먼지가 끼기를 기다려야 한다. 먼지는 그 나름의 주기에 맞춰 내려온다. 나는 부루퉁해 있다. 집은 번쩍번쩍하다.

194.　　헨드릭이 그의 아내를 뒤에 두고 앞문에 서 있다.
　"아가씨, 커피도 떨어지고, 밀가루도 떨어지고, 모든 것이 거의 다 떨어졌어요."
　"응, 나도 알아."

"그리고 아가씨는 아직도 우리에게 빚이 있어요."

"나한테는 돈이 없어. 여하튼 당신들은 일을 하지 않잖아. 그런데 왜 내가 돈을 줘야 하지?"

"네, 그래도 아가씨는 우리한테 빚이 있어요. 그렇지 않나요?"

"헨드릭, 아무리 졸라도 소용없어, 돈이 없단 말이야."

"네, 그래도 아가씨는 우리한테 뭔가 다른 것으로 줄 수 있잖아요."

195.   이런 백치 같은 대화를 계속할 수는 없다. 나와 이 사람들 사이에 오가야 하는 언어는 내 아버지에 의해 파괴되어 회복될 수 없다. 이제 우리 사이에 오가는 것은 패러디다. 나는 위계질서의 언어, 간격과 원근의 언어 속으로 태어났다. 그것은 나의 부(父)국어였다. 그렇다고 그 언어가 나의 가슴이 말하고 싶어 하는 언어라는 말은 아니다. 나는 간격의 비애를 너무 많이 느낀다. 하지만 그것이 우리가 가진 전부다. 나는 연인들이 나누는 언어가 있다고 믿지만, 그것이 어떤 것인지 상상할 수 없다. 내가 그 가치를 신뢰하는 어떤 말도 남아 있지 않다. 헨드릭은 나한테 옛날 말투로 말하면서 고개를 숙이고 비밀스러운 미소를 짓는다. 그는 내 면전에선 "아가씨, 아가씨, 아가씨!" 하고 말한다. 하지만 속으로는 이렇게 말한다. "나는 너를 알아. 너는 네

아비의 딸이야. 내 아내와 의붓자매야. 네 아버지가 누워 있던 곳에 나도 누워 있어. 나는 그 남자를 알아, 그의 흔적이 내 침대에 있어." 내가 볼 수 없는 그의 뒤에서 클라인 안나가 재잘거린다. "너, 너, 너."

196.　　　다락문 바깥쪽 층계참에서 헨드릭이 아버지의 옷을 입고 모습을 드러낸다. 기괴한 모습이다! 그는 허리에 손을 얹고 가슴을 쭉 내민다.

"아이차!"* 클라인 안나가 그를 향해 소리친다.

"당장 그 옷 벗어." 나는 도저히 그걸 받아들일 수 없다. 그는 너무 멀리까지 나아가고 있다. "내가 나리의 낡은 옷은 입어도 된다고 했지만, 그 옷은 안 돼!"

그는 나를 무시하고 그의 아내를 곁눈질한다.

"헨드릭!" 내가 소리친다.

"헤!"** 헨드릭이 말하며 팔을 내밀고 층계참 위에서 발끝으로 빙글 돈다. "아이차!" 그의 아내가 깔깔거린다.

그는 목깃이 없는 하얀 면 셔츠, 제일 좋은 공단 조끼, 능직 바지를 꺼내 입고, 근사한 검은색 부츠까지 신었다. 더 많은 셔츠

* Aitsá. '어머!'라는 뜻의 감탄사.
** Hê. '어이' '이봐' 등 주위를 환기시키는 말.

가 가로장에 걸려 있다.

두 사람에 대항해 내가 뭘 할 수 있겠는가? 나는 혼자이고 여자다! 나는 나무계단을 힘들게 올라간다. 이것이 내 운명이다. 나는 그걸 감당해야 한다.

웃음소리가 그쳤다. 내 눈이 그의 부츠와 나란한 곳까지 올라간다.

"아가씨!" 내가 그의 목소리에서 듣는 건 결국 증오일까? "아가씨, 헨드릭한테 말해봐요. 내가 나리의 옷을 벗기를 원하나요?"

"헨드릭, 낡은 옷은 입어도 된다고 했잖아. 하지만 그 옷은 당신을 위한 게 아니야." 울부짖고 신음하듯 말하고 싶은 마당에 이처럼 어리석은 말을 과연 얼마나 더 할 수 있을까?

"아가씨는 내가 이 옷을 벗기를 원해요?"

나는 곤란한 상황에 처해 있다. 눈물이 나오려 한다. 내가 얼마나 더 당해야 그들은 나를 가만히 내버려둘까?

헨드릭이 허리띠를 풀기 시작한다. 나는 눈을 감고 고개를 숙인다. 조심해야 한다. 계단을 뒤로 내려가면 분명 미끄러져 굴러떨어질 것이다.

"봐요! 봐요, 아가씨! 봐요!" 내가 그의 목소리에서 듣는 것은 분명히 증오다. 눈을 꼭 감아보지만 뜨거운 눈물이 볼을 타고 흘러내린다. 이것이 나에게 내려진 형벌이다. 올 것이 왔다. 이제 그걸 참아내야 한다. "자, 우리 아가씨, 두려워하지 말아요. 남자의 그것일 뿐이라고요!"

그렇게 우리는 그 장면 속에 오랫동안 서 있다.

"그만해요, 아가씨가 상처받잖아요." 클라인 안나의 목소리가 아래에서 부드럽게 올라와 나를 구해준다. 나는 눈을 뜨고 내 얼굴을 호기심 어린 눈으로 바라보는 그녀를 본다. 그녀는 여자다, 따라서 정이 많다. 그것은 보편적 진실일까? 나는 조심조심 한 계단씩 뒤로 내려와 그녀를 지나쳐 집 안으로 들어간다. 그들은 나를 적으로 만들었다. 하지만 이유가 뭘까? 나한테 돈이 없기 때문일까?

197.　　그들은 보여줄 사람이 아무도 없는데도 내 부모의 화려한 옷을 입고 뜰에서 빈둥거린다. 이 하릴없는 나날은 나에게 그러하듯 그들에게도 악영향을 미친다. 우리는 모두 산산이 부서지고 있다. 서로한테 싫증이 난 그들은 나에게로 관심을 돌려 나를 갖고 장난을 친다. 나는 우산 선반에서 총을 집어든다. 헨드릭의 등이 가늠쇠에 잡힌다. 이 순간에 헨드릭은 무엇일까? 지루함에 넌더리가 나 풀줄기를 빨아먹는 남자? 혹은 녹색 배경 위의 흰색 반점? 그걸 누가 말할 수 있으랴? 총과 표적이 평행해지자 나는 방아쇠를 당긴다. 정신이 하나도 없고 귀가 얼얼하

다. 하지만 전에도 경험해본 적이 있는 일이다, 귀가 얼얼한 것까지. 나는 노련한 사람이다. 안나가 허공에 팔을 저으며, 무거운 흰색 드레스에 걸려 비틀거리며 어린애처럼 달아난다. 헨드릭은 손과 무릎으로 기어서 그녀의 뒤를 따른다. 나는 컴컴한 방으로 들어가 시끄러운 소리가 잦아들기를 기다린다.

198.　　나는 총을 들고 텅 빈 베란다로 나온다. 총을 들어올려 하얀 셔츠의 한 부분을 겨냥한다. 총열이 미친 듯이 흔들린다. 총열을 받칠 곳이 없다. 안나가 소리를 지르며 손가락으로 나를 가리킨다. 그들은 움직인다. 뜰을 가로질러 채소밭 쪽으로 토끼처럼 달아난다. 그들을 따라가기에는 총의 움직임이 느리다. 내가 나쁜 게 아니다. 위험한 것도 아니다. 나는 눈을 감고 방아쇠를 당긴다. 귀가 얼얼하다, 귀가 울린다. 헨드릭과 클라인 안나는 늘어선 무화과나무 뒤로 사라졌다. 나는 총을 제자리에 갖다놓는다.

199.　　그들은 죽은 사람이 남기고 간 화려한 옷을 입고, 고무나무 그늘에 놓인 낡은 의자에 앉아 있다. 헨드릭은 다리를 꼬고 등받이에 팔을 뻗고 있다. 클라인 안나는 그의 어깨에 달라붙는다.

그는 창문에서 그들을 바라보는 나를 본다. 그가 일어나서 다가온다. "아가씨, 혹시 담배 좀 있으세요?"

200.   나는 베개로 눈을 가리고 침대에 누워 있다. 방문은 닫혀 있지만 헨드릭이 집 안에 들어와 서랍을 뒤지고 있다는 걸 안다. 이 집 안에서 나는 파리가 자기 발을 핥는 소리까지 들을 수 있다.

문이 열린다. 나는 벽 쪽으로 돌아눕는다. 그가 나를 굽어본다. "보세요, 아가씨. 담배를 찾았어요."

마지막으로 나는 파이프 담배의 향긋한 냄새를 들이마신다. 누가 과연 그걸 내 집으로 다시 가져오겠는가?

그가 내 옆에 무겁게 앉는다. 내 콧구멍이 그의 냄새로 가득 찬다. 그가 내 엉덩이에 한 손을 댄다. 나는 몸이 굳고, 허파의 깊숙한 곳에서 두려움을 토해내며 텅 빈 벽을 향해 소리를 지른다. 손이 내 몸에서 떨어진다. 냄새가 사라진다. 그러나 비명은 계속 울린다.

201.   헨드릭과 클라인 안나는 고무나무 그늘에 놓인 낡은 의자에 앉아 있다. 헨드릭은 다리를 꼬고 파이프 담배를 피운다. 안나는 그의 어깨에 기댄다. 나는 창문으로 바라본다. 그들은 다

치지 않았다.

202.　　　나는 흰 봉투를 흔들며 헨드릭을 부른다. "이걸 가지고 우체국에 가서 우체국 나리에게 줘. 그러면 돈을 줄 거야. 내일 아침 일찍 출발하면 화요일 저녁엔 돌아올 수 있겠지."

"네, 아가씨. 우체국이요."

"그들이 묻거든 내가 보냈다고 말해. 나리가 아프셔서 오실 수 없어 대신 왔다고 하고. 명심해. 나리는 아프신 거야. 그 이상의 말은 하지 마."

"네, 아가씨. 나리께서 아프시다고요."

"그래. 그리고 안나에게 불안하면 내일 밤은 부엌에서 자도 좋다고 전해."

"네, 아가씨."

"편지를 안전한 곳에 둬. 안 그러면 아무것도 가져올 수 없을 테니까."

"네, 아가씨. 안전한 곳에 둘게요."

203.　　　안나는 잠자리를 만들기 시작한다. 나는 부엌을 떠나지 않고 식탁에 앉아 그녀를 바라본다. 그녀의 동작이 서툴러졌다. 그녀는 남편이 없자 힘들어한다.

"안나, 부엌에서 자도 괜찮겠어?"

"네, 아가씨." 그녀는 얼굴을 돌리며 속삭인다. 그녀는 손을 어디에 둬야 할지 모른다.

"제대로 된 침대에서 자고 싶지 않아?"

그녀는 당황한다.

"객실 침대에서 자고 싶지 않아?"

"아뇨, 아가씨."

"뭐라고? 바닥에서 자는 게 더 좋단 말이야?"

"네, 아가씨, 바닥에서 자는 게 좋아요."

그녀는 긴 침묵을 견뎌낸다. 나는 주전자에 물을 채운다.

"어서 자. 나는 차 한잔 끓여 마실 테니까."

그녀는 담요를 덮고 빛을 등지고 돌아눕는다.

"안나, 옷을 안 벗고 자? 잠잘 때 옷을 벗지 않아? 머릿수건도 쓰고?"

그녀는 머릿수건을 벗는다.

"남편하고 잘 때도 옷을 벗지 않니? 믿을 수 없군." 나는 의자를 잡아당겨 침대 옆으로 간다. "안나, 남편하고는 잘 지내? 에이, 수줍어할 필요 없어. 우리 얘기를 들을 사람이 아무도 없잖아. 재미있게 지내는 거지? 결혼하니까 좋아?" 그녀는 마녀가 사는 컴컴한 집 안에 갇혀 가련하게 코를 킁킁거린다. 천만다행으로 이건 오고 가는 대화가 아니다. 나는 날개를 펴고 마음대로 날 수 있다. "나도 남자를 좋아하고 싶지만, 그게 안 되더라구. 누군가를 제대로 즐겁게 해준 적이 없어, 예뻤던 적도 없고." 나는 딱딱한 부엌 의자에 앉아 그녀를 굽어보며 괴롭힌다. 그녀는 내 목소리에서 부서지는 분노의 파도만을 듣고 처량하게 흐느낀다. "하지만 그게 최악은 아니야. 에너지는 영원한 즐거움이지, 나는 아주 다른 사람이 될 수 있었어. 이 감옥을 박차고 나갈 수 있었어. 나의 혓바닥은 불길이야, 너도 알 거야. 하지만 그것이 모두 쓸데없이 안으로 향하고 있어. 너한테 내 말이 화난 것처럼 들리겠지만, 그건 내 안에 있는 불길이 타닥거리는 소리일 뿐이야. 너한테 정말로 화가 난 적은 없어, 얘기하고 싶었을 뿐이야. 나는 다른 사람하고 얘기하는 법을 배운 적이 없거든. 늘 말이 나한테 왔고 나는 그것을 전했을 뿐이지. 안나, 나는 진심으로 서로 주고받는 말을 알았던 적이 없어. 내가 너한테 한 말들을 너는 되돌려줄 수 없잖아. 그건 가치 없는 말이야. 알아듣겠어? 가치가 없다고. 너는 나의 아버지와 어떤 식으로 얘기를 나눴니? 두 사람이 마침내 한 남자와 한 여자가 되었던 거니? 얘기해봐, 알고 싶어. 너한테 좋은 말을 하던? 얘, 울지 마, 나는 화난 게 아니라니까." 나는 그녀 옆에 누워 그녀의 머리를 팔로 감싼다. 그녀는 긴 혀를 내밀어 윗입술에 흐르는 콧물을 핥는다.

"뚝 그쳐. 너는 나를 믿어야 해. 나는 너와 나리가 한 짓에 대해 화를 내는 게 아니야. 나리가 너한테서 자그만 행복을 찾은 것은 좋은 일이었어. 몹시 외로운 삶을 사셨거든. 그리고 틀림없이 두 사람 모두에게 좋았을 거야, 그렇지? 나는 그분을 행복하게 해 줄 수 없었어. 따분하고 착실한 딸 이상일 수 없었지. 나는 그분을 무료하게 했을 뿐이야.

안나, 얘기해봐. 두 사람이 함께였다면, 아버지가 살아 있었다면 너와 내가 친구가 될 수 있었을 것 같니? 어떻게 생각해? 내 생각엔 그랬을 것 같아. 우리는 자매나 사촌 같은 사이가 됐을 거야.

들어봐, 움직이지 마, 불을 끄고 와서 네가 잠들 때까지 옆에 누워 있을게."

나는 그녀 옆에 누워 어둠 속에서 몸을 떤다.

"안나, 얘기해봐. 너는 나를 뭐라고 부르지? 내 이름이 뭐지?" 나는 최대한 부드럽게 속삭인다. "속으로 나를 뭐라고 불러?"

"아가씨?"

"그래, 하지만 너에게 나는 아가씨일 뿐이니? 나는 이름도 없어?"

"마그다 아가씨?"

"그래. 혹은 그저 마그다야. 마그다 아가씨가 아니라 마그다가

내 세례명이야. 목사님이 아이들에게 세례를 주면서 마그다 아
가씨, 요하네스 나리 같은 세례명을 준다면 이상하지 않겠니?"

나는 그녀가 미소를 지으면서 침을 약간 튀기는 소리를 듣는
다. 내 말이 먹히고 있다.

"혹은 안나 대신 클라인 안나, 리틀 안나 식으로 부르면 되겠
니? 우리는 모두 처음에는 작잖아. 나도 한때는 리틀 마그다였
지. 하지만 지금은 그냥 마그다일 뿐이야. 네가 그냥 안나이듯
말이야. 마그다라고 불러볼래? 자, 마그다라고 해봐."

"안 돼요, 아가씨, 그럴 수는 없어요."

"마그다. 쉽잖아. 괜찮아, 내일 밤에 다시 해보지 뭐. 그때는
네가 마그다라고 부를 수 있는지 알게 되겠지. 이제 자야지. 나
는 잠시 이렇게 누워 있다 내 침대로 갈게. 잘 자, 안나."

"안녕히 주무세요, 아가씨."

나는 그녀의 머리를 찾아 이마에 입술을 댄다. 그녀는 잠시 버
둥거리다 몸이 굳어져 나를 참아낸다. 우리는 서로 다른 마음으
로 같이 누워 있다. 나는 그녀가 잠들기를 기다리고, 그녀는 내
가 가기를 기다리며.

나는 더듬더듬 부엌을 나와 내 침대로 간다. 나는 이 낯선 접
촉의 세계에서 최선을 다하고 있다.

204.　　　나는 헨드릭을 기다린다. 하루가 불안하게 지나간다. 펠트 저 멀리에서 집을 향해 오는 사람이 보인다. 처음에는 지평선 위의 자그맣고 흰 먼지구름이다가, 다음에는 움직이지 않는 다른 검은 점들을 배경으로 움직이는 검은 점이다가, 다음에는 오후의 더위 속에서 나를 향해 페달을 밟는 자전거를 탄 남자로 바뀐다. 나는 손을 맞잡는다.

이제 그는 자전거에서 내려 길과 강이 만나는 부드러운 모래 위로 자전거를 끌고 있다. 그는 꾸러미를 가져오는 듯 보인다. 하지만 더 가까이 다가올수록 꾸러미는 자전거 뒤에 묶어놓은 그의 웃옷이라는 게 점점 더 분명해진다.

그는 자전거를 맨 아랫계단에 기대놓고 나를 향해 걸어온다. 그는 네 겹으로 접은 한 통의 편지를 건넨다.

"헨드릭, 잘 다녀왔어? 힘들지? 먹을 걸 남겨놓았어."

"네, 아가씨."

그는 내가 읽기를 기다린다. 나는 편지를 펼친다. 하지만 그것은 맨 위에 '예금 인출'이라고 쓰인 양식에 불과하다. '예금주의 서명'이라는 글자 옆 여백에 연필로 ×가 그어져 있다.

"그들이 아무것도 안 줬어?"

"네, 아가씨. 아가씨는 제가 돈을 받을 거라고 했어요. 제 돈은 어디 있죠?" 그가 너무 가까이 다가서는 바람에 나는 의자에

옴짝달싹 못하고 갇힌다.

"헨드릭, 미안해, 정말 미안해. 하지만 달리 생각해볼 테니 걱정하지 마. 내가 내일 직접 가서 처리할게. 일단 해가 떨어지기 전에 당나귀를 들여놔야 해. 어디에서 풀을 뜯고 있는지 도무지 알 수가 없네." 말, 말들. 나는 내 위에 우뚝 서 있는 그의 분노의 벽을 밀쳐내려고 아무 말이나 계속한다.

나는 의자를 뒤로 밀치고 엉거주춤 일어선다. 그는 조금도 움직이지 않는다. 나는 돌아선다. 기운 셔츠, 번들거리는 피부, 햇빛과 땀 냄새가 스친다. 그는 나를 따라 안으로 들어온다.

205.   나는 식탁 위에 놓인 접시를 가리킨다. "여기 부엌에서 먹지그래?"

그는 덮개를 들추고 식은 소시지와 감자를 바라본다.

"차를 끓여줄게. 배가 고플 테니까."

그는 접시를 밀쳐버린다. 접시가 타일에 부딪쳐 깨지면서 음식이 사방으로 엎질러진다.

"당신!" 나는 소리를 버럭 지른다. 그는 내가 어떻게 하는지 보려고 쳐다본다. "대체 무슨 일이야? 왜 그렇게 화가 났는지 나한테 똑바로 얘기하지 못하는 이유가 뭐야? 저 음식 주워 담아, 내 집을 이렇게 난장판으로 만드는 건 용납 못 해!"

그는 식탁에 기대고 거칠게 숨을 몰아쉰다. 괜찮은 가슴팍, 강한 폐. 남자.

"아가씨는 거짓말을 했어요!" 나는 우리 사이의 공간에서 울리는 말소리를 듣는다. 가슴이 철렁 내려앉는다. 나는 누가 나한테 고함을 지르는 건 질색이다. 그것은 나를 무기력하게 만들 뿐이다. "아가씨는 우체국에 가면 돈을 줄 거라고 했어요! 자전거로 이틀이나 걸렸어요. 이틀씩이나요! 그런데 제 돈은 어디 있죠? 저는 어떻게 살아야 하죠? 식료품실은 텅 비었어요. 음식은 어디서 구해야 하죠? 하늘에서 떨어지나요? 나리가 계실 때 우리는 매주 먹을 걸 받았고, 매월 돈을 받았어요. 그런데 지금 나리는 어디 계시죠?"

그는 이렇게 해도 아무것도 얻을 수 없다는 걸 모르는 걸까? 내가 뭘 할 수 있겠는가? 나한테는 그에게 줄 돈이 없다. "당신은 떠날 수 있어." 나는 중얼거린다. 하지만 그는 듣지 않는다. 그는 내가 굳이 알아들으려 하지 않는 무겁고 검은 말을 쏟아내며 고래고래 소리를 지른다.

나는 돌아선다. 그가 달려들어 내 팔을 붙잡는다. "놔!" 나는 소리 지른다. 그는 나를 꽉 잡고 부엌으로 끌어당긴다. "안 돼, 잠깐만 기다려!" 그가 내 귀에 대고 씩씩거린다. 나는 첫번째로 내 눈에 들어온 포크를 집어들고 그를 향해 돌진한다. 포크 날이 그의 어깨를 스친다. 아마 포크는 살갗을 찌르지도 못했겠지만, 그는 깜짝 놀라 소리를 지르며 나를 바닥에 내동댕이친다. 나는 비틀비틀 일어난다. 주먹이 쏟아진다. 숨을 쉬기 어렵다. 너무 숨이 차다. 나는 머리를 감싸고 천천히 그리고 어정쩡하게 바닥으로 다시 넘어진다. "예스! 예스! 예스!" 헨드릭이 나를 때리며 말한다. 나는 손과 무릎으로 문을 향해 기어가기 시작한다. 그는 내 엉덩이를 세게 찬다. 뼈까지 울리는 남자의 무서운 발길질. 나는 몸을 움찔하면서 치욕감에 운다. "제발, 제발!" 나는 몸을 굴려 누운 채 무릎을 들어올린다. 암캐라면 분명 이런 자세를 취하리라. 그러나 그다음에 어떤 일이 일어날지 나는 알지 못한다. 그는 계속 내 허벅지를 발로 걷어찬다.

206.　　헨드릭이 그의 무겁고 검은 말들을 나한테 던지며 여전히 뒤에서 소리를 지른다. 하지만 부당한 대우를 받았다는 생각에 휘말린 남자의 악의를 더는 들어줄 수 없다. 나는 돌아서서 나간다. 두번째 걸음을 떼었을 때, 그가 내 팔을 잡아 홱 돌려세운다. 나는 몸부림친다. 처음 눈에 보인 포크를 집어들고 그의 어깨를 공격한다. 그것이 살갗을 찌르지도 않았는데, 그는 놀라서 숨을 헉헉거리며 온몸으로 나를 벽에 밀어붙인다. 포크가 떨어진다. 그의 골반이 나를 거세게 압박한다. "노!" 나는 말한다.

그가 내 귀에서 1인치밖에 떨어지지 않은 곳에서 으르렁거린다. "예스! 예스! 예스!" 나는 운다. 치욕스러운 상황이다. 어떻게 빠져나갈지 모르겠다. 무엇인가 내 안에서 늘어진다. 무엇인가 죽어가고 있다. 그는 몸을 굽히고 내 드레스 밑자락을 더듬어 찾는다. 나는 저항하지만, 그는 그걸 찾아낸다. 그의 손가락이 내 다리 사이로 들어온다. 나는 할 수 있는 한 최대한으로 다리를 조인다. "노, 제발, 안 돼. 제발, 이건 안 돼. 이것만은 안 돼. 헨드릭, 부탁이야, 뭐든 줄게, 이것만은 안 돼!" 나는 헐떡거리느라 머리가 어질어질하다. 별 소득 없이 그의 얼굴을 밀치고 또 밀친다. 그는 내 몸을 미끄러뜨리고 속바지의 고무줄을 잡아당기며 나를 할퀸다. "노! 노! 노!" 무서워서 기절할 것 같다. 이건 전혀 즐겁지 않다. "아, 헨드릭, 제발 놔줘. 나는 어떻게 하는지도 몰라!" 나는 무너진다, 어쩌면 기절한다, 내 허벅지를 잡은 그의 팔만이 나를 붙들어주고 있다. 그리고 나는 밀랍과 먼지 냄새를 맡으며 바닥에 누워 있다. 두려움 때문에 토할 것 같다. 팔다리가 흐느적거린다. 만약 이것이 내 운명이라면, 정말 역겹다.

일들이 나한테 일어나고 있다. 일들이 나한테 행해지고 있다. 그것들이 아득하게 멀리 느껴진다. 끔찍한 칼자국, 둔감한 수술. 소리가 분명하게 들린다. 빨아들이는 소리, 숨 쉬는 소리, 찰싹 대는 소리. "여기선 안 돼, 마룻바닥에서는 안 돼. 제발, 제발!"

그의 귀가 내 입술 가까이에 있다. 속삭이기만 해도 내 소리가 들릴 것이다. 그는 나를 마룻바닥에 눕히고 앞뒤로 계속 흔들어댄다. 머리가 마룻널에 닿을 때마다 낮게 쿵쿵거리는 소리가 난다. 냄새도 분명히 난다. 머리 냄새, 재 냄새. "아파…… 제발…… 제발 그만해……" 결국 이것이 사람들이 그걸 하는 방식인가? 그가 계속 헐떡거린다. 그는 내 귀에 대고 신음 소리를 낸다. 눈물이 내 목덜미로 흘러내린다. 그만둬! 그만둬! 그는 헐떡거리기 시작한다. 그리고 길게 몸을 떨더니 내 위에서 꼼짝 않는다. 그러더니 몸을 뺀다. 이제 나는 분명히 그가 내 안에 있었다는 걸 안다. 그가 빠져나오자 모든 아픔과 끈적거림이 시작된다. 그가 내 옆에서 바지 끈을 묶는 동안, 나는 손가락으로 사타구니를 누른다. 그것이 나한테서 새어나온다, 그의 씨가 분명한 이 자극적인 냄새의 액체가 내 허벅지 아래로, 내 옷으로, 마룻바닥으로 새어나온다. 그 모든 걸 어떻게 씻어낼 수 있을까? 나는 절망감에 흐느끼고 또 흐느낀다.

207.   그는 내 팔목을 꽉 붙잡고 온몸으로 나를 벽에 밀어붙인다. 포크가 바닥에 떨어지고, 그의 골반이 나를 세게 압박한다. "노!" 내가 말한다. "예스!" 그가 말한다. "예스! 예스!" 나는 흐느낀다. "당신은 나를 왜 그렇게 증오하지?" 나는 그에게

서 얼굴을 돌린다, 나도 어쩔 수 없다. "당신은 늘 나에게 상처를 줄 궁리만 했어. 내가 당신한테 뭘 잘못했기에 그러지? 모든 것이 잘못된 건 내 탓이 아니야. 당신 아내의 잘못이라고, 그 여자의 잘못이고 내 아버지의 잘못이야. 그리고 당신한테도 잘못이 있어! 당신은 어디서 멈춰야 할지를 몰라! 그만해! 그러지마, 아프단 말이야! 제발 그만해! 왜 나를 아프게 하지? 어째서나를 이렇게 아프게 하냐구. 제발! 제발 마룻바닥에서 이런 식으로 하지 마! 헨드릭, 나를 놓아줘!"

208.   그는 침실 문을 닫고 앞에 선다. 이 낯선 사람이 말한다. "옷 벗어!" 그는 강제로 내 옷을 벗긴다. 내 손가락에는 감각이 없다. 나는 떨고 있다. 나는 쉴새없이 혼잣말을 중얼거린다, 하지만 그는 자기 생각에 빠져 있다. 내 말을 듣지 않는다. "당신은 나한테 소리치는 것밖에 할 줄 몰라. 나한테 얘기하는법이 없지. 당신은 나를 증오해……" 나는 그에게 등을 돌리고우아하지 못한 동작으로 드레스와 페티코트를 벗는다. 이것이나의 운명이다, 이것이 여자의 운명이다. 나는 내가 한 것 이상은 할 수 없다. 나는 나의 빈약하고 작은 젖가슴을 감싸면서 그에게 등을 돌리고 침대에 눕는다. 신발 벗는 걸 잊었다! 이제 너무 늦었다. 일들이 처음부터 끝까지 진행될 것이다. 나는 마지막

에 혼자 남아 수없이 많은 시간 속에서, 이 이상한 오후가 내 삶에 흩어놓은 조각을 그러모으며 내가 누구인지 다시 찾기 시작할 때까지 그저 참아야 한다.

209.　　그는 내 속바지를 잡아당긴다. 속바지가 그의 구두 단추에 걸려 찢어진다. 여자인 나의 할 일이 하나 더 는 셈이다. "벌려." 그가 나에게 던진 첫마디다. 하지만 내 몸은 차갑다. 나는 고개를 저으며 몸을 오그린다. 모든 것을 오그린다. 나는 그에게 줄 게 아무것도 없다. 나는 설득의 단계를 넘어서 있다. 눈물조차 까칠까칠한 눈까풀 뒤에서 나올 길을 찾지 못한다. 그는 나를 부수고 열어야 할 것이다. 나는 조가비처럼 딱딱하다. 그를 도와줄 수 없다. 그는 강제로 내 무릎을 벌리고, 나는 몇 번이고 거듭해 다시 무릎을 오그린다.

　그는 공중으로 내 다리를 들어올린다. 나는 몸이 굳어지며 치욕감에 소리를 지른다. 그가 말한다. "두려워하지 마." 이것이 그의 말일까? 그의 혀는 두툼하다. 갑자기 그의 머리가 내 허벅지 사이로 들어온다. 내 몸이 그의 까칠까칠한 머리에 밀착된다. 나는 꿈틀거린다. 하지만 그는 안으로 파고든다. "아아……" 나는 소리를 지른다. 굴욕은 끝이 없다. 나는 젖어 있다. 역겹다. 그의 침 때문에 그런 게 틀림없다. 그가 거기에 침을 뱉은 게 틀림없다. 나는 흐느끼고 또 흐느낀다.

그는 내 다리를 잡아 벌리고 들어온다. 그가 말한다. "아프지 않을 거야."

그는 강제로 내 속으로 밀고 들어왔다. 나는 이쪽저쪽으로 몸을 비틀며 운다. 하지만 그는 무자비하다. 그는 내 젖가슴도 드러내고 나를 압박한다. 그는 내 귀에 대고 헐떡거리면서 점점 더 안으로 밀고 들어온다. 이것은 언제 끝날까? 그가 거칠게 말한다. "누구나 이걸 좋아하지." 이건 그의 말일까? 무슨 의미일까? "꼭 잡아!" 뭘? 침대의 이음새가 모두 삐걱거린다. 이건 싱글 침대이고 소파다. 이걸 위해 만들어진 게 아니다. 그는 내 허파에서 숨을 빨아낸다. 내 귀에 대고 신음하며 씩씩거린다. 그는 돌처럼 이를 간다. "누구나 이걸 좋아한다고?" "누구나 이걸 좋아한다고?" 사람들이 그렇게 침범당할 수 있을까? 하지만 어떤 것에? 전율이 그의 머리에서 발끝까지 흐른다. 나는 그것을 분명히, 다른 어떤 것보다 분명히 느낀다. 이것이 그 행위의 절정인 게 틀림없다. 나는 이걸 안다, 동물에게서 본 적이 있다. 그것은 어디서나 똑같다, 끝났다는 의미다.

210.　　그는 내 옆에 누워 코를 골며 잔다. 나는 그의 손에 잡힌 손으로 남자의 은밀한 부분을 가린다. 하지만 나의 신경은 무

려져 있다. 나는 호기심이 없다. 축축함과 부드러움만 느껴질 뿐이다. 나는 그를 건드리지 않고 녹색 이불을 끌어당겨 몸을 덮는다. 나는 이제 여자일까? 이것이 나를 여자로 만들어줬을까? 그렇게 많은 미세한 일, 행위, 연이어 일어난 움직임, 이쪽저쪽으로 뼈를 잡아당기는 근육, 이 모든 것의 결론은 내가 드디어 여자가 되었다고 말할 수 있다는 것이다. 아니, 나는 여자가 된 걸까? 손가락이 뾰쪽한 포크를 움켜쥔다. 날이 번쩍이며 기운 셔츠에 박히고 살갗 속으로 들어간다. 피가 흐른다. 두 팔이 실랑이를 벌인다. 포크가 떨어진다. 몸이 몸 위에서 밀치고 또 밀치면서 안으로 들어가는 길을 찾으려고 한다. 모든 곳이 움직인다. 하지만 이 몸은 내 안에서 뭘 원하는 걸까? 이 남자는 내 안에서 뭘 찾으려는 걸까? 그는 깨어나면 다시 하려고 할까? 그는 잠 속에서 더 깊은 침략과 소유를 계획하는 걸까? 언젠가 그는 그의 나머지 부분을 내 배 속에 밀어넣고, 내 두개골 안에 그의 두개골이, 나의 손발 안에 그의 손발이, 내 골격 안에 그의 골격이 들어앉기를 바라는 걸까? 그는 나에게 무엇을 남겨놓을까?

211.　　내가 이 남자 옆에서 눈물과 피를 흘리는 동안, 남은 오후 시간은 빠르게 지나간다. 나는 아직 걸을 수 있으므로, 아직 얘기할 수 있으므로, 만약 지금 일어나서 걷는다면, 만약 헝클어

진 머리와 늘어진 엉덩이와 불결한 것으로 더럽혀진 허벅지로 베란다에 나간다면, 만약 빛 속으로 나간다면, 구석에서 자라는 검은 꽃인 나는, 머리가 어질어질하긴 하겠지만, 그 모든 것에도 불구하고 여느 날과 다름없는 오후가 될 것이라고 확신한다. 매미는 여전히 울음을 그치지 않을 것이고, 아지랑이는 여전히 지평선에서 아른거릴 것이고, 태양은 여전히 무겁고 무심하게 내 살갗에 내리쬘 것이다. 나는 이제 모든 걸 치렀다. 어떤 천사도 그걸 막으려고 벼락을 내리지 않았다. 이쪽 하늘에는 천사가 없는 것처럼 보인다. 이쪽 세계에는 하느님도 없는 것처럼 보인다. 태양만 있을 뿐이다. 나는 사람들이 여기에 살기로 예정되어 있었다고 생각하지 않는다. 이곳은 모래를 먹고 서로의 시체에 알을 까고 죽을 때 소리를 지를 목소리도 없는 벌레들을 위한 땅이다. 부엌에서 칼을 가져와 나를 불쾌하게 만든 이 남자의 신체 부위를 잘라내는 일은 전혀 힘들지 않을 것이다. 모든 게 어디에서 끝날까? 이제 나를 위해 남은 것은 무엇일까? "이제 됐어!"라고 말할 수 있을 때는 언제일까? 나는 종말을 간절히 바란다. 나는 누군가의 품에 안겨 위로받고 귀염받고, 그만 움직여도 된다는 말을 듣기를 갈망한다. 나는 동굴을 원한다, 안으로 들어갈 수 있는 구멍 말이다. 나는 끝없이 나에게서 흘러나오고 나에게로 흘러드는 이 지껄임으로부터 귀를 막고 싶다. 나는 다른 어딘가에 있는 집을 원한다. 다른 몸이 없어서 그것이 이 몸 안이어야 한다면 다른 조건이어야 한다. 그러나 내가 좋아하는 몸이 있긴 하다. 내 목을 스스로 따지 않는 한 나는 이 말들을 멈출 수 없다. 나는 클라인 안나의 몸속으로 기어 들어가고 싶다. 그녀가 자는 동안 그녀의 목구멍을 타고 내려가고 싶다. 그래서 나 자신을 그녀 안에 부드럽게 펼치고 싶다. 그녀의 손안에 내 손을, 그녀의 발 안에 내 발을, 비누와 밀가루와 우유의 이미지가 순환하는 그녀의 두개골의 온화한 정적 속에 내 두개골을 펼치고, 그녀의 구멍들에 내 몸의 구멍들을 밀어넣고, 거기로 들어오는 것이 무엇이든 무심하게 기다리고 싶다. 그것이 새의 노래든, 똥 냄새든, 이번에는 화내지 않고 부드럽게 내 따뜻한 피 속에서 흔들리며 미끈미끈한 씨로 나를 씻기고 내 동굴 안에서 잠드는 남자의 일부분이든, 아무 생각 없이 기다리고 싶다. 그의 잠자는 손가락에 덮인 내 손가락이 이 부드러운 것을, 가능한 한 오랫동안 이름이 무엇인지 알고 싶지 않은 이 부드러운 것을 애무하는 법을 배우기 시작하면서 나도 잠들고 싶다.

212.　　그는 내 손을 밀치고 일어나 앉는다.

"잘 자던데." 이건 나의 말이다. 나에게서 나온 부드러운 말. 이 얼마나 낯선가. 말이 저절로 나왔다. "제발 나한테 더는 화내지 마. 아무 말도 하지 않을게." 나는 몸을 돌려 그를 빤히 쳐다본다.

그는 손으로 얼굴을 비비고 나를 넘어가더니 바지를 찾는다. 나는 팔꿈치를 괴고 남자가 민첩하게 옷을 입는 모습을 지켜본다.

그는 방을 나선다. 잠시 후에 그의 자전거 타이어가 자갈을 구르는 소리가 들린다. 그가 멀어질수록 점점 더 부드러워지는 그 소리.

213.　　　나는 열려 있는 오두막 문을 두드린다. 나는 깨끗이 씻은 뒤다. 얼굴은 깨끗하고 부드러운 느낌이다. 안나가 장작을 한 아름 들고 내 뒤에서 나타난다.

"안녕, 안나. 헨드릭 집에 있어?"

"네, 아가씨. 헨드릭! 아가씨가 오셨어요!"

그렇다면 그녀는 아무것도 모르고 있다. 내가 그녀를 향해 미소 짓자 그녀는 움찔한다. 시간이 걸리겠지.

헨드릭은 문간 그늘 쪽에 서 있다.

"헨드릭, 이제부턴 안나하고 집에 와서 자줬으면 좋겠어. 혼자 있으니 신경이 너무 예민해지네. 제대로 된 침대를 마련해줄게. 다시는 마룻바닥에서 잘 필요 없을 거야. 사실 객실에서 못 잘 이유도 없잖아. 필요한 건 모두 가지고 와, 오고 갈 필요 없게."

그들은 내가 서서 기다리는 동안 눈길을 교환한다.

"알았어요, 갈게요." 헨드릭이 말한다.

214.   우리 세 사람은 촛불을 밝혀놓고 부엌 식탁에 둘러앉아 안나와 내가 만든 수프를 먹는다. 그들은 이곳에서의 입지가 불확실하고 나의 습관도 잘 몰라서 그런지 어색하게 먹는다. 안나는 눈을 내리깐다. 헨드릭은 농장에 관한 내 질문에 옛날처럼 무뚝뚝하게 대답한다.

215.   나는 접시를 씻고 안나는 물기를 닦는다. 우리는 능숙하게 같이 일한다. 그녀는 자신의 손이 할 일이 없을 때를 두려워한다. 나는 그녀가 일반적인 표현에 익숙해지도록 질문을 적게 하고 수다를 더 떨기로 결심한다. 우리의 몸이 스칠 때, 나는 움찔하지 않으려고 주의한다.

헨드릭은 어둠 속으로 사라졌다. 남자들은 어둠 속에서 걸으며 뭘 할까?

216.   우리는 객실 침대 두 개에 시트와 담요를 말끔하게 깐다. 그리고 침대를 밀어서 붙인다. 나는 요강이 있는지 확인한다. 나는 주전자에 물을 채운다. 빼먹은 것도 없고, 동기가 불순

하지도 않다. 미지의 곳 한복판에서, 생명이 없는 이곳에서 나는 새롭게 시작한다. 그게 아니라면 그러한 몸짓을 한다.

217.　　헨드릭은 깊은 밤중에 내 침대로 들어와 나를 취한다. 아프다. 나는 아직 미숙하다. 하지만 나는 긴장을 풀고, 아직 감을 잡을 수는 없지만 그 느낌을 이해하려 노력한다. 내 안의 무엇이 그를 흥분시키는지 모르겠다. 만약 그 원인을 알게 된다면, 머지않아 그것이 더 좋은 상태로 바뀌었으면 싶다. 나는 그의 품에 안겨 자고 싶다. 누군가 다른 사람의 품에 안겨 자는 것이 가능한지 보고 싶다. 하지만 그것은 그가 원하는 게 아니다. 나는 아직 그의 씨 냄새를 좋아하지 않는다. 여자라면 그것에 점점 익숙해져가는 걸까 궁금하다. 어떠한 일이 있더라도 안나가 아침에 이 침대를 정돈하게 해서는 안 될 것이다. 나는 피 묻은 시트를 소금으로 문질러 어디에 넣어두거나 조용히 불태워야 한다.

헨드릭이 일어나 어둠 속에서 옷을 입는다. 나는 한숨도 자지 못했다. 이른 아침이다. 기진맥진해 머리가 어지럽다.

"헨드릭, 내가 잘하고 있는 거야?" 나는 침대 밖으로 몸을 내밀어 그의 손을 잡는다. 나는 내 목소리에서 내가 변하고 있다는 걸 알 수 있다. 그도 알고 있음이 분명하고. "헨드릭, 나는 아무것도 몰라. 이해하지? 나는 내가 잘하고 있는지 알고 싶어. 제발 나를 조금만 도와줘."

그는 기분 나쁘지 않게 내 손가락을 떼어내고 떠난다. 나는 벌거벗은 채 누워서 날이 밝기 이전의 시간을 최대한 활용하여 생각하고, 또 다가올 밤을 준비한다.

218.　"헨드릭, 행복해? 내가 당신을 행복하게 해주는 거야?" 나는 손가락으로 그의 얼굴을 더듬는다. 그가 내게 허용하는 것이다. 그의 입은 웃지 않지만, 웃는 입만이 행복의 표시는 아니다. "우리가 하는 것이 좋아? 헨드릭, 나는 아무것도 몰라. 당신이 우리가 하는 것을 좋아하는지 모르겠어. 내가 하는 말을 이해하겠어?"

나는 그를 쳐다보고 싶다. 그가 옛날처럼 나를 경계의 눈으로 쳐다보는지 알고 싶다. 그의 얼굴은 날마다 더욱 모호해져간다.

나는 그에게 기대 머리칼을 흔들어 그를 쓰다듬는다. 그는 그걸 좋아하는 것 같다. 그가 내게 허용하는 것이다. "헨드릭, 촛불을 켜면 어떨까? 딱 한 번만. 당신은 밤에 귀신처럼 오잖아. 그게 정말 당신인지 내가 어떻게 알겠어?"

"그럼 누구겠어요?"

"아무도…… 나는 단지 당신이 어떻게 생겼는지 보고 싶을 뿐이야. 그래도 될까?"

　"아니, 안 돼요!"

219.　　어떤 밤에는 그가 오지 않는다. 나는 옷을 벗고 누워 기
다리다 얕은 잠에 들었다 문득 깨어나 새벽을 알리는 새소리를
듣고 신음한다. 이것도 여자들에게 일어나는 일이다. 그들은 오
지 않는 남자를 기다리며 누워 있다. 나는 그것에 대해 읽은 적
이 있다. 그러니 내가 모든 것을 처음부터 끝까지 경험하지 않는
다고는 말할 수 없을 것이다.

　나는 잠이 부족해 무기력해진다. 오후에 느닷없이 잠에 빠진
다. 아무 의자에서나 잠들었다가 덥고 정신없는 상태로 깨어난
다. 내 귀에는 코고는 소리의 마지막 가느다란 울림이 남아 있
다. 그 두 사람은 이런 나의 모습을 볼까? 그들은 나에게 손가락
질하고 웃으면서 살금살금 자기들의 일을 할까? 나는 수치심에
이를 간다.

220.　　먹는 것이 형편없다. 더 마르는 게 가능하다면, 나는 더
마르고 있다. 나는 목둘레에 난 발진 때문에 고생한다. 나에겐
그를 유혹할 아름다움이 없다. 어쩌면 이것이 그가 촛불을 켜지
못하게 하는 이유다. 어쩌면 그는 나를 보면 성욕이 사라질 거라

고 생각하는지 모른다. 나는 무엇이 그를 즐겁게 하는지 알지 못한다. 그가 나를 취할 때 내가 움직이기를 바라는지 아니면 가만히 누워 있기를 바라는지 모른다. 나는 그의 살을 어루만지지만 그에 대한 반응을 전혀 느끼지 못한다. 그가 내게 머무는 시간이 점점 더 짧아진다. 내 안에 쏟는 데 일 분밖에 걸리지 않을 때도 있다. 그는 셔츠를 벗지 않는다. 나는 이런 종류의 행위를 하기에는 너무 메마른 사람이다. 흘러야 하는 시내가 오래전에 말라붙어버린 너무 늦은 나이에 그걸 시작했다. 나는 문소리가 나면 내 몸을 촉촉하게 만들려고 하지만 늘 그렇게 되지는 않는다. 나는 솔직히 그가 왜 자기 아내의 침대를 떠나 나한테 오는지 알수 없다. 때로는 그가 옷을 벗을 때면 그녀의 비릿한 냄새가 난다. 나는 그들이 매일 밤 사랑을 한다고 확신한다.

221.　　그는 내 몸을 돌리고 동물처럼 뒤에서 그 행위를 한다. 나의 추한 엉덩이를 그에게 들어올려야 할 때, 모든 것이 내 안에서 죽는다. 치욕스럽다. 종종 그가 원하는 것은 나의 치욕이라고 생각될 때가 있다.

222.　　"헨드릭, 조금만 더 있어. 얘기 좀 하면 안 돼? 우리는 서로에게 얘기할 틈이 거의 없잖아."

"쉿, 그렇게 큰 소리 내지 말아요, 안나가 우리 말소리를 들을 거예요!"

"그녀는 어린애야. 푹 잠들어 있어! 알게 될까봐 신경 쓰여?"

"아뇨. 지가 뭘 어쩌겠어요? 갈색 인간이 뭘 할 수 있겠어요?"

"제발 그렇게 비꼬지 마! 내가 무슨 짓을 했다고 그렇게 비꼬는 거야?"

"아무것도 안 했어요, 아가씨."

그는 쇠처럼 단단한 몸을 침대 밖으로 빼낸다.

"헨드릭, 가지 마! 나는 피곤해, 뼛속까지 피곤해. 모르겠어? 내가 원하는 건 우리 사이의 작은 평화뿐이야. 너무 많은 걸 바라는 것도 아니잖아."

"네, 아가씨." 그리고 그는 가버린다.

223.　　채워야 할 나날도 있다, 아무런 목적이 없는 나날들. 우리 셋은 이 집 안에서 우리의 진정한 길을 찾을 수 없다. 나는 헨드릭과 안나가 손님인지 침략자인지 죄수인지 모르겠다. 나는 더이상 전처럼 내 방에 들어앉아 있을 수 없다. 안나가 집 안에서 혼자 힘으로 살아가도록 놔둘 수 없다. 나는 그녀의 눈을 지켜보며, 그녀가 밤에 벌어지는 일을 알고 있다는 사실을 드러내길 기다린다. 하지만 그녀는 나를 쳐다보지 않으려 한다. 우리는

여전히 부엌에서 같이 일한다. 그것 말고 내가 그녀에게 뭘 기대할 수 있는가? 집을 반들반들하게 청소해야 하는 사람은 그녀일까? 혹은 그녀가 지켜보는 가운데 내가 해야 하는 걸까? 우리는 이상적인 하인처럼 같이 무릎을 꿇고 마룻바닥을 닦아야 하는 걸까? 그녀는 자기만의 느슨한 방식과 편안한 냄새가 있는 자기 집으로 돌아가고 싶어한다. 그녀를 여기에 붙잡아두는 것은 헨드릭이다. 그녀는 헨드릭과 둘이서만 있고 싶은 게 틀림없다. 하지만 헨드릭은 내가 그녀와 헨드릭을 원하는 것처럼 그녀와 나를 원한다. 나는 어떻게 문제를 해결해야 할지 모른다. 불균형이 사람들을 불행하게 만든다는 것 말고는 아무것도 모른다.

224.　　안나는 자기를 지켜보는 내 눈길에 괴로워한다. 그녀는 고무나무 그늘에 놓인 낡은 의자에 편하게 같이 앉자고 하자 괴로워한다. 특히 내가 건네는 말에 괴로워한다. 나는 더이상 그녀에게 질문을 하지 않는다. 그래야 한다는 것쯤은 알기에 나는 그녀에게 그저 얘기를 한다. 하지만 나는 말에 소질이 없다. 일화도 모르고 잡담도 모른다. 나는 평생 혼자 살아왔다. 얘기해줄 만한 경험이 나한테는 없다. 나의 말은 때때로 재잘대는 소리에 불과하다. 때때로 나는 스스로를 그녀에게 재잘대면서 인간의 언어를 서서히, 아주 서서히 아주 큰 값을 치르면서 배우는 따분

한 아이라고 생각한다. 그녀의 말은 마지못해 나온다.

225.　　나는 초록 무화과 열매를 절일 때가 됐다고 말한다. 나는 기분이 좋다. 내가 좋아하는 때이기 때문이다. 하지만 안나를 침울한 기분에서 벗어나도록 해줄 수는 없다. 우리는 늘어선 나무를 따라 움직인다. 나는 제일 작은 무화과 열매만 따고 익기 시작한 것은 따지 말라고 안나에게 말한다. 내 바구니에 다섯 개가 들어갈 때 그녀의 바구니에는 한 개가 들어간다. 우리는 부엌 식탁에 무화과 열매를 늘어놓는다. 나는 그녀에게 말한다. 설탕이 가운데에 들어가도록 이렇게 자그맣게 십자모양으로 잘라. 나의 손가락은 민첩하다. 그녀의 손가락은 둔하다. 그녀는 천천히 일한다. 도움이 안 된다. 그녀는 무릎에 손을 놓고 한숨을 쉰다. 나는 식탁 건너에서 무화과 열매가 담긴 접시 너머로 그녀를 바라본다. 그녀는 나와 눈을 마주치려 하지 않는다.

　"얘, 안 좋은 일이라도 있니?" 내가 묻는다. "얘기해봐, 내가 도와줄 수 있을지 모르잖아."

　그녀는 처량하고 바보스럽게 고개를 젓는다. 그리고 무화과 열매 하나를 집어 껍질을 벗긴다.

　"안나, 외롭니? 네 가족이 보고 싶어?"

　그녀는 천천히 고개를 젓는다.

나는 이렇게 하루를 보낸다. 바뀐 건 없다. 그것이 무엇이든, 내가 바라는 것은 오지 않는다.

226.　　나는 안나 뒤에 선다. 나는 그녀의 어깨를 만진다. 그녀의 드레스 목덜미 안으로 손을 넣어 깨끗하고 어린 뼈를 어루만진다. 쇄골, 어깨뼈. 이런 이름은 그것의 아름다움에 대해 아무것도 얘기해주지 않는다. 그녀는 고개를 숙인다.

"나 역시 슬플 때가 있어. 우리가 그런 느낌을 받는 건 주변 환경 때문이야." 나의 손가락이 그녀의 목, 턱, 관자놀이를 어루만진다. "신경 쓰지 마. 곧 괜찮아질 거야."

사람은 욕망을 갖고 뭘 하지? 나의 눈이 기묘한 돌, 아름다운 꽃, 낯선 벌레 같은 대상에 하릴없이 머문다. 나는 그것들을 집어 집으로 가져와 저장한다. 한 남자가 안나에게 오고 나에게 온다. 우리는 그를 꺼안고, 우리 안에 잡아둔다. 우리는 그의 것이고 그는 우리의 것이다. 나는 조상들이 좋은 땅이라고 생각해 울타리를 친 태곳적 땅의 상속자다. 우리는 욕망이 자극하면 한 가지 반응밖에 못한다. 사로잡고, 에워싸고, 잡아두는 것. 하지만 우리의 소유는 얼마나 진정한 것인가? 꽃은 먼지로 변하고, 헨드릭은 몸에서 나와 떠난다. 땅은 울타리에 대해 아무것도 모른다. 돌은 내가 바스러질 때 여기에 있을 것이다. 내가 삼키는 음식은 나를 통과해 지나간다. 나는 욕망의 영웅 중 하나가 아니다. 내가 원하는 것은 영원하거나 획득할 수 없는 게 아니다. 내가 소심하게, 의심스럽게, 까다롭게 묻고 싶은 것은 그것의 끝이 욕망하는 대상의 소멸일 수도 있기 때문에 공허한 게 분명한 일에서, 욕망의 대상을 소유하려는 노력 말고 욕망과 관계된 어떤 것이 있지 않느냐 하는 것뿐이다. 여자가 여자를 욕망할 때, 두 개의 구멍과 두 개의 공허가 서로를 욕망할 때, 내 질문은 얼마나 더 예리해질 것인가. 만약 그게 나라면, 그녀도 그러할 것이기 때문이다. 공허 혹은 껍질, 아무것도 채우지 못하는 세계에서 채워지기를 바라는 공허 위의 얇은 막, 이러한 해부학적 구조는 운명이다. 나는 그녀에게 말한다. "안나, 내 기분이 어떤지 알아? 거대한 공허 같아, 거대한 부재로 채워진 공허, 채워지고 충족되고자 하는 욕망의 부재 말이야. 하지만 동시에 나는 아무것도 나를 채워주지 못하리라는 걸 알아. 욕망하는 것이 영원한 삶의 원리이기 때문이야. 그렇지 않으면 삶은 끝날 테니까. 완전한 충족은 없어. 아무것도 욕망하지 않는 건 돌밖에 없어. 하지만 돌 안에도 우리가 찾아내지 못한 구멍들이 있을지 모르지."

나는 그녀에게 기댄다. 그녀의 팔을 어루만진다. 그녀의 늘어진 손을 내 손에 쥔다. 그녀가 원하는 건 이야기인데, 그녀가 얻는 건 소박한 식민지 철학, 즉 그 뒤에 역사가 없는 말들이다. 나는 어떻게 할아버지가 벌을 피해 달아나다 모자를 잃어버리고 다시는 찾지 못했는지, 왜 달이 차고 기우는지, 산토끼가 어떻게 자칼을 속이는지 등 실제 있었던 옛날이야기를 들려주며 이 아이를 행복하게 해줄 여자를 상상할 수 있다. 하지만 나의 말들은 어딘지 모르는 곳에서 와서 어딘지 모르는 곳으로 간다. 그것은 과거도 없고 미래도 없다. 그것은 아무도 만족시키지 못하고 끝이 없는 황량한 현재 속에서 휘파람 소리를 내며 평원을 가로지른다.

227.　　손님들이 왔다.

　안나가 내 머리를 깎아주는 중이었다. 나는 서늘한 아침 공기 속에서, 부엌 밖에 놓인 걸상에 앉아 있었다. 지하에서 펌프가 돌아가는 둔탁한 소리가 산들바람에 실려왔다. 뭔가를 환기시키는 익숙한 소리로 가득한 세계 속의 또다른 소리. 나는 이와 같은 세계에 눈이 멀고 행복한 자신에 대해 상상해볼 수 있다. 해를 향해 얼굴을 들어올리고 햇볕을 쬐면서 먼 곳에서 들려오는 소리에 귀를 기울이는 자신을 상상해볼 수 있다. 내 말에 고분고분한 안나. 그녀의 가위가 나의 목덜미에서 서늘하게 미끄러진다.

　그때 갑자기 텅 빈 문간이 소란스러워진다. 그곳이 내 눈 앞에서 갈색이 되었다 회색이 되었다 검정색이 되었다 하면서 평정을 잃고 가라앉는다. 헨드릭이 왔다 간다. 그의 바짓가랑이가 서로 부딪고, 그의 발바닥이 자갈을 밟는 소리가 들리고, 안나가 몸을 숙이고 급하게 그를 따라 달려가고, 빗과 가위가 흩어지고, 정지 상태가 과도기도 없이 움직이는 상태로 변한다. 나와 함께 한 그녀의 모든 삶이 달음질치는 삶으로부터 빼앗고 훔치고 동결시킨 순간에 지나지 않았던 것처럼. 내가 일어서기도 전에 그들은 양털을 깎는 축사 벽 뒤를 지나고, 마차고를 지나 강바닥으로 통하는 비탈길로 내려가버린다.

나는 어깨에 식탁보를 두르고 반쯤 깎인 머리를 손으로 쥐고 집에서 나와 말을 탄 두 낯선 남자와 대면한다. 불리한 위치일 수밖에 없는 사람은 단정치 못한 모습으로 깜짝 놀란 나다. 하지만 그렇게 놔둘 수는 없다. 그들은 내 땅에 들어왔다. 나를 방해했다. 사과하고 무슨 일 때문에 왔는지 설명해야 하는 건 그들이다.

"아닙니다." 나는 그들에게 무뚝뚝하게 말한다. "오늘 아침에 나가셨습니다…… 아니, 어디 가신지는 모릅니다…… 하인하고 같이 나가셨습니다…… 아마 늦으실 겁니다. 늘 늦게 들어오십니다."

그들은 부자 간인 이웃이다. 마지막으로 이웃을 본 게 언제였더라? 본 적은 있던가? 그들은 왜 왔는지 말하지 않는다. 그들은 남자들의 일로 온다. 그러니 울타리가 넘어졌는지, 개떼가 풀어져 있는지, 양 사이에 전염병이 도는지, 메뚜기가 극성을 부리는지, 양털 깎아주는 사람들이 오지 않았는지, 그런 것에 관해 나한테는 얘기하지 않을 것이다. 이러한 재난이 정말로 닥친다면 나는 어떻게 혼자서 대처할 것인가? 헨드릭을 십장으로 삼으면, 나의 꼭두각시인 척하는 그의 뒤에 엄격한 모습으로 서서 농장을 운영할 수 있을까? 농장 둘레에 철조망을 쳐버리고, 문을 잠그고, 양을 다 죽여버리고, 농장을 운영하는 시늉을 그만두는 게 더 낫지 않을까? 내가 어떻게, 내가 명백하게 그렇지 않은데도 그들과 같은 사람이라고 이 완고한 사람들을 납득시킬 수 있을까? 그들은 쓸데없는 용건으로 멀리까지 말을 타고 왔다. 그들은 내려서 음료수를 마시라고 권하기를 기다린다. 하지만 나는 계속 침묵을 지키며 인상을 쓰고 서 있다. 결국 그들은 눈길을 교환하고 모자에 가볍게 손을 댄 뒤 말을 돌려세운다.

지금은 시련의 시기다. 더 많은 사람들이 찾아올 것이고, 더 대답하기 곤란한 질문을 할 것이다. 넙죽 엎드려 울어버리고 싶은 유혹이 많을 것이다. 옛날이 얼마나 목가적으로 보이는지 그리고 다른 면에서 보자면 철조망 뒤 정원에서의 미래가 얼마나 유혹적인지! 나는 이 두 이야기로 스스로를 위로한다. 솔직히 말하면, 과거도 미래도 없고 내가 영원한 현재에 살고 있다는 게 두렵다. 그 영원한 현재 속에서 나라는 존재가 단단한 몸집의 남자 밑에 깔려 신음하든 혹은 내 귀에 닿는 가윗날의 으스스함을 느끼든, 죽은 사람의 몸을 씻기든 혹은 고기를 손질하든 상관없이 이 모든 거대한 우주가 그 주변을 회전하는 머뭇거리는 북극성일까봐 두렵다. 나는 억압받지만 소유당하지는 않는다. 나는 뚫리지만 내 중심은 만져지지 않는다. 나는 마음속에선 여전히 옛날처럼 사나운 버마재미 처녀다. 헨드릭은 나를 취할 수 있지만, 나를 잡고 있는 그를 잡고 있는 건 나다.

228. "그들은 다시 올 거예요! 그런 사람들을 속일 수는 없어요! 그들은 돌아가신 나리가 와주기를 바라고 있어요. 나리가 가지 않으면 뭔가 잘못됐다는 걸 눈치챌 거예요!"

그는 램프불이 환한 곳으로 휘적휘적 들어왔다 나간다. 그는 폭풍우를 몰고 밤에 돌아왔다. 이제 나는 정말로 우리가 얼마만큼 가까워졌는지 알 수 있다. 그는 내 앞에서도 모자를 쓰고 있는 것에 익숙해졌다. 주먹으로 손바닥을 치며 화를 내고 얘기하면서 날뛰는 것에도 익숙해졌다. 그의 몸짓은 분노를 표현할 뿐 아니라 자신의 분노를 마음대로 보여주는 남자의 자신감도 표현한다. 흥미롭다. 그가 내게 보여준 감정은 분노였다. 그것이 내 몸이 그에게 갇혀 있는 이유다. 사랑받지 못해서, 내 몸은 사랑스럽지 않았다. 하지만 내 몸이 증오의 대상일까? 그가 내내 하려고 했던 것은 무엇일까? 나는 그가 내 몸에서 뭔가를 강제로 짜내려 한다는 걸 안다. 하지만 나는 너무 완강하고, 너무 서툴고, 너무 둔하고, 너무 김빠지고, 너무 지치고, 그의 강렬하고 시큼한 씨의 흐름에 너무 놀란 상태다. 나는 그가 뭔가 다른 것을 원했을 때 이를 악물고 그에게 달라붙기만 했다. 그는 어쩌면 내 심장에 손을 대려 했는지 모른다. 내 심장에 손을 대어 나를 부들부들 떨게 하고 싶었는지 모른다. 나는 사람이 다른 사람 속으로 얼마나 깊이 들어갈 수 있는지 궁금하다. 그가 나한테 그걸 보여줄 수 없다는 게 참으로 유감이다. 그에게는 수단은 있지만 말이 없고, 나에게는 말은 있지만 수단이 없다. 나의 말이 미치지 않는 곳이 없을까봐 두렵다.

"조만간 그들이 돌아올 거예요. 당신이 생각하는 것보다 빨리 다른 사람들과 함께, 다른 모든 농부와 함께 돌아올 거란 말이에요. 그들은 대저택에서 당신이 하인과 함께 살고 있는 걸 보게 되겠죠. 그러면 우리가 고통을 당하게 될 거예요. 당신이 아니라 안나와 내가요! 그들은 틀림없이 돌아가신 나리에 대해서도 알게 될 거예요! 전에 있던 늙은 안나가 오랫동안 이야기를 퍼뜨렸어요. 나리가 내 아내와 관계를 가졌다는 사실을 모든 사람이 알아요. 그들은 내가 나리를 쏴 죽였다고 할 거예요. 누가 내 말을 믿어주겠어요. 누가 갈색 남자의 말을 믿겠냐구요. 그들은 나를 목매달아 죽일 거예요! 나를! 아뇨, 나는 떠나겠어요, 내일 떠나겠어요. 이곳에서 나가겠어요. 내일 밤쯤에는 멀리 있겠죠. 케이프로 가고 싶어요!"

"헨드릭, 우리 잠시 차분하게 얘기 좀 해. 앉아봐. 당신이 그런 식으로 길길이 날뛰면서 화를 내면 머리가 혼란스러워. 우선 나한테 당신이 하루 종일 어디에 있었고 안나는 지금 어디에 있는지 말해봐."

"안나는 집에 있어요. 우리는 여기서 더는 자지 않을 거예요."

"당신도 여기서 자지 않겠다고? 이 집에서 나 혼자 자야 한다고?"

"우리는 여기서 안 자요."

"헨드릭, 당신은 내게 상처를 주고 있어. 당신은 내게 상처를 줄 힘이 있다는 걸 알고, 매번 그 힘을 사용하지. 정말 내가 당신을 경찰에 넘길 거라고 생각해? 내가 내 죄를 인정하지 않을 정도로 줏대 없는 사람이라고 생각하는 거야? 그렇다면 헨드릭, 당신은 나를 모르는 거야. 지금 너무 괴로우니까 아무것도 안 보이는 거라구. 나는 그저 백인 중 하나가 아니야. 나는 나야! 나는 그들이 아니라 나란 말이야. 왜 내가 다른 사람들을 위해 죗값을 치러야 하지? 당신은 내가 이 농장에서, 완전히 인간 사회 밖에서, 거의 인간성 밖에서 어떻게 살고 있는지 알잖아! 나를 봐! 당신은 내가 누군지 알잖아. 내가 설명할 필요도 없잖아! 당신은 그들이 나를 뭐라고 부르는지 알잖아. 아그터플라스*의 마녀라고 부르는 걸! 내가 왜 당신에게 등을 돌리고 그들의 편이 되어야 하지? 나는 당신에게 진실을 말하는 거야! 내가 진실을 말한다는 걸 당신이 믿게 하려면 뭘 더 해야 하지? 당신 눈엔 당신과 안나만이 내가 이 세상에서 유일하게 관련을 맺고 있는 사람이라는 게 안 보여? 뭘 더 원해? 내가 울어야 할까? 무릎을 꿇어야 할까? 당신은 백인 여자가 당신 앞에 무릎 꿇기를 기다리는 거야? 내가 당신의 백인 노예가 되기를 기다리는 거야? 나한테 말해봐! 말해보라고! 왜 아무 말도 하지 않는 거야? 나를 증오한다면 밤마다 나를 취하는 이유는 뭐지? 내가 그걸 잘하는지 어쩐지 나한테 얘기조차 하지 않는 이유가 뭐지? 내가 어떻게 알지? 어떻게 배우지? 누구한테 물어야 하지? 안나에게 물어야 하나? 내가 정말로 당신 아내한테 가서 어떻게 해야 여자가 되는지 물어야 해? 내가 그 이상으로 어떻게 나 자신을 굴욕스럽게 할 수 있지? 당신이 단 한 번이라도 웃어줄 때까지 백인 여자가

---

* 오지의 농장.

당신의 엉덩이를 핥아야 해? 당신이 내게 단 한 번도 입을 맞추지 않았다는 거 알아? 당신네들은 입도 안 맞춰? 당신은 아내에게도 입을 안 맞춰? 그녀와 내가 그토록 다른 게 뭐지? 당신에게 상처를 줘야 당신은 그 여자를 사랑할 수 있나? 헨드릭, 그게 당신의 비밀이야?"

　내가 애원과 비난이 섞인 말을 쏟아내던 어디쯤에서 그는 걸어나갔을까? 아니면 끝까지 있었을까? 나는 영원히 그를 잃은 걸까? 내가 미소를 더 지었더라면, 내 몸을 녹였더라면 자신의 신발을 스스로 만들고, 내가 원두를 붓는 동안 커피그라인더의 손잡이를 돌리고, 모자에 가볍게 손을 대고 씩 웃으며 편하고 지칠 줄 모르는 걸음걸이로 다른 일을 하러 뛰어가던, 내가 한때 알았던 인내심 많은 그 젊은 남자를 다시 찾을 수 있었을까? 그를 더 잘 알게 되면서 내가 그에게서 제일 좋아했던 모든 것을 잃어버린 것 같다. 교훈을 얻기에 너무 늦은 게 아니라면 그리고 다시 남자를 행여 알게 된다면, 내가 여기에서 얻어야 하는 교훈은 무엇일까? 나의 아버지가 얼굴에 앉은 파리를 손으로 쫓을 수 없게 되었을 때 얻었던 교훈일까? 하인들과 가까워지는 걸 경계하라는 교훈 말이다. 헨드릭과 나는 서로 다른 방식으로 사랑 때문에 망가진 걸까? 혹은 이야기가 어딘가에서 잘못됐고, 만약 내가 더 부드러운 형태의 친밀함을 향해 차츰차츰 나아가는 길을 찾았더라면, 우리는 모두 행복해지는 법을 배울 수 있었을까? 혹은 불과 얼음의 사막은 우유와 꿀의 나라로 가기 위해 거쳐야 하는 연옥일까? 그럼 안나는 어떻게 하지? 그녀도 올까? 그녀와 나는 언젠가 자매가 되어 같은 침대에서 자게 될까? 혹은 그녀는 그 사실을 알게 되면 내 눈알을 파버리려고 할까?

229.   먼지를 털고 바닥을 쓸고 광을 내는 것 말고도 텅 빈 나날을 채울 다른 방법이 있을 게 틀림없다. 나는 쳇바퀴 돌리는 쥐처럼 방들을 빙글빙글 돌아다닌다. 방을 확실하게 청소할 방법이 없을까? 다락부터 다시 시작해 지붕과 벽 사이 틈을 메우고, 바닥에 종이를 깔아 핀으로 고정하고, 문과 창문을 봉해 틈을 메운다면 먼지가 새어들지 않을 테니, 나는 봄이 올 때까지 집을 떠나 있을 수 있을지 모른다. 만약 봄이 다시 온다면, 봄에 문을 열어줄 누군가가 여기 있다면. 어쩌면 나는 옛정을 생각해서 마지막 방 하나를 열어놓고, 그럴 경우엔 내 방이 좋을 텐데, 마지막 남은 양초와 마지막 남은 음식, 망치, 못, 마지막 남은 종이와 잉크를 쌓아둘 수 있을지 모른다. 혹은 덧문을 닫고 마지막 문을 잠그고, 이 큰 집을 지었던 사람들이 앞으로 올 봉건왕조를 계획했던 시절에 살았던 컴컴한 작은 창고로 내 물건들을 옮기는 게 더 나을지 모른다. 쥐와 바퀴벌레 사이에서 나는 내

역사를 따라 내려가는 굽이진 길을 확실하게 찾아낼 수 있을지
모른다.

230.　　커다란 집의 문이 하나씩 내 등 뒤로 닫힌다. 가구를 옮
기고 먼지를 털고 나무를 태워 재로 만들면서 나는 평생 할 일을
찾았다. 노예는 쇠사슬에 묶여 모든 걸 잃고, 탈출하는 기쁨조차
잃는다. 기생충은 자기가 기생해 살던 몸체가 죽어가면, 조바심
치면서 차가워져가는 창자 속에서 바삐 돌아다닌다. 다음에는
무엇에 기생하여 살 것인지 생각하면서.

　결국 나는 혼자 살도록 태어나지 않았다. 만약 내게 미지의 곳
한복판에 있는 펠트 한가운데에서 허리까지 묻혀 살라는 운명이
주어졌다면, 나는 그렇게 살 수 없었을 것이다. 나는 철학자가
아니다. 여자는 철학자가 아니다. 그리고 나는 여자다. 여자는
무에서 유를 만들 수 없다. 먼지와 거미줄과 음식과 더러워진 옷
을 다루는 나의 일이 아무리 무익하게 보였더라도, 나를 채우고
내게 생명을 부여하는 데 꼭 필요한 일이었다. 펠트에서 혼자 산
다면 나는 초췌해질 것이다. 나를 먹어도 되는지 자기들끼리 논
의하는 벌레들의 미세한 신호와 천체의 움직임만으로 수많은 날
과 밤을 채울 수는 없을 것이다. 나는 눈과 귀 외에 적어도 두 손
이 있으니 그것을 활용할 수 있어야 하고, 그것으로 문양을 만들

조약돌 더미가 필요할 것이다. 사람은 얼마나 오랫동안 문양을 만들어야 죽기를 바라게 될까? 나는 원리도, 이야기의 규칙도, 다른 행성에서 온 존재가 남십자성 밑의 이 황량한 땅에 설치해 날이면 날마다, 밤이면 밤마다 생겨나는 감정들을 고갈될 때까지 세도록 한 기계도 아니다. 내게는 자리를 바꿔 넣을 조약돌, 청소할 방, 이리저리 옮길 가구 이상의 것이 필요하다. 내게는 얘기할 수 있는 형제나 아버지, 어머니가 필요하다. 역사와 문화가 필요하다. 희망과 포부가 필요하다. 행복해지기 전에 도덕의식과 목적론이 필요하다. 먹을 것과 마실 것은 말할 것도 없다. 이제 나 혼자다. 나는 어떻게 될까? 나는 다시 혼자다. 역사적 현재 속에서 혼자다. 헨드릭도 갔고, 안나도 그를 따라갔다. 그들은 자전거에 매달 수 없는 건 다 두고 한마디 말도 없이 밤중에 달아났다. 이제 무슨 일이 생길까? 나는 불길한 예감으로 가득하다. 나는 식료품실에 들어가 있다. 돌바닥의 냉기가 뼛속으로 스며든다. 바퀴벌레들이 내 주변에서 더듬이를 움직인다. 최악의 상태가 두렵다.

231. 겨울이 온다. 차가운 바람이 험악한 하늘 밑 평원을 가로질러 쌩 분다. 감자는 씨도 남지 않았고 과일은 땅에 떨어져 썩었다. 개는 헨드릭을 따라 떠났다. 펌프가 밤낮으로 단조롭게

돌아가고 둑에는 물이 넘친다. 농장은 폐허가 되어간다. 양들이 어떻게 될지는 나도 모른다. 나는 농장의 모든 문을 열어놓았다. 그들은 사방으로 흩어졌다. 날이 채 밝지 않은 어느 아침, 회색 동물 백여 마리가 집과 창고 사이로 지나갔다. 나직하게 저벅거리는 소리와 서로 밀치는 소리가 들렸다. 새로운 풀을 찾아 나선 그들. 그들은 나에게 아무 의미도 없다. 나는 그들을 잡을 수 없다, 그들을 도살할 용기도 없다. 총알이 있다면 그들을 위해서라도 쏴 죽여(나는 총을 들어본다, 팔은 흔들리지 않는다) 썩어 문드러지게 했을 것이다. 그들의 털은 길어지고 지저분해졌다. 그들은 진드기와 금파리에 감염되어 다음 여름까지 버텨내지 못할 것이다.

232.　　나는 호박과 옥수수죽을 먹고 산다. 나는 앞에 놓인 힘든 나날을 위해 아무것도 비축해놓은 게 없다. 하느님이 그의 백성을 위해 음식을 마련해줄 것이다. 만약 내가 그의 백성이 아니라면 죽는 것도 괜찮을 것이다. 나는 바람을 맞으며 터벅터벅 걸어다니면서 사소한 일들을 처리한다. 얼굴 피부가 조금씩 벗어진다. 내게는 그것을 소생시키고 싶은 의지가 없다. 피부의 분자, 회반죽의 분자, 녹의 분자 들이 망각 속으로 날아가버린다. 사람에게 인내심이 아주 많다면 그리고 사람이 충분히 오래 산

다면, 마지막 벽이 무너지고 도마뱀이 난로 위에서 햇볕을 쬐고 가시나무가 묘지에서 자라는 날을 볼 수 있을지도 모른다.

233.　손님들이 찾아왔다. 내가 이름을 다 기억할 수 없을 만큼 많은 사람들이었다. 나는 무지의 세상에서만 살아온 탓에 세상에 그렇게 많은 사람들이 있다는 걸 알지 못했다. 운명의 그날 말을 타고 나갔다가 돌아오지 않은 내 아버지를 찾으려고 그들은 농장을 샅샅이 뒤졌다.

그들의 설명에 따르면, 유품이 발견되지 않는 한 그의 이름을 명단에서 지울 수 없다고 한다. 그것이 원칙이란다. 나는 고개를 끄덕인다. 의존해 살 수 있는 단순하고 확실한 원칙들이 있다는 것은 얼마나 다행인가. 어쩌면 황야를 떠나 문명 속에서 집을 찾는 일이 너무 늦은 건 아닐지도 모른다.

234.　말. 나의 아버지가 사라진 후 몇 주 동안 그 말은 마구간에 서 있었다. 나는 먹이를 주는 데 지쳐 말을 풀어줬다. 이제 그 말은 없다. 혹은 말은 잃어버린 주인을 찾아 언덕을 배회하는지도 모른다.

235.　오우 안나와 야콥도 농장을 찾아왔다. 그들은 그들의

남은 소지품을 가져가려고 당나귀 수레를 타고 왔다. 안나가 한 숨을 쉬며 내 아버지의 좋은 점에 관해 얘기했다. "언제나 자신의 말에 책임을 지는 분이셨어요." 내가 물었다. "헨드릭에 관해 아는 것 있어?" 그녀가 대답했다. "없어요. 사라졌어요. 마누라와 함께요. 하지만 언젠가 붙잡힐 거예요!"

야콥은 가슴에 모자를 대고 고개를 숙인다. 그의 아내가 그를 수레로 데리고 간다. 그녀는 당나귀들을 채찍으로 때린다. 내 인생에서 빠져나가는 늙고 등이 굽은 그들. 나는 그들이 여울을 건널 때까지 바라보다 문을 닫는다.

236.   헨드릭은 어떻게 될까? 수염을 기른 남자들과 발그레한 볼에 경직된 작은 입과 유능한 총잡이의 푸른 눈을 가진 하인들. 그들은 내 아버지를 찾으러 왔을 때, 정말로 없어진 주인을 찾았던 걸까? 아니면 제자리에 있지 않은 노예와 그의 짝을 쫓았던 걸까? 만약 후자라면 지금쯤 그 둘을 찾아내 간단히 사살하고 저녁을 먹으러 집에 갔어야 하지 않을까? 이곳에는 숨을 곳이 없으니까. 이곳은 사냥꾼의 눈에는 사방팔방으로 노출되어 있는 곳이니까. 굴을 파고 숨어들지 않는 한 끝장난 거다.

하지만 어쩌면 그들은 직접 그 둘을 사살하지 않았는지 모른다. 어쩌면 그들을 찾아낸 다음 잡아들여 짐승처럼 묶어 먼 곳으로 보내 재판을 받게 하고, 그들의 죄와 말도 안 되는 변명에 대한 처벌로 평생 돌 깨는 일을 하게 했을지 모른다. 어쩌면 그들은 내가 여자라서, 그러니까 머리가 어떻게 된 노처녀라서 나한테 아무 말도 해주지 않았는지 모른다. 어쩌면 그들은 헨드릭과 안나를 법정 밖으로 데리고 나가 서로 눈을 맞추며 고개를 끄덕인 뒤 관대한 처벌을 내리고, 집행관에게 철사통을 들려 이곳으로 보내 농장 문들을 봉해버리게 한 다음 나를 그들의 마음에서 몰아내버렸는지 모른다. 사람은 좁은 공간과 마찬가지로 넓은 공간에도 갇힐 수 있기 때문이다. 그래서 나의 이야기는 이미 끝나버렸고, 관련된 서류들은 끈으로 묶여 나를 위해 그리고 나만 모르게 어딘가에 보관되었는지 모른다.

혹은 어쩌면 그들이 실제로 헨드릭을 농장으로 데려와 나와 대면시켰는데, 내가 그 사실을 까마득히 잊어버렸는지도 모른다. 어쩌면 치안판사, 서기, 집행관, 인근 수 마일에 사는 호기심 많은 사람들 모두가 왔었는지 모른다. 그들은 헨드릭의 팔목과 발목에 쇠사슬을 채워 나한테 데려와 "이 사람이 그 남자입니까?"라고 묻고 내 대답을 기다렸는지 모른다. 그때 우리는 서로를 마지막으로 바라보고 나는 "네, 맞아요"라고 대답했는지 모른다. 그는 나에게 지독한 욕을 하면서 침을 뱉고, 그들은 그를 두들겨 패며 끌고 가고, 나는 울었는지 모른다. 내게 아무리 불리하다 해도 어쩌면 그것이 진짜 이야기인지 모른다.

혹은 어쩌면 나는 내내 착각하고 있었는지 모른다. 어쩌면 아버지는 결국 죽지 않았는지 모른다. 오늘 밤 어스름이 질 때 잃어버렸던 말을 타고 언덕에 나타나 집 안으로 성큼성큼 들어와 목욕물이 준비되지 않았다며 으르렁거리고, 닫힌 문들을 열어젖히며 이상한 냄새가 나는지 코를 킁킁거릴지 모른다. "누가 여기에 왔었냐?" 나의 아버지가 소리친다. "집 안에 홋놈을 들였단 말이냐?" 나는 훌쩍이며 달아나기 시작한다. 하지만 그가 내 팔목을 잡고 비튼다. 나는 공포에 질려 더듬거린다. 나는 흐느끼며 말한다. "헨드릭! 와서 도와줘. 귀신들이 돌아왔어!"

하지만 애석하게도 헨드릭은 가버리고 없다. 나는 혼자서 나의 악마들을 상대해야 한다. 물론 그렇게 생각하긴 싫지만, 마지막 남은 옥수수 자루 뒤에 몸을 웅크리고 있는 성인 여자, 그러니까 이 세상의 여자인 나 혼자서 말이다. 헨드릭, 당신에게 얘기할 수는 없지만 잘되기를 바랄게. 당신과 안나 모두. 나는 당신이 자칼처럼 교활하기를 바라. 당신을 쫓는 사람들보다 더 운이 좋기를 바라. 그리고 어느 날 밤, 당신이 창문을 두드린다 해도 나는 놀라지 않을 거야. 당신은 하루 종일 여기에서 잘 수 있어. 밤에는 달빛 속을 거닐면서 남자들이 자기 땅에서 그러하듯 혼잣말을 할 수도 있어. 나는 당신을 위해 식사를 준비할게. 당신만 좋다면 당신의 두번째 여자가 될 수도 있어. 마음만 먹으면 틀림없이 내가 못 할 일도 아니야. 공간 밖에 있고 시간 밖에 있는 이 섬에선 분명 모든 것이 가능할 거야. 당신은 당신의 새끼들을 데려와도 돼. 내가 낮에는 그들을 지키고 밤에는 데리고 나가 놀게. 그들은 큰 눈을 번쩍이며 다른 사람들에게는 보이지 않는 것을 볼 거야. 하늘의 눈이 노려보며 모든 그림자를 꿰뚫어 보는 낮에는 대지의 서늘한 어둠 속에 함께 누워 있을 수 있겠지. 당신과 나와 안나와 그들이.

237.　　여름과 겨울이 오고 간다. 어쩌면 그렇게 빨리 지나가는지, 얼마나 많은 여름과 겨울이 지나갔는지 나는 알지 못한다. 막대기에 눈금을 새기거나 벽에 표시를 해두거나 난파를 당한 어떤 사람처럼 일지를 적는 선견지명을 갖지 못해서 그렇다. 하지만 시간은 끊임없이 흘렀고, 이제 나는 정말 허리도 굽고 코도 굽고 손가락마디도 굵어진, 늙고 형편없는 미친 노파가 되었다. 어쩌면 내가 시간을, 코르크마개나 가느다란 나뭇가지처럼 나를 싣고 영원에서 영원으로 흐르는 강물로 생각한 것은 잘못일지 모른다. 혹은 어쩌면 시간은 한동안 땅 위에서 흐르다가, 다시 지하에서 한동안 흐르다가, 나로서는 전혀 알 수 없는 이유로 다시 나타나 지금은 빛 속에서 흐르고, 나도 함께 흐르고 있는지

모른다. 대지의 내장 속에서 숱한 여름과 겨울을 보냈음에도 다시 내 말이 들린다. 그렇다면 그 기간 동안 계속 말을 했음이 틀림없다(만약 말이 멈췄다면 나는 어디에 있었을 것인가?). 그러나 말을 계속했더라도 흔적도 없이, 기억도 없이 그리했을 것이다. 혹은 어쩌면 시간이라는 건 없는지도 모른다. 어쩌면 시간을 나의 매개물이라고 생각한 것은 착각인지 모른다. 어쩌면 공간만이 있는지 모른다. 나는 여러 해를 순식간에 건너뛰며 공간 속의 한 지점에서 다른 지점으로 잘못 이동한 한 점의 빛인지 모른다. 교실 구석에 있는 겁먹은 아이였다가 어느새 손가락마디가 굵어진 여자로 변하고. 이것도 가능할 것 같다. 내 마음은 열려 있다. 그리고 그것은 내 기억 속의 모호한 부분을 설명해줄 것이다.

238.　　농장을 찾아온 사람이 딱 한 명 더 있었다. 그 사람은 어느 날 오후 집 쪽으로 난 길을 걸어왔다. 나는 돌로 작업을 하는 언덕 중턱에서 그를 바라보았다. 그는 나를 보지 못했다. 그는 부엌문을 두드렸다. 그리고 이마에 손을 대고 창문으로 안을 들여다보려 했다. 아이였다. 무릎까지 내려오는 바지와 헐렁한 갈색 셔츠를 입은 열두세 살쯤 된 소년. 소년은 내가 본 적 없는 카키색 모자 혹은 케피 모자*를 쓰고 있었다. 문을 두드려도 아

무 대답이 없자, 소년은 집을 떠나 오렌지가 가득 열린 과수원으로 갔다. 내가, 그러니까 황야의 노파인 내가 살금살금 기어가 그를 덮친 건 그곳에서였다. 그는 벌떡 일어나더니 부들부들 떨면서 반쯤 먹은 오렌지를 등 뒤에 숨기려 했다.

내가 말했다. "누가 내 과일을 훔쳐 먹느냐?" 말이 나의 입에서 돌처럼 무겁게 떨어졌다. 아무리 굳었을망정 진짜 듣는 사람에게 진짜 말을 다시 하는 게 얼마나 낯설던지.

그 장면을 재현해보겠다. 음식 자국과 녹청으로 얼룩진 검은색 드레스를 입고, 사방으로 비뚤어진 큰 이에 광기 어린 눈과 흰머리는 헝클어진 쭈그렁 노파를 보고 아이는 눈을 희번덕거렸다. 아이는 순간 모든 이야기가 사실이고 더 나쁜 이야기도 사실이며, 자신은 다신 어머니를 보지 못한 채 양처럼 도살당해 달작지근한 살은 오븐에 구워지고, 힘줄은 끈끈해질 정도로 삶아지고, 눈알은 잔에 담기고, 깨끗한 뼈들은 개한테 던져지리라는 걸 알았다. 아이가 헐떡거리며 말했다. "안 돼요, 안 돼요!" 아이의 작은 심장박동이 거의 멎었다. 아이는 무릎을 꿇었다. 그리고 호주머니에서 편지를 꺼내 덜덜 떨며 공중으로 들어올렸다. "제발! 편지를 가져온 것뿐이에요!"

---

* 프랑스 군모.

파란색 색연필로 굵게 X자를 친 연갈색 봉투였다. 나의 아버지가 수신자였다. 우리는 잊힌 게 아니었다.

나는 봉투를 열었다. 도로 보수, 해충방제, 내가 들어보지 못한 신기한 것들을 위해 세금을 내라는, 두 개의 언어로 인쇄된 편지였다.

나는 아이에게 물었다. "이건 누구의 서명이냐?" 아이는 나를 바라보며 고개를 저었다. 그리고 계속 나를 지켜보며 더 가까이 오지 않으려 했다. "누가 이 편지를 보냈느냐?"

"우체국에서요."

"그건 알아. 내 말은 누가 보냈느냔 말이다."

"모르겠어요. 여기에 서명하셔야 해요. 편지를 받았다고요." 그는 작은 수첩과 뭉툭한 연필을 내밀었다.

나는 손가락이 아파서 수첩을 허벅지에 대고 대문자로 "나한테는 돈이 없소"라고 썼다.

아이는 수첩과 연필을 받아 호주머니에 넣었다.

"앉아라." 내가 말하자 아이가 무릎을 꿇고 앉았다. "너 몇 살이냐?"

"열두 살이에요."

"이름이 뭐냐?"

"피트요."

"피트, 너 이것 해봤느냐?" 나는 왼손 엄지와 검지로 원을 만들고 오른손 검지를 넣다 뺐다 했다.

피트는 서서히 고개를 젓고 나의 광기 어린 늙은 눈을 똑바로 쳐다보며 도망갈 기회를 노렸다.

나는 한 걸음 다가서서 아이의 어깨에 손을 얹었다. "피트, 너 알고 싶니?"

먼지가 파다닥 일더니 어느새 아이는 달아나버렸다. 모자를 손에 쥐고 오렌지나무 사이를 지나 둑 위로 올라가더니 길로 내달렸다.

그것이 유일한 방문이었다.

239.   내 귀에 목소리들이 들리기도 한다. 목소리와의 교섭이 내가 짐승이 되지 않도록 막아준다. 만약 목소리들이 나한테 말을 하지 않았다면, 나는 이렇게 띄엄띄엄 하는 말을 오래전에 그만두고 악을 쓰거나 고함을 치거나 꽥꽥거리기 시작했을 게 분명하다. 무인도에 있는 선원이 애완동물에게 말한다. 앵무새에게는 "예쁜 폴리야!", 개에게는 "가져와!"라고. 하지만 늘 입술이 굳고, 혀가 뻣뻣해지고, 후두는 거칠어진다. 개는 "멍멍!", 앵무새는 "까악!" 소리를 낸다. 선원은 곧 펄쩍 뛰어 일어나 토종 염소의 대퇴골을 몽둥이로 내리쳐 그 살점을 날것으로 먹는

다. 인간을 인간으로 만드는 것은 말이 아니라 다른 사람들의 말이다.

240.   목소리들이 하늘을 나는 기계에서 내게 말한다. 그들은 스페인어로 말한다.

241.   나는 스페인어를 전혀 모른다. 하지만 비행선에서 나한테 하는 말에 스페인어의 특징이 있다는 걸 나는 즉각 알아차린다. 이 상황을 달리 설명할 방법이 전혀 없다. 그 말들이 표면적으로는 스페인어 같지만 사실은 토착 스페인어가 아니라 철학자들이 꿈꿈 직한 순수한 의미들을 지닌 스페인어이며, 내 안에 너무 깊이 새겨져서 내가 간파할 수 없는 방법들을 통해 스페인어로 나한테 전달되는 것이 따라서 순수한 의미라고 설명하는 방법 말고는 없다. 이것은 나의 추측이다, 겸손한 추측이다. 말은 스페인어지만 그것은 보편적인 의미들과 연결되어 있다. 만약 이것을 믿지 않는다면, 나는 다음 둘 중 하나를 믿어야 한다. 우선 내가 본 것을 신뢰할 수 없다는 걸 믿어야 한다. 그것은 제삼자를 혼란스럽게 만들 수 있지만, 중요한 두 당사자, 즉 내 목소리와 나 자신과는 상관없는 것이다, 내 목소리와 나는 서로를 믿는 것처럼 보이기 때문이다. 혹은 나를 대신해 번역의 형태로 계

속해서 기적적으로 중재해주는 뭔가가 있다고 믿어야 한다. 이것은 다른 모든 것이 먹혀들지 않을 때까지 받아들이고 싶지 않은 설명이다. 더 터무니없는 것보다 덜 터무니없는 것을 선호하니까.

242.   내가 그토록 명료하게 사고를 하는데, 어떻게 착각할 수 있단 말인가?

243.   목소리들이 단순한 방식으로 비행선에서 내게 직접 오는 건 아니다. 그러니까 남자들이 비행선 밖으로 몸을 내밀고 나에게 큰 소리로 그런 말들을 하는 건 아니라는 말이다. 비행선이 보통 크기의 사람들을 태울 정도로 크다면, 겨우 그렇게 할 수 있을 정도로 클 뿐이다. 두 쌍의 단단한 날개가, 앞의 것은 기다랗고 뒤의 것은 짧은 두 쌍의 날개가 달린 가느다란 은색 연필처럼 생긴 비행선은 길이가 6피트쯤 되지만, 대부분의 새보다 높게 수백 피트 위에서 날기 때문에 결과적으로 새보다 작아 보인다. 그들은 첫째 날과 넷째 날에는 북쪽에서 남쪽으로 날고, 둘째 날과 다섯째 날에는 남쪽에서 북쪽으로 날고, 셋째, 여섯째, 일곱째 날에는 날지 않아 하늘이 텅 빈다. 내가 비행선에 관해 발견한 규칙 중 하나는 주기가 일주일이라는 것이다.

244.　　일주일에 네 번 하늘을 나는 비행선의 수는 넉 대나 그 이상이 아니라 한 대밖에 안 될 수도 있다. 나의 마음은 이 점에선 열려 있다.

245.　　하늘을 나는 것은 벌레보다는 기계에 더 가깝다. 윙윙 거리는 소리가 지속적이고 비행이 완벽하게 규칙적이기 때문이다. 나는 그것을 기계라고 부른다. 그것은 벌레일 수도 있다. 만약 그렇다면 그 농담은 진짜 잔인한 것이다.

246.　　내 귀에 들리는 말들은 기계에서 소리치는 말들이 아니다. 오히려 그러한 수정 같은 스페인어 단어들은 공중에 떠 있다가 이슬이 그렇듯, 서리가 낄 때 그렇듯 차가워지면 떨어지고, 밤이나 날이 채 밝지 않은 이른 아침에 더 자주 내 귀에 들리고, 물이 스며들듯 나의 지각 속으로 스며드는 것처럼 보인다.

247.　　나는 착각한 게 아니다. 혹 만약 그렇다면, 나의 착각은 특권이다. 나는 나한테 말해진 그러한 말들을 만들어낼 수 없었다. 그것은 신들에게서 온다. 혹 그렇지 않다면, 다른 세계에서 온다.

지난밤의 말은 이랬다. 우리가 꿈속에서 꿈을 꿀 때는 깨어날 때가 다 된 상태입니다. 나는 이 말에 대해 곰곰이 생각해본다. 그리고 그것이 나의 현재 상태를 가리키는 말이 아니라고 확신한다. 나는 꿈속에서 꿈을 꾼 적이 한 번도 없다. 요즘 나는 꿈을 꾸지 않지만, 성령을 기다리는 처녀처럼 말들이 나에게 오기를 기다리며 더없이 행복한 수동적 잠을 잔다. 나는 내가 실재한다고 확신한다. 이것은 나의 손이요 뼈요 살이다. 매일 똑같은 손이다. 나는 발을 구른다. 이것은 나처럼 철두철미 실재하는 땅이다. 따라서 말들은 앞으로 올 시간을 암시하는 게 틀림없다. 어쩌면 말들은 내가 어느 날 약간 더 가볍고 더 환상적인 기분으로 잠에서 깨어 커튼을 걷고 펠트 너머를 백만번째로 응시하고, 우주의 원자 하나하나가 내 눈길에 화답하듯, 각자의 또렷한 후광이 있는 수풀 하나, 나무 하나, 돌 하나, 모래알 하나를 바라보는 나 자신을 발견하리라는 걸 내게 경고하는지도 모른다. 귀에 들리지도 않을 만큼 낯익은 매미 울음소리가 내 귀에 고동칠 것이다. 처음에는 머나먼 별에서 들려오는 것처럼 부드럽게 고동치다가, 나중에는 두개골이 날카로운 소리로 울릴 때까지 더 크게, 그런 다음 더 부드럽게, 부드럽고 고르게 들리기 시작할 것이다. 그때 나는 스스로에게 뭐라고 말할 것인가? 몸에서 열이 나고 감각이 일시적인 혼란 상태에 빠졌으며, 며칠간 휴식을 취하면 정상으로 돌아갈 것이라고? 열이 세균에 의해 옮고 세균한테 날개가 달렸다고 가정하면, 발열 세균은 오래전에 죽은 메리노 양들의 가죽이 점점이 흩어진 20마일에 걸친 건조한 덤불지대를 무슨 추진력으로 가로질러야 할까? 무기력하기만 한 노처녀 한 사람을 위해? 분명히 다른 곳에 가면 얻을 게 더 많을 것이다. 아니, 나는 내가 할 수 있는 말이 이게 전부일까 두렵다. 이것은 계속될 수 없다. 나는 끝나가고 있다. 잠을 자는 시간은 끝났다. 깨어날 때가 됐다. 나는 깨어나서 뭘 보게 될까? 눈 위에 팔을 두르고 내 침대에 긴장하고 화난 모습으로 누워 있는, 잊힌 것이나 다름없는 갈색 피부 남자일까? 아버지 방 밖의 차가운 통로와 은밀하게 삐걱대는 침대 스프링일까? 소금에 절인 돼지고기와 감자샐러드를 배불리 먹고 잠들어 밤새도록 악몽을 꾼 낯선 도시의 셋방일까? 혹은 상상할 수 없을 정도로 기괴하기 짝이 없는 다른 위기 상황일까?

248.   목소리들이 말한다. 외부의 적과 저항이 전혀 없고, 숨 막히는 협소함과 규칙에 갇히면, 사람은 결국 모험으로 돌아서는 수밖에 선택의 여지가 없습니다. 내가 그들을 제대로 이해한 것이라면, 그들은 내가 무료해서 나의 삶을 허구로 만들었다며 나를 비난한다. 그들은 내가 전략적으로 스스로를 실제 나보다 더 폭력적이

고, 더 변화가 많고, 더 고통스러워하는 존재로 만들었다며 나를 비난한다. 마치 내가 책을 읽듯 나 자신을 읽다가 재미없어지자 옆으로 밀치고 스스로를 만들어내기라도 한 것처럼. 나는 그들의 비난을 그런 식으로 이해한다. 그들의 말에 따르면, 내가 스스로의 역사를 만든 것은 진정한 억압에 대한 반항이 아니라, 내 아버지를 섬기고 하녀들에게 명령을 하고 집안일을 꾸려가며 세월을 보내는 삶의 무료함에 대한 반발이다. 외부의 적을 찾을 수 없고, 말을 탄 갈색 피부 사람들이 활을 흔들고 소리를 지르며 언덕에서 쏟아져 내려오지 않자, 내가 나 자신으로부터, 아버지의 의지를 따르고 살이 찌고 늙어가는 것 외에는 원하는 게 없던 평화롭고 순종적인 나 자신으로부터 하나의 적을 만들어냈다는 것이다.

나는 자문해본다. 그들은 신이면서도 보지 못하는 걸까? 아니면 일부러 보지 않는 것은 나일까? 어느 것이 더 개연성이 없을까? 내가 살아온 삶의 이야기일까, 아니면 돌사막의 한가운데에 있는 네덜란드식 부엌에서 일요일에 고기를 구우며 찬송가를 흥얼거리는 착한 딸의 이야기일까? 적을 만들어냈다는 말에 관해 언급하자면, 야산 등성이에 궁상맞은 모습으로 있던 전사는 우리의 그림자를 밟고 걸으며 예, 나리라고 말하던 적만큼 무섭지는 않았다. 예스라고밖에 하지 못하는 노예에게 나의 아버지는 노라는 말 외엔 하지 않았고, 나도 그를 따라 그렇게 했으며, 그것이 내 모든 고뇌의 출발점이었다. 따라서 나는 항의한다. 어떤 것은 하늘에선 보이지 않는다. 하지만 내가 어떻게 나를 비난하는 자들을 설득하겠는가? 나는 돌을 쌓아 메시지를 전달하려 했지만, 돌은 내가 나타내고자 하는 특징을 표현해내기에는 너무 다루기가 힘들다. 그리고 그들이 내가 사용하는 말들을 과연 이해할지 어떻게 확신할 수 있을까? 만약 그들이 신이고 전지전능하다면, 이것은 그들의 단일어주의가 제시한 결론이 아니다. 그들이 나에 관해 안다고 어떻게 확신할 수 있겠는가? 어쩌면 그들은 나에 대해 아무것도 모를지 모른다. 어쩌면 나는 그들이 나한테 말하고 있다고 계속 착각했는지 모른다. 나는 잘 모르지만 스페인 사람이 선민으로 정해져 있으니, 그들의 말은 어쩌면 스페인 사람만을 위한 것인지 모른다. 혹은 스페인 사람들은 내가 생각했던 것처럼 먼 곳이 아니라 바로 산 너머에 사는지도 모른다. 그걸 생각해보라. 혹은 어쩌면 내가 그들의 말을 너무 가슴에 새겼는지도 모른다. 어쩌면 그 말들은 스페인 사람만을 위한 게 아니라, 그게 누구든 스페인어를 이해하는 우리 모두를 위한 것이었는지도 모른다. 그리고 우리 모두는 그럴듯한 모험을 조작해냈다고 비난받는지도 모른다. 물론 더 믿기 어렵지만 말이다. 나처럼 시간이 많은 사람은 많지 않으니까.

249.　　결백한 피해자는 고통의 형태로 악을 알 수 있을 뿐입니다. 죄인에게선 그의 범죄가 느껴지지 않습니다. 결백한 피해자에게선 그의 결백이 느껴지지 않습니다.

　나는 스페인어의 뉘앙스를 몰라서 이 부분이 혼란스럽다. 이 격언이 덜 신비적이었으면 더 좋았을 텐데. 이 목소리는 죄와 결백에 대한 정의를 내리는 걸까? 아니면 피해자와 범죄자가 죄를 경험하는 방식에 대해 나한테 말해주는 걸까? 만약 전자라면, 악이 악으로 알려질 때 결백이 그것에 의해 파괴된다고 주장하는 걸까? 그럴 경우 나는 의식을 가진 여주인공으로서는 결코 안 되고, 농장 여자로서만 구원받은 자들의 왕국에 들어갈 수 있다. 그렇다면 나는 저주받을 것이라고 감히 말할 수 있을까? 목소리는 나한테 얘기하지 않게 될까? 그런 일이 일어나면, 나는 정말로 잊힐 것이다.

250.　　주인이 옳다고 확신하는 것은 노예의 의식 때문입니다. 하지만 노예의 의식은 종속적입니다. 그래서 주인은 자기 자율성의 진실에 확신이 없습니다. 그의 진실은 비본질적인 의식과 그것의 비본질적인 행위에 있습니다.

　이러한 말들은 나의 아버지, 하인을 대하는 그의 무뚝뚝함, 불

필요한 혹독함을 가리킨다. 하지만 아버지가 혹독하게 권력을 휘둘렀던 것은 요청을 했다 거절당하는 걸 견딜 수 없었기 때문이었을 뿐이다. 그의 모든 명령은 은밀한 애원이었다. 나조차 그걸 알 수 있었다. 그렇다면 하인들은 그에게 최대한 노예처럼 복종함으로써 가장 본질적인 상처를 줄 수 있다는 걸 어떻게 알았을까? 그들도 우리가 알지 못하는 경로를 통해 신들로부터 지시를 받았던 걸까? 아버지는 오직 그들을 자극하여 노예 상태에서 나오도록 하기 위해 점점 더 혹독하게 대했던 것일까? 그는 아버지가 방탕한 아들을 껴안듯 반역적인 노예를 껴안아줬을까? 그의 다음 행위가 그에 대한 응징이었을지라도 말이다. 나의 아버지는 목소리들이 설명하는 모순에 못이 박혀 처형된 걸까? 그는 자신의 변덕에 갈대처럼 몸을 굽히는 사람들이 그 나름의 방식으로 자신 안에 있는 자신을 위한 진실을 확인해주기를 바랐을까? 그들이 그의 도발에 네, 나리라고 대답하며 눈을 내리깔고, 미소를 숨기고, 그가 도를 넘을 때까지 기다렸던 것은 그들의 도발이었을까? 그들은 그가 클라인 안나를 집 안으로 불러들였을 때, 도를 넘었다는 걸 알았음이 틀림없다. 그가 클라인 안나에게 홀린 걸 보았을 때 이미 알았음이 틀림없다. 헨드릭이 자존심을 억눌렀던 이유가 그것이었을까? 헨드릭은 내 아버지가 안나를 유혹하면서, 한밤중이긴 하지만 나의 입이나 향수를 바른 인근 과부들의 입에서 나올 수는 있으나 나오면 가치가 없었을 말들, 그러니까 자유로운 사람이 다른 자유로운 사람에게 함 직한 말들을 노예의 입에서 강제로 끌어내리려고 마지막으로 시도했다는 걸 알았을까? 혹은 헨드릭은 그 모든 것을 분명히 보고 아무것도 용서하지 않고 복수를 하기로 맹세했을까? 나를 배척한 게 헨드릭의 복수였을까? 나에 대한 배척을 나에 대한 범죄가 아니라 고통으로만 느끼는 것은 내가 결백하다는 표시일까? 동정심이 끼어들지 않는다면 복수의 고리는 어디서 끝나게 될까? 말이 너무 빨리 끝난다. 나는 그들이 나에게 준 것에 감사한다. 그들의 말은 귀중하다. 한때는 방치되어 살았던 나는 누구도 갖지 못했을 고독의 세월이 자랑스럽다. 나는 세상에 정의가 있다는 걸 안다. 하지만 하늘에서 온 말들은 답보다는 질문이 더 많아지게 한다. 나는 보편적인 것에 질렸다. 나는 진실에 이르기 전에 죽을 것이다. 나는 분명히, 진실을 원한다. 하지만 결말을 훨씬 더 원한다!

251.   돌. 기계가 처음 머리 위로 날아다니며 나한테 말하기 시작했을 때, 나는 대답하고 싶었다. 나는 군데군데 기운 낡은 흰 잠옷을 입고 집 뒤 바위에 올라서서 팔을 흔들어 신호를 보내며 처음에는 영어로, 나중에는 그들이 내 말을 알아듣지 못한다

는 걸 알고 스페인어로 말했다. "에스 미(나예요)." 나는 소리쳤다. 자아성찰을 하며 첫 원칙들로부터 고안해낸 그 스페인어로. "베네!(이리 와요)"*

252.　　그런데 문득 기계 속에 있는 존재들이 끝없이 푸른 지평선에 눈을 고정하고 자기도취의 황홀경 속에 날면서 메시지를 띄엄띄엄, 그러니까 그들에게 맞는 시간 주기로 내려보내는지 모른다는 생각이 들었다. 그래서 나는 고전적인 표류자인 척하며 장작에 불을 붙여 그들의 관심을 끌어야 하는 건 아닌지 궁금해졌다. 나는 사흘에 걸쳐 마른 나뭇가지를 쌓았다. 나흘째 되는 날, 첫번째 은빛이 북쪽 하늘에 나타났을 때 횃불에 불을 붙여 신호대로 뛰어갔다. 거대한 화염이 하늘로 치솟았다. 대기는 가시나무가 타닥타닥 타들어가는 소리와 벌레가 죽어가며 내는 소리로 가득했다. "이솔라도(외로워요)!" 나는 하얀 손수건을 흔들고 펄쩍펄쩍 뛰면서 소리쳤다. 기계는 유령처럼 내 머리 위에서 떠다녔다. "에스 미! 비디!(나예요! 보세요!)" 나는 아무 대

---

* 화자가 251~262에서 말하는 스페인어는 실제 스페인어가 아니라 스페인어와 라틴어가 뒤섞인 정체불명의 언어다. 그러나 두 언어에 익숙한 사람에게는 의미가 통하는 바가 있을 듯하다. 여기에선 발음을 소리나는 대로 적고 그 의미를 괄호 안에 표기한다. 상상 속 언어의 의미는 작가에게 직접 물어 확인했다.

답도 듣지 못했다.

253.　　하지만 나는 기계 안의 존재가 말을 했더라도 시끄러워서 듣지 못했을 거라는 걸 나중에야 깨달았다. 나는 자문해보았다. 게다가 그들이 어떻게 불이 신호라고 생각하겠는가? 그것은 여행자가 피워놓은 불 혹은 느긋한 농부가 짚으로 피워놓은 모닥불 혹은 단순한 자연현상에 불과한 번개로 인해 생긴 들불일 수도 있지 않은가? 결국 나는 표류자도 아니지 않은가. 나는 보여줄 게 아무것도 없다. 가까운 구호대로 달려가 뭔가를, 예를 들어 문명의 이기를 요청할 수 있는 상황도 아니지 않은가.

254.　　하지만 어쩌면 내가 그들을 오해하고 있는지도 모른다는 생각이 들었다. 어쩌면 그들은 내가 표류자라는 걸 잘 알고, 특이한 상황에 처해 있다는 걸 알리기 위해 펄쩍펄쩍 뛰는 내 모습을 지켜보며 미소를 짓는지도 모른다. 이 세상은 이쪽 지평선에서 저쪽 지평선까지, 불을 피워 신호를 보내며 펄쩍펄쩍 뛰는 사람들로 가득 차 있는지도 모른다. 어쩌면 나는 스스로를 바보로 만들고 있는지 모른다. 어쩌면 노래와 춤을 멈추고 청소하고 닦는 일로 돌아가야 비로소 그들의 관심을 끌고 인정을 받을지도 모른다. 어쩌면 신데렐라만 구원을 받는 이야기에 나오는 못

생긴 자매처럼 행동하고 있는지도 모른다. 어쩌면 새 천년이 되었는데도 달력이 없어 그걸 알아차리지 못했는지도 모른다. 왕자는 이제 신부를 찾아 지구의 오지를 돌아다니고 있는지도 모르며, 그 우화를 그토록 오랫동안 가슴에 끌어안고 그걸 나에 대한 옹호의 알레고리로 생각했던 나는 흙덩어리와 함께 뒤에 남겨질지도 모른다. 그리고 더없이 행복한 두 사람은 먼 행성에서 새로운 삶을 살기 위해 날아갈지도 모른다. 나는 뭘 해야 할까? 나는 양쪽 길을 다 잃어버렸다. 어쩌면 결백한 자들의 결백에 관한 말에 대해 더 곰곰이 생각해봐야 할지도 모른다.

255.　　돌. 내 소리가 들리도록 하는 데 실패했기 때문에(하지만 그들이 정말로 내 말을 듣지 못했을까? 어쩌면 내 말을 들었지만 흥미가 없었는지도 모른다. 혹은 알아들었다고 알려주는 건 그들의 관습이 아닌지도 모른다) 나는 쓰는 일로 돌아섰다. 일주일 동안 나는 새벽부터 해질녘까지 펠트를 돌아다니며 수레에 돌을 실어 날랐다. 작은 호박만 한 크기의 부드럽고 둥근 돌 이백 개가 집 뒤에 쌓였다. 나는 돌 하나하나에 옛날에 쓰다 남은 회반죽을 칠했다(나는 훌륭한 표류자처럼 어느 것이든 소용이 닿는 곳을 찾아낸다. 언젠가 사용하지 않은 물건의 목록을 작성해 연습 삼아 그것들이 어디에 소용될지 알아보려고 한다).

그리고 돌을 12피트 높이로 쌓아 글자를 만들어 나의 구원자들에게 보내는 "신드를라 에스 미(내가 신데렐라예요)"라는 메시지를 썼다. 다음 날에는 "베네 알 테라(지구로 오세요.)"라고 썼고, 다시 "퀴에로 운 오트르(다른 사람이 필요해요)"라고 썼으며, 다시 "손 이솔라도(나는 외로워요)"라고 썼다.

256.　　몇 주에 걸쳐 돌을 굴려 메시지를 쌓고, 긁힌 부분을 다시 칠하고, 다락으로 통하는 계단을 오르락내리락하면서 선이 똑바른지 확인하고 나자, 내가 쓰고 있는 것이 엄밀히 말하면 하늘에서 나한테 온 말들에 대한 답변이 아니라 집요함이라는 생각이 문득 들었다. 나는 이렇게 자문해보았다. 자신의 나이와 못생긴 외모에 대해선 아무 말도 하지 않고, 그렇게 비참할 정도로 외로운 존재가 그렇게 요란스럽게 초대를 하면 누가 지구상의 한 지점으로 찾아오고 싶은 욕구를 느끼겠는가? 오히려 역병처럼 피하려 하지 않을까? 그래서 나는 기계가 비행하는 날에는 널따란 차양모자를 쓰고, 그들의 메시지가 나에게 온 방식으로, 어쩌면 더 유혹적인 방식으로 더 차분하고 더 은밀한 메시지를 쌓기 시작했다. 첫날에는 "포에마스 크레푸스클르스(황혼의 시들)"라고 썼다. "크레푸스쿨라리아스"라고 쓸 작정이었지만 돌이 부족했다. (나중에 나는 이십여 개의 돌을 더 실어왔다. 이곳

은 돌이 부족하지는 않다. 하지만 기계가 비행하지 않으면 회반죽을 칠한 돌로 뭘 할지 모르겠다. 그것이 내가 떨쳐낼 수 없는 걱정거리다. 때가 되면 기어 들어갈 수 있는 무덤을 부엌문 밖에 만들지도 모르겠다. 그 돌들이 그렇게 오랫동안 서로 형제자매였고 내 메시지를 만드는 데 한몫했기에, 그것들을 원래 장소로 실어다가 흩어놓을 용기가 나한테는 없다.) 다음 날에는 "솜노스 드 리베르타드(자유의 꿈들)"라고 썼다. 나흘째에는 "아모르 신 테로르(두려움 없는 사랑)"라고, 닷새째에는 "디이 신 푸로르(격노함이 없는 나날)"라고, 다시 첫째 날에는 "노티 디 아미타드(우정의 밤들)"라고 썼다. 그리고 목소리들의 다양한 비난에 대한 응답으로 6행으로 된 두번째 시를 썼다. "데제르타 미 오프라/엘렉타스 엘레멘타리아스/도미네 오 스클라바/펨 오 필리아/마 셈프레 하 데지데르/라 메디아 엔트레(사막은 내게 주인이나 노예, 여자나 딸 같은 기본적인 선택을 하게 하네. 하지만 나는 언제나 중간을 원했네)." 매개! 사이! 엿새째에 나는 모든 것 중에서 내게 가장 필요한 진짜 스페인어의 어휘를 모르는 내 운명을 얼마나 저주했던가! 말이 책 속 어딘가에 누워 잠을 자고 있는데 단순한 접속사 하나를 머릿속에서만 찾다니! 어째서 아무도 나한테 진정한 가슴의 언어로 얘기하려 하지 않는가? 매개. 중선(中線). 바로 이것이 내가 되고자 하는 것이다!

주인도 아니고, 노예도 아니고, 부모도 아니고, 자식도 아니고, 그 사이에 있는 다리! 그래서 내 안의 모순적인 것들이 조화를 이룰 수 있도록!

257. 　　하지만 늘 관대한 나는 이렇게 자문해보았다. 이해를 한다고 해도 내 시들이 과연 하늘-존재들에게 뭘 줄 수 있을까? 만약 그들이 비행선을 만들 수 있다면 돌을 움직여 단어를 구성하는 지성적 매력은 하찮아 보일 게 틀림없다. 내가 어떻게 그들의 마음을 움직일 수 있을까? 나는 이렇게 썼다. "펨 아모르 포르투(당신을 위한 여자의 사랑)." 그리고 표의문자로 바꿔서, 나보다 풍만하고 더 젊기까지 한 여자가 다리를 벌리고 누워 있는 모습을 만드는 데 모든 돌을 썼다. 지금은 세세한 것을 따질 때가 아니었다. 나는 계단 위에서 그 모습을 바라보며 생각했다. 참저속하다, 하지만 얼마나 필요한 것이냐! 나는 깔깔 웃었다. 어쩌다 이렇게 우화에 나오는 마녀처럼 돼버렸는지. 비행사들이 나의 유혹에 넘어가 땅으로 내려왔다가 돼지로 바뀌어 똥오줌을 먹고 사는 처지로 전락해버릴 위험이 생길지도 모른다. 하지만 어쩌면 그들은 그런 두려움을 느끼고 나를 피하는 건지도 모른다. 어쩌면 다른 곳을 날아다닐 때는 나무 우듬지 위에 멈춰 땅에 사는 사람들과 얘기를 나누다가, 내가 있는 곳을 지나칠 때

는 조심스러운 메시지를 보내며 높이 떠 있는 건지도 모른다.

258.　　나는 밤의 메시지들을 무시하려고도 해봤다. 나는 스스로에게 이렇게 말했다. 나르키소스의 운명을 자초하지 않고 가망이 없는 탐닉을 좇을 수는 없는 노릇이다. 목소리들은 이렇게 말했다. 춤을 추는 장님은 자신의 애도 기간을 지키지 않는 것처럼 보입니다. 흥! 사물의 세계를 만드는 것은 말의 세계입니다. 쳇!

259.　　지난밤 목소리들이 가만히 있지를 않고, 더이상 짤막한 경구가 아닌 계속되는 문장으로 말했다. 그래서 나는 그것이 내 목소리보다 더 큰 소리로 말을 하는 새로운 신이 아닐지 궁금했다. 나는 발을 쾅쾅 구르며 소리쳤다. "나를 좀 가만히 내버려뒤요. 나는 자고 싶단 말입니다!" 목소리가 말했다. 그건 우리가 자객의 희생자가 되지 않기 위해서이며, 우리 스스로가 자객이 된다면 죽음도 불사하기 위해서입니다. 노예 신분으로 태어난 모든 사람은 노예 신분을 위해 태어납니다. 노예는 쇠사슬에 묶여 모든 걸 잃습니다. 쇠사슬로부터 탈출하고자 하는 마음마저 잃게 됩니다. 하느님은 아무도 사랑하지 않고 아무도 미워하지 않습니다. 하느님은 격정으로부터 자유롭고 쾌락이나 고통을 느끼지 않습니다. 따라서 하느님을 사랑하는 사람은 하느님에게서 그 사랑을 되돌려받을 수 없습니다. 그렇게

되기를 원하는 것은 하느님이 하느님이 되지 않기를 바라는 것과 마찬가지입니다. 하느님은 숨겨져 있고, 하느님이 숨겨져 있다고 하지 않는 모든 종교는 진실하지 못합니다. 나는 소리쳤다. "가버려, 스페인 쓰레기!" 이제 나는 그들이 내 말을 듣지 못한다고 확신한다. 그들의 목소리가 이어졌다. 욕망은 대답이 없는 질문입니다. 고독이라는 감정은 어떤 곳을 향한 갈망입니다. 그 장소는 세계의 중심이며 우주의 배꼽입니다. 모든 걸 갖지 않으면 인간은 만족할 줄 모릅니다. 욕망을 억제하는 사람들은 자신의 욕망이 억제당할 정도로 약하기 때문에 그렇게 하는 것입니다. 하느님이 비밀회의에서 선언한 것을 사악한 자들을 통해 이룬다 해도, 사악한 자들이 그걸로 용서받을 수 있는 건 아닙니다. 하느님은 자신의 선택에서 제외된 자들도 나무라십니다. 바로 그러한 이유로 하느님은 그들을 배제합니다.

260.　하루 종일 나는 이런 말들을 들으며 무슨 의미가 있는 것 같아 초조해하고, 일관성이 없다는 사실에 짜증이 난 채 돌아다녔다. 어떤 자객이 나를 위협한다고 말할 수 있을까? 사람이 어떻게 죽는 것에 동의할 수 있을까? 몸은 스스로를 사랑하기에 스스로의 소멸에 동의할 수 없다. 만약 내가 정말로 속박된 상태에 체념한 노예라면, 나는 예스라는 말을 오래전에 배우지 않았을까? 하지만 나의 말 속에서 예스는 어디를 가리킬 수 있을까?

만약 나의 말이 처음부터 끝까지 반항이 아니라면 무엇일까? 돌사막엔 하느님이 부재한다는 것에 관해 얘기하자면, 내가 모르는 건 아무것도 없다. 이 문제에 관해서 나한테 얘기할 수 있는 것은 없다. 어느 것이나 여기에서는 허용된다. 아무것도 처벌받지 않는다. 모든 것은 영원 속에서 잊힌다. 하느님은 우리를 잊었고, 우리는 하느님을 잊었다. 우리로부터 하느님을 향해 가는 사랑도 없고, 하느님이 우리한테 관심을 가져줬으면 하는 소망도 없다. 흐름은 멈췄다. 우리는 역사로부터 버림받은 것처럼 하느님에게도 버림받았다. 그것이 우리 고독의 기원이다. 나는 세계의 중심이고 싶은 생각이 없다. 아주 평범한 짐승이 편안함을 느끼는 것처럼 나는 이 세상에서 편안해지고 싶을 뿐이다. 모든 걸 갖지 않으면 나는 만족하지 못할 것이다. 우선 말들에 의해 중재되지 않는 삶, 이 돌, 이 수풀, 느껴지고 의심할 나위 없이 알려진 이 하늘, 그리고 흙으로의 조용한 귀환 등 모든 것이 갖춰지지 않으면 만족하지 못할 것이다. 틀림없이 너무 지나친 요구는 아닐 것이다. 위로부터 들리는 이와 같은 모든 말은 우리 병의 근원을 보지 못하는 건 아닐까? 즉 우리는 얘기할 상대가 아무도 없으며, 우리의 욕망은 우리의 말들처럼, 그 우리가 누구든 혼란스럽게, 목적도 없이, 반응도 없이 우리한테서 흘러나오고, 어쩌면 나는 스스로를 위해서만 얘기해야 하는 병의 근원을 보지 못하는 게 아닐까?

261.　　하지만 내 목소리들과의 싸움 외에도 나는 다른 할 일이 있다. 때때로 오늘처럼 해가 났어도 너무 덥지 않은 날이면, 나는 아버지를 방에서 베란다로 데리고 나가 그의 낡은 팔걸이의자에 앉히고 쿠션으로 몸을 받쳐, 그의 눈에 더는 보이지 않는 그의 옛 땅을 다시 한번 대면하게 하고, 더는 들리지 않는 새들의 노랫소리를 접하게 한다. 그는 아무것도 보지 못하고 듣지 못한다. 내가 알기론 맛을 느끼지도 못하고 냄새도 맡지 못한다. 내 피부가 그의 피부에 닿는 느낌이 어떤지 누가 상상할 수 있으랴? 그는 자신 속으로 멀리, 너무 멀리 물러나버렸다. 그는 자기 심장 안에서 웅크리고, 희미한 맥박과 숨결의 아득한 소리에 감싸여 있다. 나에 대해 그는 아무것도 알지 못한다. 나는 어렵지 않게 그를 들어올린다. 거미줄로 붙여놓은 마른 뼈들의 마네킹. 너무 아담해 접어서 여행가방에 넣을 수도 있을 것 같은 마네킹.

262.　　나는 베란다에서 아버지 옆에 앉아 세상이 돌아가는 걸 바라본다. 새들은 둥지를 짓느라 바쁘고, 내 볼에 와 닿는 바람은 서늘하다. 그의 볼에 느껴지는 바람도 어쩌면 그러할 것이다. 나는 말한다. "옛날에 우리가 해변에 갔던 일 기억나세요? 바구

니에 샌드위치와 과일을 가득 담고, 마차를 타고 정거장으로 가서 저녁 기차를 탔던 일 기억나세요? 기차 바퀴 소리를 들으며 잠이 들었다가, 증기기관차가 물을 보충하려고 멈추면 얼핏 깨었다가, 멀리서 승무원들이 말하는 소리를 들으며 다시 잠들었던 일 기억나세요? 다음 날 해안에 도착해 해변으로 걸어 내려가 신발을 벗고 물속에서 철벅거리는데, 아버지가 내 손을 잡고 나를 파도 위로 들어올렸던 일 기억나세요? 소라게가 발가락을 물어서 울자 아버지가 심각한 표정으로 나를 달래줬던 일 기억나세요? 우리가 묵었던 하숙집 기억나세요? 음식이 얼마나 맛없었는지, 어느 날 저녁 아버지가 식사를 하다가 접시를 밀치고 이런 쓰레기 음식은 먹지 않겠다며 일어나 식당을 나와버린 일 기억나세요? 나도 접시를 밀쳐버리고 아버지를 따라갔던 일 기억나세요? 개들이 우리가 돌아온 걸 보고 얼마나 좋아했는지 기억나세요? 언젠가 한번은 야콥이 개한테 먹이 주는 걸 깜빡해서 아버지가 고래고래 소리를 지르며 일주일 동안 고기 배급을 해주지 않았던 일 기억나세요? 야콥, 헨드릭, 오우 안나, 클라인 안나 기억나세요? 사고로 죽어 농장에 묻으려고 데려온 오우 안나의 아들 기억나세요? 그때 오우 안나가 무덤 속으로 뛰어들려 했던 거 기억나세요?

몇 년 동안 끔찍한 가뭄이 들자 2백 마일 반경 내에 뜯길 풀이 없어 양을 모두 팔아야 했고, 농장을 다시 일으켜 세우기 위해 안간힘을 다해야 했던 일 기억나세요? 양계장 한쪽에 있던 커다란 뽕나무가 어느 해 여름 오디 무게를 감당하지 못해 가운데가 우지끈하고 부러졌던 일 기억나세요? 뽕나무 주변 땅이 오디에서 나온 즙 때문에 자주색으로 온통 물들었던 일 기억나세요? 고무나무 밑에 놓인 의자에 함께 앉아 있곤 했고, 어떤 때는 아버지 혼자 오후 내내 어리호박벌 소리를 들으며 앉아 있던 일 기억나세요? 야콥 혼자 양떼를 몰고 아버지가 숫자를 세는 곳을 지나갈 수 있도록 양을 잘 지키던 목양견 플렉 기억나세요? 플렉이 늙고 병들어 음식을 삼킬 수 없게 되었을 때, 아버지 말고는 총으로 죽여줄 사람이 없자 그 일을 처리한 후 다른 사람에게 우는 모습을 보이지 않으려고 산책을 하러 나가신 일 기억나세요? 우리가 길렀던 얼룩덜룩한 반점이 있는 아름다운 암탉 기억나세요? 다섯 마리 암탉을 거느리고 나무에서 홰를 치던 밴텀 수탉 기억나세요? 그 모든 게 기억나세요?"

263.　　나의 아버지는 서늘한 미풍을 피부로 느끼며 낡은 가죽 팔걸이의자에 앉아 있다. 그것이 앉아 있는 것이라고 할 수 있다면. 그의 눈은 보이지 않는다. 분홍색으로 둘러싸인 두 개의 반짝이는 푸른 벽일 뿐이다. 내가 착각한 게 아니라면, 내가 재잘

거리는 모든 소리를 그가 들으면서도 무시하는 게 아니라면, 그는 자신의 내부에서 울리는 소리 외에는 아무 소리도 듣지 못한다. 그는 오늘 바람을 쐬었다. 이제 쉴 수 있도록 그를 안으로 데리고 들어가야 할 시간이다.

264.　　나는 아버지를 침대에 눕히고, 잠옷 단추를 풀고 냅킨을 떼어낸다. 때때로 그것은 깨끗하다. 하지만 오늘은 아주 희미한 얼룩이 묻어 있다. 그의 내부 어딘가에서 아직도 즙이 떨어지고, 아직도 근육이 연동작용을 하고 있다는 증거다. 나는 낡은 냅킨을 바구니에 버리고 새 것을 붙여준다.

265.　　나는 아버지에게 수프와 연한 차를 먹여준다. 그런 다음 그의 이마에 입맞춤을 하며 잘 자라고 인사를 한다. 옛날에 나는 내가 마지막으로 죽을 것이라고 생각했다. 하지만 지금 보니, 그는 내가 죽은 후에도 여러 날 동안 여전히 이곳에 누워 숨을 쉬면서 음식을 기다릴 것 같다.

266.　　하지만 지금은 아무 일도 일어나지 않을 것 같고, 내가 무덤 속으로 들어가, 내가 다락에서 경첩을 언제나 찾을 수 있다는 전제하에 하는 말이지만, 내 뒤로 문을 잠그고 나를 괴롭히거

나 꾸짖는 목소리들이 없는 잠 속으로 마침내 빠져들 때가 오려면 아무래도 오래 기다려야 할 것 같다. 애처로운 생각으로 가득 찬 현재와 같은 순간에는 모든 걸 갈무리하고 삶을 끝내고 싶은 유혹을 느낀다. 고고학자도 납득하지 못하고 설명도 할 수 없는 미지의 곳 한복판에서, 하늘-신들의 때 묻지 않은 회반죽 그림으로 가득한 무덤 속에서 늙은 미치광이 여왕으로 죽어갈 용기가 나한테 있을까? 혹은 이성의 망령에 굴복해 우리 신교도들이 알고 있는 유일한 고백의 형태로 나 자신을 스스로에게 설명하게 될까? 충만한 영혼을 가진 수수께끼의 인물로 죽느냐, 아니면 비밀이 전혀 없이 죽느냐. 나는 이렇게 자문해본다. 예를 들면, 나는 농장에서 달아나 침대 옆에 그림책이 있고 지하실에 텅 빈 관이 쌓여 있고 내 혀에 은화를 물릴 숙련된 간호사가 있는, 많을 게 틀림없는 정신병원 가운데 하나에서, 그러니까 문명 속에서 죽어가지 않는 이유를 스스로에게 충분히 설명했던가? 나는 보통 근친상간에 대한 장애물이 없고, 법을 벗어나 야만적인 마비 상태에서 나날을 보내는 곳에서 내가 뭘 하고 있었는지 설명하거나 그걸 이해하기라도 했던가? 육체적인 단점들을 피아노 건반 위에서 움직이는 열 개의 민첩한 손가락과 소네트 악보집으로 만회할 수 있을지도 모를 영리한 여자가 될 소지가 다분하고, 근면하고 검소하고 자기희생적이고 정숙하며 경우에 따라서는 정열적이고 착한 아내였을지도 모를 내가 아닌가! 나는 이 야만적인 변경에서 뭘 하고 있었는가? 이것은 한가로운 질문이 아니다. 나는 어딘가에 나를 위해 그 질문들에 답해주려고 기다리는 문학작품이 많이 있으리라는 사실을 의심하지 않는다. 불행하게도 나는 문학에 익숙하지 않다. 게다가 늘 스스로의 내부에서 답변을 끌어내는 것이 더 편했다. 필루어 플러크테*를 그리는 가슴, 나지막한 언덕 위로 지는 석양의 서글픔, 초저녁의 한기가 찾아오면 옹기종기 모여들기 시작하는 양, 멀리서 들려오는 풍차 돌아가는 소리, 귀뚜라미의 첫 울음소리, 가시나무에서 새들이 마지막으로 지저귀는 소리, 아직도 태양의 온기를 간직하고 있는 농가의 벽, 고르게 타는 부엌 램프불에 관한 시들이 있을 게 틀림없다. 그것은 나 스스로도 쓸 수 있었을 시들이다. 마음속에서 시골 생활에 대한 향수를 몰아내기 위해서는 수세대에 걸친 도시에서의 삶이 필요하다. 나는 결코 그리하지 못할 것이다, 그러고 싶지도 않다. 나는 이 버려진 세계의 아름다움에 뼛속까지 타락해 있다. 솔직히 말하면, 나는 하늘-신들과 함께 날아가버리기를 결코 바라지 않았다. 내가 바랐던 것은 늘 그들이 내려와 이 낙원에서 나와 함께 사는 것이었다. 내가 알았던

---

* '잃어버린 평원'이라는 뜻.

264

마지막 사람들의 유령 같은 갈색 형체들이 밤에 내게서 떠나갈 때, 그들이 내가 잃어버린 모든 것을 신의 입김으로 되살려주며 나와 함께 살기를 바랐다. 나는 나 자신이 다른 남자에게 예속돼 있다고 느낀 적이 없다(내 이야기의 피날레를 알리는 소리, 얼마나 달콤한 소리인가!). 나는 내내 나 자신의 목소리로 내 삶을 얘기했다(그게 얼마나 위안이 되는지!). 그리고 나는 매 순간 스스로의 운명을 선택했다. 닫힌 문 뒤에서, 돌처럼 굳어버린 뜰에서, 내 아버지의 뼈 가까이에서, 내가 쓸 수도 있었지만 (내 생각에는) 너무 쉬워서 쓰지 않았던 찬가들이 메아리치는 공간에서 죽게 될 운명을 선택했다.

쿳시 소설의 발원지이자 반목가적인 소설

2003년에 노벨문학상을 수상하고 "현존하는 작가 중에서 가장 존경받고 가장 활발히 연구되는 작가 가운데 한 사람"이라는 평가를 받는 J. M. 쿳시는 1940년 남아프리카의 서남단에 위치한 아름다운 항구도시 케이프타운에서 태어났다. 그의 부모는 아프리칸스(네덜란드어가 변형되어 남아프리카에 정착한 언어)를 사용하는 아프리카너(네덜란드계 백인)였다. 그러니 그도 아프리카너였고 모국어도 아프리칸스였다. 그런데 그는 특이하게도 모국어인 아프리칸스가 아닌 영어를 사용하는 학교에 다녔다. 당연히 글도 영어로 썼다.

쿳시가 아프리칸스가 아닌 영어로 글을 썼다는 사실은 중요하다. 아프리칸스는 흑인을 윤리의 사각지대로 몰아넣은 아파르트헤이트를 입안하여 제도화한 아프리카너의 언어였다. 다수의 흑인은 물론이고 소수의 진보적 백인에게도 아프리카너, 아프리칸스, 아파르트헤이트는 동의어였다. 아프리카너와 아프리칸스는 아파르트헤이트였고, 아파르트헤이트는 아프리카너와 아프리칸스였다. 그에 반해, 남아프리카에 정착한 역사가 그리 길지 않은 영국계 백인의 언어인 영어는 아프리칸스에 비해 상대적으로 덜 억압적인 것으로 비쳤다. 영국계 백인도 네덜란드계 백인처럼 식민주의자라는 점에서는 마찬가지였지만, 네덜란드계 백인이 정권을 잡고 폭압 정치를 하고 있었으니, 영국계 백인의 영어가 상대적으로 덜 억압적인 것으로 비친 것은 당연한 일이었다. 이처럼 남아프리카는 중립적이어야 할 언어마저도 누가 어떤 언어를 사용하느냐에 따라 정치적 함의가 달라지는 복잡한 나라였다. 따라서 어머니와 아버지 때문이긴 했지만 쿳시가 초등학교에서 대학교까지 영어를 사용하는 학교에 다녔다는 것은 그 자체로 정치적 함의를 지닌다.

그런데 쿳시는 영어로 소설을 쓰긴 했지만 아프리칸스를 도외시할 수 없었다. 아프리칸스가 모국어였던 탓도 있지만, 무엇보다도 남아프리카의 정치적, 역사적, 문화적 현실을 제대로 형상화하기 위해서는 남아프리카의 지배계층인 아프리카너와 그들의 언어인 아프리칸스를 투영할 수밖에 없었던 탓이다. 그의 소설 곳곳에 아프리칸스가 등장하는 것은 불가피한 일이었다.

쿳시가 서른일곱 살이던 1977년에 발표한 두번째 소설 『나라의 심장부에서』는 그의 소설을 통틀어 아프리칸스가 제일 많이 나오는 소설이다. 나중에는 모두 영어로 바뀌었지만, 남아프리카에서 처음 출판된 이 소설에는 인물 사이의 대화가 영어가 아닌 아프리칸스로 되어 있었다. 소설 속 인물들이 남아프리카의 시골에 사는 아프리카너와 그들의 하인이었기 때문이다.

그런데 쿳시의 소설에 나오는 시골은 낭만적이거나 평화로운 것과는 거리가 먼 곳이었다. 한쪽은 주인이고 다른 쪽은 복종해야만 하는 하인이니, 그들의 관계는 주종관계를 벗어나지 못했다. 한쪽은 식민주의자이고 다른 쪽은 마냥 당하기만 하는 피식민주의자인데, 대등한 관계가 어찌 가능했으랴. 그런데 아프리카너 작가들은 그들의 현실을 미화했다. 그들은 현실을 직시하는 대신 신화를 만들려고 했다. 백인이 흑인을 죽이고 종으로 삼고 착취해온 역사적 현실에 눈을 감고 목가적인 소설을 썼던 것이다. 그들의 소설에는 백인만 있고 그들에게 당하는 흑인은 없었다. 당연히 흑인의 목소리도 없었다. 그래서 목가적 풍경은 백인만의 불완전한 반쪽짜리 풍경이었다. 쿳시는 바로 그러한 목가적 소설의 전통을 뒤집으려 했다. 이런 점에서 쿳시의 소설은 남아프리카 소설의 목가적 전통에 반하는 소설을 쓴 올리브 슈

라이너의 『아프리카 농장 이야기』에 큰 빚을 지고 있다고 할 수 있다. 내가 쿳시에게 "중요한 영향을 미친 남아프리카 작가가 있느냐?"고 묻자 "올리브 슈라이너만이 나에게 아주 큰 의미를 지닌다"고 대답했던 건 이런 맥락에서였다. 그가 이십 년쯤 후에 농촌을 부분적인 배경으로 하지만 목가적인 것과는 거리가 먼 『추락』을 쓰게 된 것도 같은 맥락이었다. 그에게 세계 최초로 부커상 2회 수상이라는 영광을 안겨준 『추락』에서 백인 여성(루시)이 흑인에게 집단으로 성폭행을 당하고 임신까지 해 굴욕적으로 살아가는 상황은 『나라의 심장부에서』의 백인 여성(마그다)이 흑인 남성(헨드릭)에게 성폭행을 당하는 굴욕적인 상황을 테두리만 조금 바꾼 것이었다.

쿳시가 보기에 시골은 낭만적이고 목가적인 곳이 아니라 식민주의 폭력의 역사와 상처가 날것으로 남아 있는 불안한 공간이었다. 이 말이 이해하기 힘들면, 일제가 우리나라를 식민화했던 예를 떠올려보면 될 듯하다. 실제로는 그렇지 않지만, 일본 작가들이 자신의 나라가 무지막지한 폭력으로 빼앗은 우리나라 농촌을 낭만적이고 목가적으로 그렸다고 가정해보자. 그리고 그러한 문학이 세월이 흐르면서 하나의 전통으로 굳었다고 가정해보자. 그것은 일본인에게는 낭만적이고 목가적이었을지 모른다. 하지만 나라를 빼앗긴 우리 입장에서 보면 폭력과 수탈의 역사를 외면한 또하나의 인식론적 폭력과 수탈이 아니겠는가. 이러한 이유에서 쿳시는 목가적 문학 전통에 침잠해 있는 아프리카너 작가들이 애써 외면한 폭력의 역사를 응시하고자 했다. 그리고 그 응시의 결과가 『나라의 심장부에서』였고, 그것을 다시 이어받은 것이 『추락』이었다. 그러니까 『나라의 심장부에서』는 이십여 년 후에 발표될 『추락』을 일찌감치 예고한 셈이었다.

『나라의 심장부에서』가 예고한 것은 『추락』만이 아니었다. 어쩌면 쿳시가 발표한 모든 소설은 그가 초기 소설에서 시도한 바를 이런저런 방식으로 변주한 것이라고 해도 과언이 아닐지 모른다. 이는 모든 소설이 초기 소설로 수렴될 수 있다는 말이기도 하다. 이런 의미에서 『나라의 심장부에서』는 쿳시 소설의 발원지에 해당하는 소설이다. "나의 시작에 나의 끝이 있다"는 T. S. 엘리엇의 말(사실은 「이스트 코커」의 첫 행이다)은 크게 보아 쿳시의 소설에 적용해도 무방한 말일 것이다. 그렇다. 『야만인을 기다리며』『철의 시대』『마이클 K』『포』『페테르부르크의 대가』『엘리자베스 코스텔로』『슬로우 맨』『어느 운 나쁜 해의 일기』『소년 시절』『청년 시절』『서머타임』 등에서 쿳시가 화려하게 성취한 것들의 '씨알'이 이미 초기 소설에 들어 있었던 것이다. 바로 이것이 『나라의 심장부에서』가 첫 소설인 『어둠의 땅』과 더불어 중요한 이유이다. "소설이라는 장르에 사유를 담아내는 능력, 심리적 통찰력이 엿보이는 날카로운 문장, 빼어낸 형식미, 다양한 현대이론과의 대화, 미니멀리즘에 가까우면서도 수많은 것을 그 안에 함축하고 있는 관념적 내러티브, 의심과 회의의 눈길로 세상을 관조하며, 서구 문명이 기초한 '잔인한 합리성'을 해체하고 인간 심리를 유례가 없을 정도의 깊이로 해부한 지적 능력" 등 모든 것이 그의 초기 소설에 씨알의 형태로 들어 있었다. 『야만인을 기다리며』에서 시작되는 쿳시의 위대한 소설들은 그 씨알 덕이다. 그렇다. 쿳시의 초기 소설은 그 자체로 완성도가 높기도 하지만, 이후에 나온 소설들의 씨알이기도 했다. 그래서 「이스트 코커」의 "나의 시작에 나의 끝이 있다"는 첫 행과 "나의 끝에 나의 시작이 있다"는 마지막 행은 엘리엇이 아니라 쿳시 자신이 했어도 무방했을 말이다.

그렇다고 쿳시의 소설세계가 초기 소설에서 한 발짝도 나아가지 못한 채 답보했다는 말은 결코 아니다. 오히려 반대였다. 그는 끊임없이 전과 다른 형태의 소설을 쓰려고 노력했다. 그의 소설들이 문학사에서 유례를 찾기 힘들 만큼 저마다 다른 무늬와 색상을 갖고 있는 것은 그 노력의 결과다. 다른 이유도 얼마든지 있겠지만, 바로 이것이 그가 위대하고 독창적인 작가인 이유다. 적어도 내 생각에는 그렇다. 그는 어떤 걸 되풀이한 적이 없었다. 그는 자신의 소설을 늘 새로운 것으로 만들려고(에즈라

파운드의 말처럼 "Make It New!") 했다.

* * *

　남아프리카의 18세기 식민역사와 미국의 20세기 베트남전쟁을 형상화한 두 소설을 묶은 『어둠의 땅』도 그렇지만, 『나라의 심장부에서』도 접근하기 쉽지 않은 소설이다. 아니, 쉽지 않은 정도가 아니라 쿳시가 지금까지 발표한 소설을 통틀어 가장 어렵고 복잡한 소설이라고 해야 맞을 것이다. 일인칭 독백 혹은 일기 형태를 취한 이 소설을 어렵게 만드는 요인 중 하나는 어떤 것이 실제로 일어나는 일이고 어떤 것이 상상 속에서 일어나는 일인지 종잡기 어려우며, 때로는 사건들이 서로 모순되는 경우도 많다는 데 있다. 가령 어느 곳에서는 화자가 아버지가 데리고 온 새 신부를 도끼로 쳐서 잔인하게 죽이는가 하면, 다른 곳에서는 아버지가 버젓이 살아 있는 것으로 나온다. 어느 곳에서는 화자가 흑인 하인의 아내를 유혹해 동침하는 아버지를 총으로 쏴서 죽이는가 하면, 다른 곳에서는 죽었던 아버지가 다시 살아 있는 것으로 나온다. 어느 곳에서는 화자가 시골에 사는 무지한 노처녀로 나오지만, 다른 곳에서는 블레이크, 헤겔, 키르케고르, 프로이트, 카프카, 사르트르, 베케트 등에 관해 해박하게 알고 그들의 말을 인용하는 지적인 사람으로 나온다. 어느 곳에서는 소설의 배경이 자전거와 당나귀를 타고 다니는 시대인가 하면, 다른 곳에서는 비행선('날아다니는 기계')이 날아다니는 시대로 나온다. 그래서 이야기는 모순되는 것들이 좌충우돌하면서 전개된다. 어쩌면 모든 것은 마그다의 마음속에서 일어나는 것인지도 모르고, 그녀는 모든 것을 꾸며냄으로써 스스로의 정체성을 만들어가는 건지도 모른다. 실제로 그녀는 이야기 속에서 자신이 존재할 수 있도록 모든 이야기를 꾸며내고 있다는 말까지 한다.

쿳시는 실제와 상상을 혼란스럽게 뒤섞어놓음으로써 식민주의자의 분열되고 혼란스러운 심리 상태를 포착하려고 한 것처럼 보인다. 이 소설이 발표된 1970년대는 남아프리카가 아파르트헤이트로 말미암아 국제사회에서 더욱 고립돼가던 때였다. 쿳시는 어쩌면 그러한 상황에서 식민주의자들이 봉착할 수밖에 없는 심리 상태를 포스트모던한 방식으로 그리고 싶었는지도 모른다. 그래서 마그다의 모순적이고 분열적인 내러티브는 폭력적인 상황으로 치닫는 남아프리카의 현실에 대한 알레고리였는지도 모른다.

* * *

　이 소설은 삼 년 전에 번역해놓은 원고를 여러 번 고쳐서 내놓은 것이다. 지금까지 나는 일부를 제외하고 쿳시의 소설을 대부분 번역했다. 『어둠의 땅』『야만인을 기다리며』『마이클 K』『철의 시대』『페테르부르크의 대가』『추락』『슬로우 맨』『소년 시절』『엘리자베스 코스텔로』『어느 운 나쁜 해의 일기』 등이 내 손을 거쳤다. 그런데 쿳시의 소설을 통틀어 『나라의 심장부에서』를 번역하는 게 가장 힘들었다. 마그다라는 화자의 복잡다단한 심리 상태가 투영된 내러티브를 해독해 우리말로 옮기는 일은 정말 너무 힘든 작업이었다. 내가 이백 개가 넘는 질문을 하며 힘들어하자 작가가 미안해할 정도였다. 그러나 미안해해야 하는 건 그가 아니라 나여야 했다. 십 년을 넘게 물고 늘어지는 나 같은 번역가가 얼마나 귀찮은 존재였을까. 내가 미안해야 했다. 그래서인지 내가 그를 향해 느끼는 감정은 고마움 이상이다.

　쿳시를 알게 된 건 행운이었다. 1998년에 그를 인터뷰했으니 그를 알고 지낸 지 십이 년이 넘었다. 나는 그 세월 동안, 이번 작품까지 합해 그의 소설을 열한 권 번역했다. 매번 어려운 일이었지만, 그의 소설을 번역하면서 폴 리쾨르가 말한 "언어적 환대"의 즐거움, 즉 다른 나라의 언어(손님)를 모국어(집) 안으로 맞이하면서 타인의 언어를 체험하는 기쁨이 어떤 것인지 체험했다. 어렵다고 하소연하면서도 그의 소설을 계속 번역했던 이유가 바로 이것이었다.

나는 삼 년 전 이 소설을 번역했을 때, 작가에게 보낸 메일에서 "이 소설의 아름다움이 감격스럽다"고 했다. 내 말은 진심이었다. 내가 왜 그 말을 했는지 설명해보라면 자신은 없지만, 읽고 번역하고 교정하는 과정에서 이야기의 끝에 이를 때마다 매번 그런 느낌을 받았다. 쿳시의 소설 중 주목받는 정도와 연구되는 정도가 가장 덜하지만, 나는 이 소설이 쿳시의 소설 중에서 가장 아름답다고 생각한다. (물론 이것은 내가 『페테르부르크의 대가』를 가장 가슴 아픈 소설이라고 생각하는 것처럼 주관적인 생각이다.) 뭐랄까, 내가 이 소설에서 느끼는 아름다움은 부족하고 헐벗고 황량하고 스산해서 아름다운 아름다움이다. 그것은 내가 카루(남아프리카의 고원지대)의 한복판에 서 있을 때 느꼈던 감정과 엇비슷하다. 나는 쿳시의 산문 스타일이 그 앞에 서면 껍질이 벗어지고 "존재의 중추신경"(나딘 고디머의 말)과 속살이 드러나는 것만 같은 카루의 황량한 풍경을 닮았다고 생각한다. 어쩌면 그럴 수 있을까 싶을 정도로 자신의 속마음을 표현하는 데 인색한 쿳시가 『소년 시절』과 『서머타임』에서 카루에 대한 진한 애정과 그리움을 표현한 것은 카루의 황량하고 척박한 풍경을 닮은 그의 스타일과 무관한 게 아닐 듯하다; 적어도 내 생각엔 말이다.

작가의 도움을 그렇게 많이 받았음에도 교정과 출판 과정에서 찾아낸 오역과 오류는 더 많은 오역과 오류를 암시하는 것 같아 불안하다. 나는 번역할 때마다 늘 불안하다. 사람들이 생각하는 대로 번역가가 '머슴'이라면, 나는 일을 제대로 못하고 늘 불안해하는 머슴이다. 그래도 이 소설이 내게 쿳시의 소설 중 가장 아름다운 소설이기에, 이 역서가 누군가에게 쿳시의 심오한 문학세계의 발원지가 어떤 곳이고 그곳의 풍경이 어떠한지를 조금이라도 느끼게 해줄 수 있기를 바라본다.

2010년 10월

왕은철

지은이 **J. M. 쿳시**

1940년 남아프리카공화국 케이프타운에서 태어났다. 1974년『어둠의 땅』으로 데뷔했고, 1977년 두번째 소설『나라의 심장부에서』로 남아프리카 최고 문학상인 CNA 상을 받았으며, 1980년『야만인을 기다리며』로 세계적 명성을 얻었다.『마이클 K』와『추락』으로 부커상을 두 차례 수상했고, 에트랑제 페미나 상, 예루살렘 상 등 많은 상을 받았다. 2003년 노벨문학상을 수상했다. 주요 작품으로 소설『철의 시대』『페테르부르크의 대가』『엘리자베스 코스텔로』『슬로우 맨』『어느 운 나쁜 해의 일기』, 자전적 소설 3부작『소년 시절』『청년 시절』『서머타임』이 있고, 다수의 에세이와 번역서, 연구서를 집필했다.

옮긴이 **왕은철**

전북대 영문과 교수이며『현대문학』으로 등단한 문학평론가이다. 이어하트재단, 케이프타운 대학, 풀브라이트재단의 펠로였고, 케이프타운 대학과 워싱턴 대학의 객원교수를 지냈다. 쿳시의『어둠의 땅』『야만인을 기다리며』『마이클 K』『철의 시대』『페테르부르크의 대가』『추락』『소년 시절』『엘리자베스 코스텔로』『슬로우 맨』『어느 운 나쁜 해의 일기』와 그 외에『거짓의 날들』『비밀요원』『한톨의 밀알』『천 개의 찬란한 태양』『연을 쫓는 아이』등 30여 권을 번역했고, 『J. M. 쿳시의 대화적 소설』『문학의 거장들』등을 썼다.

문학동네 세계문학

나라의 심장부에서

초판 인쇄 2010년 11월 1일 | 초판 발행 2010년 11월 15일

지은이 J. M. 쿳시 | 옮긴이 왕은철 | 펴낸이 강병선
책임편집 류현영 | 편집 오영나 | 독자모니터 이태균
디자인 송윤형 이원경 | 저작권 김미정 한문숙
마케팅 정민호 김도윤 장선아 박보람 | 온라인 마케팅 이상혁 한민아 정진아
제작 안정숙 서동관 정구현 김애진 | 제작처 (주)상지사P&B

펴낸곳 (주)문학동네
출판등록 1993년 10월 22일 제406-2003-000045호
주소 413-756 경기도 파주시 교하읍 문발리 파주출판도시 513-8
전자우편 editor@munhak.com | 대표전화 031) 955-8888 | 팩스 031) 955-8855
문의전화 031) 955-3576(마케팅) 031) 955-8858(편집)
문학동네카페 http://cafe.naver.com/mhdn

ISBN 978-89-546-1300-2 03840

www.munhak.com